Simone Leinkauf

Leseratte, Bücherwurm und Co.

Wie Kinder ans Lesen herangeführt werden

Simone Leinkauf

Leseratte, Bücherwurm und Co.

Wie Kinder ans Lesen herangeführt werden

beustverlag

Bibliografische Information Der Deutschen Bibliothek
Die Deutsche Bibliothek verzeichnet diese Publikation in der Deutschen Nationalbibliografie; detaillierte bibliografische Daten sind im Internet über http://dnb.ddb.de abrufbar.

1. Auflage 2003

Fotos: Volker Derlath, München
Lektorat: Jürgen Bolz, Friedberg
Layoutdesign, Satz und Produktion: CURA MEDIA, Gilching
Umschlagdesign: ZERO Werbeagentur, München
Druck und Bindung: Finidr, Cesky Tesìn

ISBN 3-89530-109-4

Printed in EU

Für Zoe, Till und Tristan,
ohne die dieses Buch nicht entstanden wäre

Inhalt

Vorwort

Meine ersten Erinnerungen an Bücher: Der *Struwwelpeter* und *Pippi Langstrumpf* fallen mir da ein, die *Pucki*-Bücher von Magda Trott, Abenteuergeschichten, Kinderkrimis und Pferdebücher.

Sobald ich lesen konnte, war nichts Geschriebenes mehr vor mir sicher. Noch heute erzählen meine Eltern von einem Sommerurlaub in den Alpen, in dem sie ihre jüngste, damals achtjährige Tochter stets mit einem Buch vor der Nase sahen. Egal, ob wir wanderten (ich hatte eine Technik entwickelt, wie ich gleichzeitig lesen und mit einem halben Auge immer auf den Weg schauen konnte), im Auto saßen oder in einer Gondel mit einem phantastischen Rundblick auf einen Berg fuhren: Mein Blick war damals vor allem nach innen gerichtet, ich lebte und litt mit den Helden meiner Kinderbücher.

Heute erlebe ich ähnlich Anfälle bei meinem zwölfjährigen Sohn Tristan, dessen Leselust manchmal schon bedenkliche Ausmaße annimmt. Er lebt und identifiziert sich mit den Helden seiner Bücher, selbst seinen Hund hat er nach einem solchen Kinderbuchhelden benannt. Im Grunde ist es bei uns in der Familie noch genauso, wie es vor 30 Jahren war.

Andererseits weiß ich, dass Eltern, die ihre Kinder an Bücher heranführen wollen, es heute viel schwerer haben als früher. Bücher konkurrieren nicht nur mit einem aufregenden Spiel in freier Natur, sondern vor allem mit den modernen Medien, die selbst den meisten Kindergartenkindern schon zugänglich sind: Computer und Fernsehgerät. Auch meine Kinder, obwohl alle drei ausgesprochene Büchernarren sind, entscheiden sich in der Regel für den Computer oder einen Film im Fernsehen, wenn sie die Wahl haben. Hier sinnvolle Grenzen zu ziehen, den Kindern den Zugang zu den modernen Medien zu ermöglichen und deren Konsum dennoch auf ein vernünftiges Maß zu begrenzen, kostet Kraft. Kraft, die den Eltern im Alltag manchmal fehlt.

Trotzdem, die Anstrengung lohnt sich. Hilfreich sind kleine Rituale, die es Eltern und Kindern erleichtern, sich regelmäßig gemeinsam auf ein Buch einzulassen. Wenn ein solches Ritual für beide Seiten fest zum Tagesablauf gehört, dann finden sich in der Regel auch die Zeit und die Muße zum Lesen, die sonst in der Hektik des Alltags verloren gehen. Dabei muss nicht immer stundenlang gelesen werden: Morgens vor dem Kindergarten noch schnell gemeinsam ein Bilderbuch anzuschauen, gehört für meine vierjährige Tochter Zoe ebenso zum Tagesablauf wie Frühstück und Zähne putzen. Und so greift sie auch zwischendrin immer mal wieder nach ihren Lieblingsbüchern und »liest« sie mit ernster Miene ihren Puppen vor.

Ein weiteres Ritual ist das abendliche Lesen vor dem Schlafengehen, das manchmal mit allen Kindern gemeinsam stattfindet, manchmal aber auch in drei aufeinander folgenden Kurzsequenzen vollzogen wird, um jedem Kind auf seine Weise gerecht zu werden. Der Älteste darf dann noch eine halbe Stunde für sich lesen, bevor das Licht gelöscht wird. Bei uns zu Hause sind Kinder- und Jugendbücher jedenfalls ein fester Bestandteil des Alltags.

Vielleicht auch deshalb, weil ich mich u.a. beruflich mit Kinder- und Jugendbüchern beschäftige: Angefangen hat alles 1996 mit einem kleinen Filmportrait zum 75. Geburtstag von Max Kruse. Und was zunächst eine nette Abwechslung in meiner Tätigkeit als Wirtschaftsjournalistin war, hat nach und nach mehr Platz eingenommen. Kurze Rezensionen in einer Kindergartenzeitschrift folgten – und immer wieder die Frage von Freunden, was sie denn ihren Kindern, Nichten oder Neffen für Bücher schenken sollten. Denn für die meisten Erwachsenen ist das Angebot unüberschaubar, so dass der Gang in die Buchhandlung oft mehr Verwirrung als Klarheit schafft.

So entstand nach und nach die Idee, einen Kinderbuch-Ratgeber zu schreiben. Einen Kinderbuch-Ratgeber, in dem Bücher vorgestellt werden, die Kinder begeistern, die sie zum Lesen locken und ihnen möglichst eine neue Welt erschließen.

Ganz bewusst verzichte ich im Folgenden auf einen Kanon der Kinderliteratur, die »man«, beziehungsweise »Kind« gelesen haben muss. Es geht mir nicht um »Lesen müssen« oder um »Bildung« im Sinne von Lese-Bildung, sondern um das pure Vergnügen an Literatur. Und ich will ganz und gar nicht die »100 besten Kinderbücher« vorstellen – das könnte ich guten Gewissens gar nicht, denn für jedes Buch, das in diesen Ratgeber aufgenommen wurde, mussten mindestens zehn andere Bücher zurückstehen, die ebenso empfehlenswert sind. Hinzu kommt, dass es bei der Vielzahl von Neuerscheinungen – 2001 sind im deutschsprachigen Raum 4806 Titel im Bereich der Kinder- und Jugendliteratur erschienen, Neuauflagen nicht mitgerechnet – völlig unmöglich ist, auch nur einen Bruchteil dieser Bücher zu lesen.

Es kann sich also bei den vorgestellten Büchern nur um eine kleine, subjektive Auswahl handeln. Sicher wird nicht jedes hier vorgestellte Buch jedes Kind begeistern. Das ist auch gar nicht möglich, da die Interessen der Kinder viel zu unterschiedlich sind. Aber ich denke, dass sich für jedes Kind zumindest der eine oder andere Titel findet, dem mehr als ein flüchtiger Blick gewidmet wird.

Für die Auswahl der besprochenen Titel habe ich folgende Kriterien festgelegt:

- *Meine Empfehlungen umfassen Titel aller Genres für alle Altersgruppen: vom Kleinkind bis zum jungen Erwachsenen.* Bei der Vorstellung der Bücher habe ich mich für eine Genre-Einteilung (siehe Inhaltsverzeichnis) entschieden, weil ich die Erfahrung gemacht habe, dass ein Kind nicht unbedingt das liest, was altersmäßig zu ihm passt, sondern eher das, was ihm von der Geschichte her zusagt. Die Grenzen sind dabei fließend. Mein Sohn Tristan hat mit elf Jahren begeistert Fantasybücher gelesen: die Geschichten von *Wölfchen Zauberstein* (siehe Seite ...), die für sechs- bis achtjährige Kinder sind, ebenso wie *Harry Potter* (empfohlen für Zwölfjährige) oder den *Herrn der Ringe* (eigentlich eine Geschichte für Erwachsene). Altersangaben können also immer nur ungefähre Richtlinien sein, niemals jedoch Grenzen, die nicht überschritten bzw. unterschritten werden dürfen. Gerade Letzteres macht ja den Reiz vieler guter Kinderbücher aus: Sie sind so geschrieben, dass auch ein Jugendlicher oder Erwachsener der Geschichte gern folgt. Glücklicherweise, sonst wäre das Vorlesen für die Eltern kleiner Kinder ja die reinste Qual. Innerhalb der Genres sind die vorgestellten Titel thematisch zugeordnet und werden dann dem Alter nach aufsteigend vorgestellt.

- *Es werden Bücher vorgestellt, die in den letzten fünf Jahren erschienen sind – aktuelle Kinderliteratur, die den »Nerv der Zeit« trifft.* Nicht, weil ich glaube, dass moderne Literatur besser ist als klassische. Aber weil ich die Erfahrung gemacht habe, dass der Beratungsbedarf bei klassischer Kinder- und Jugendliteratur eher geringer ist als bei moderner: Viele werden sich an die Klassiker ihrer Kindheit – den *Räuber Hotzenplotz* oder *Wir Kinder aus Bullerbü, Die unendliche Geschichte* oder *Tom Sawyer und Huckleberry Finn* erinnern. Unbestritten – das sind wunderbare Bücher, die auch heute noch lesenswert sind. Solche Tipps können aber, wenn man sich selbst nicht so gut auskennt, in der Regel auch Freunde, Bekannte oder Buchhändler geben. Auf die Klassiker werde ich deshalb nur mit einer Liste eingehen, die eine Reihe empfehlenswerter Titel nennt, in den Augen des einen oder anderen aber unvollständig ist – allein, darauf kam es mir nicht an, und ich möchte meine Kritiker in diesem Fall auf andere Ratgeber verweisen, die eben diesen Anspruch erfüllen.

Bei der modernen Kinder- und Jugendliteratur ist es schon schwieriger, sinnvolle Empfehlungen zu erhalten, wenn man sich nicht nur an Auswahllisten zu Buchpreisen und Auszeichnungen orientieren möchte. Dort finden sich zwar in der Regel literarisch anspruchsvolle und oft auch spannende Titel – aber nicht immer sind das die Bücher, zu denen Kinder und Jugendliche selbst greifen würden. *Harry Potter* hat es beispielsweise zu einer Nominierung für den Jugendliteraturpreis gebracht, ist aber nicht prämiert worden. Hinzu kommt, dass die Zahl der ausgezeichneten Bücher viel zu gering ist, um ein lesehungriges Kind oder einen Jugendlichen mit Literatur zu versorgen.

- *Welche Genres werden vorgestellt?* Das Lesen beginnt mit dem Betrachten und Erzählen, die ersten Bücher sind also in der Regel Bilderbücher, in denen die Kinder erst mal nur den Abbildungen folgen und die Texte in den Hintergrund treten. Und so beginne ich bei der Vorstellung der Bücher auch mit den Bilderbüchern und damit auch mit den ganz kleinen Leserinnen und Lesern. Es folgen Sachbücher, historische Romane, Geschichten aus dem Alltag, Kinderkrimis, Abenteuerromane, Fantasyliteratur, Bücher zum Thema Religion sowie die bereits erwähnte »Klassiker-Liste«. Das abschließende Kapitel widmet sich Kinderzeitschriften, die für manches Kind und für manchen Jugendlichen, die Angst vor dicken Büchern mit vielen hundert Seiten haben, eine ansprechende Alternative bieten. Hierzu gehören auch Online-Zeitschriften im Internet und der Umgang mit dem Computer, auch wenn auf CD-ROM-Besprechungen nicht explizit eingegangen wird.
- *Zum Aufbau der Rezensionen.* Grundsätzlich werden die Bücher zunächst mit ihrem Inhalt vorgestellt, wobei teilweise auch auf die Autoren oder Illustratoren eingegangen wird. Vom Umfang her fallen die Rezensionen unter-

schiedlich aus, was einerseits vom Inhalt der Geschichte, andererseits von der Art des Buches abhängt. Es gibt Titel, bei denen ich auf Hintergründe hinweise, die für den Leser interessant sein können.

Jede Besprechung eines Titels wird mit den bibliographischen Angaben zu Verlag und Verlagsort, Erscheinungsjahr, Umfang, Preis und Altersempfehlung des Verlages abgeschlossen. Dabei habe ich mich auf die jüngste, bzw. die günstigste Ausgabe bezogen, die derzeit im Handel erhältlich ist. Das heißt: Wenn es Taschenbuchausgaben gibt, dann sind diese aufgeführt, auch wenn es noch Hardcover-Ausgaben gibt. Wenn man also eine andere Ausgabe als die hier angeführte sucht, lohnt sich durchaus die Nachfrage beim Buchhändler. Hinzu kommt, dass der Buchmarkt ein sehr schnelllebiges Geschäft ist. Titel werden gerade in der Kinder- und Jugendliteratur oft schon nach zwei bis drei Jahren wieder vom Markt genommen und sind dann meist nur noch antiquarisch bzw. in Bibliotheken zu bekommen. Oder sie wandern über Lizenzen zu anderen Verlagen und kommen in anderen Ausgaben auf den Markt. Bei der Auswahl der Titel habe ich darauf geachtet, dass zum Zeitpunkt des Erscheinens dieses Ratgebers alle empfohlenen Bücher noch über den Buchhandel zu bekommen sind. Falls sich hieran bis zum Erscheinen des Buches etwas geändert haben sollte, bitte ich um Nachsicht.

Jedes Kapitel endet mit den »Tipps für Leseratten«: Auf einer Empfehlungsliste sind weitere Titel aus dem jeweiligen Genre aufgeführt.

- *Doppelt getestet!* Welche Kriterien außer den genannten müssen Bücher erfüllen, damit sie in diesem Ratgeber erwähnt werden? Bei der Auswahl der Titel habe ich mich auf Bücher konzentriert, die literarisch anspruchsvoll sind und dennoch Spannung vermitteln – eben Bücher, die ihre

Leser in den Bann ziehen. Alle vorgestellten Bücher wurden auf Leib und Seele geprüft: Sie mussten sowohl Kinder aus der jeweiligen Zielgruppe als auch mich selbst ansprechen: Bücher, über denen ich abends eingeschlafen bin, wurden ebenso von der Liste gestrichen wie Bücher, die die jugendlichen Leser nach ein paar Seiten aus der Hand gelegt haben. Bilderbücher, die mich begeisterten und die ich schon zur Besprechung eingeplant hatte, sind wieder ins Regal gewandert, wenn meine Tochter und ihre kleinen Freunde nur einen kurzen Blick reingeworfen haben, um dann nach einem anderen Buch zu greifen.

- *Was finden Sie noch in diesem Ratgeber?* Im Anhang habe ich noch einige Literaturempfehlungen, Adressen und Websites für alle diejenigen zusammengestellt, die das Thema vertiefen wollen.

Danken möchte ich an dieser Stelle meinen Eltern, die in mir die Liebe zum Buch geweckt haben, meinem Mann, der auch dann noch meinen Gedanken zu diesem Ratgeber geduldig folgte, wenn er den Kopf eigentlich mit eigenen Ideen voll hatte, den Pressereferentinnen und -referenten der verschiedenen Kinderbuchverlage für manches informative Gespräch und meinem Lektor Jürgen Bolz, der die Idee dieses Kinderbuchratgebers von Anfang an unterstützte und das Entstehen dieses Buches mit seinen konstruktiven Anmerkungen begleitet hat.

Ein ganz besonders herzliches Dankeschön geht an die Kinder und Jugendlichen, die während der letzten Monate gemeinsam mit mir eine Unmenge Bücher angeschaut, gelesen und beurteilt haben: Anna, Hendrik, Maria und Maria, Martha Lea, Niklas, Richard, Sophie, Steffen, Till, Tristan und Zoe.

Simone Leinkauf
Potsdam, im Juli 2003

ABCDE
FGHIIJKLMNOPQRST
UVWXYZabcdefghijk
lmnopqrstuvwxyz

1

Lesen lernen heißt leben lernen

Ein wunderschöner Satz, den jeder, der gern und mit Begeisterung liest, vermutlich ohne Vorbehalt unterschreiben würde. Auf den ersten Blick jedenfalls. Doch was bedeutet »lesen lernen heißt leben lernen« eigentlich?

Unter diesem Titel hat der Beltz Verlag eine Rede veröffentlicht, die die Schriftstellerin Mirjam Pressler am 29. Juni 2001 auf Einladung des Instituts für Jugendbuchforschung in der Johann-Wolfgang-Goethe-Universität in Frankfurt am Main gehalten hat. Mirjam Pressler erzählt darin von ihrer Kindheit und berichtet, wie sie sich vor ihren wenig liebevollen Pflegeeltern versteckte, um heimlich zu lesen. An Bücher kam sie nur schwer heran – in der Bibliothek stand alte und nicht immer für Kinder oder Jugendliche geeignete Literatur. Gelesen hat sie, was immer sie in die Hände bekam. Und das Lesen hat ihr in ihrer offensichtlich sehr schwierigen Kindheit und Jugend die Hoffnung auf ein besseres Leben gegeben und die Möglichkeit, Dinge zu verstehen, denen sie in ihrem eigenen Leben niemals begegnet ist.

Für sie bedeuteten Bücher den Zugang zu einer anderen, besseren Welt als der, der sie tagtäglich ausgesetzt war. Für Mirjam Pressler bedeutete lesen lernen buchstäblich leben lernen – mit allem was dazugehört.

Meine eigene Kindheit verlief harmonischer und glücklicher – und Zugang zu Büchern hatte ich schon sehr früh und praktisch unbegrenzt. Mit einer Mutter, die selbst eine leidenschaftliche Leserin ist, ist das nicht schwer. Dass das Lesen eigene Erfahrungen ergänzt oder verständlich macht, das freilich kann auch ich bestätigen. Wie sich »Schmetterlinge im Bauch« anfühlen, wusste ich aus Büchern, bevor ich das erste Mal verliebt war. Und auch manchen Konflikt mit Freunden konnte ich mit Hilfe dessen, was ich zuvor gelesen hatte, durchstehen. So hat dieser Satz – denke ich – für jeden leidenschaftlichen Leser einen wahren Kern: Lesen lernen heißt leben lernen; nicht ausschließlich, aber das Lesen ergänzt und vertieft Lebenserfahrungen und ermöglicht jene Selbstvergewisserung, die für ein im Sinne des Wortes »selbstbewusstes« Leben unverzichtbar ist.

Kinder sollen lesen

Auch wenn das Lesen nicht für jeden Menschen die beschriebene Bedeutung hat, so sind sich Eltern, Pädagogen und Bildungsexperten seit der Veröffentlichung der viel zitierten, vermutlich aber nur von wenigen gelesenen Pisa-Studie einig: Kinder lesen zu wenig. Schnell sind die Erwachsenen dann mit dem Urteil bei der Hand, dass Kinder gar nicht lesen wollen. Wobei die Frage erlaubt sein muss, ob sie denn vielleicht gar nicht ernsthaft genug an Literatur herangeführt werden. Die Zahl der Familien, in denen Wert auf das Lesen »guter Bücher« gelegt wird, sank zwischen 1992 und 2000 von 46 auf 25 Prozent. Und dennoch – auch Eltern, die selbst kaum lesen, sind der festen Überzeugung, dass Bücher gut für ihre Kinder sind.

Beobachtet man Kinder aller Altersklassen beim Vorlesen und im Theater, beim Hören von Kassetten und CDs oder auch vor dem Fernsehgerät, dann wird schnell deutlich, dass die meisten Kinder Geschichten lieben. Und durchaus nicht nur die,

die mit bunten Bildern und möglichst rasant daherkommen. In vielen Fällen muss ein Kind nur mit einem geeigneten Buch gefüttert werden, bis es selbst aktiv wird und weiterliest. Und mit »geeignet« meine ich nicht unbedingt das »gute« Buch und die literarisch anspruchsvolle Geschichte. Ein »gutes« Buch oder auch Heft ist für ein Kind, das nicht gern liest, zunächst einmal einfach nur das, für das es sich interessiert, dem es länger als zehn Minuten seine Aufmerksamkeit schenkt. Das kann ein Micky-Maus-Heft sein, eine Kinderzeitschrift, die Kinderseite einer Tageszeitung oder aber ein dickes Märchenbuch. Kinderkrimis haben ebenso ihre Berechtigung wie Fantasyliteratur oder Abenteuergeschichten. Meines Erachtens ist es wichtig, dass Eltern sich von der Idee verabschieden, wonach nur das literarisch anspruchsvolle Buch eine akzeptable Lektüre für den Nachwuchs ist. Schließlich lesen auch die wenigsten Erwachsenen immer nur Goethe, Kafka oder Musil. Die meisten Menschen nehmen gern mal eine nicht allzu anspruchsvolle Illustrierte in die Hand, blättern sich durch Fachzeitschriften oder Comics und greifen im Wartezimmer des Arztes nach Zeitschriften, die sie sich selbst niemals kaufen würden. Weshalb sollten sich Kinder anders verhalten?

Warum ist lesen wichtig?

Doch warum ist lesen als intensive Beschäftigung überhaupt wichtig? Reicht es nicht, wenn ein Kind fehlerlos buchstabieren und schreiben kann? Warum drängen so viele Erwachsene Kindern und Jugendlichen immer wieder Literatur auf, warum erfolgt in Schule und Elternhaus immer wieder die Aufforderung: »Nimm doch mal ein Buch in die Hand.« Seit die Ergebnisse der Pisa-Studie gezeigt haben, dass es um das Leseverständnis deutscher Schüler an Gymnasien und Gesamtschulen nicht gerade gut bestellt ist, scheint diese Forderung wie ein Allheilmittel propagiert zu werden. In Zeitschriften und Zeitungen häufen sich die Artikel zum Thema Leseförderung. In den Auswahlgesprächen für eine weiterführende Schule, die mein ältester Sohn Anfang des Jahres absolvieren musste, haben die Gutachter zunächst gefragt, ob, wie viel und was er liest. Lesen wird verlangt und gefordert und doch, betrachtet man die rückläufigen Verkaufszahlen der Buchhandlungen, scheinbar immer weniger praktiziert.

Immer häufiger betonen auch Naturwissenschaftler, wie wichtig Sprache und Schrift für die Entwicklung der Menschheit war und immer noch ist. Unsere Kultur basiert auf Sprache und ihrer Vermittlung durch Schrift, und wir sollten nicht der Fehleinschätzung erliegen, das elektronische Zeitalter mache Schrift überflüssig.

Das Gegenteil ist der Fall: Die gigantische Informationsmenge, die unsere Gesellschaft überflutet, kann nur beherrschen und verstehen, wer mit der Schrift auf vertrautem Fuße steht. In nahezu allen Bereichen unseres Alltags wird ein sicherer Umgang mit Schrift und Sprache vorausgesetzt. Einen Computer kann nur der sinnvoll bedienen, der nicht nur abliest, sondern darüber hinaus auch versteht, was er gelesen hat. Geht man nicht nur von Computerspielen, sondern von Internetrecherchen aus, so gilt das noch mehr.

Gespräche mit Lehrern und Ausbildern von Lehrlingen bestätigen, dass ein korrekter Umgang mit der Schrift selbst bei Abiturienten längst nicht mehr selbstverständlich ist. So erzählte mir kürzlich die Mathematiklehrerin meines Sohnes, dass es bei Elf- und Zwölfjährigen inzwischen heftige Defizite bei der Lesefähigkeit gibt. Viele Kinder können einen Text zwar vorlesen, verstehen aber den Inhalt nicht. Im Mathematik- oder Physikunterricht heißt das, dass sie Textaufgaben nicht lösen und komplizierte Zusammenhänge nicht begreifen können. Und das hat weit über die Schulnoten hinaus Folgen: Selbst in Lehrberufen bekommen Jugendliche, die kein ausreichendes Leseverständnis haben, kaum noch Ausbildungsstellen. Denn auch im Handwerk hat Einzug gehalten, was in vielen anderen Bereichen schon lange als selbstverständlich gilt: Durch den flächendeckenden Einsatz neuer Informations- und Kommunikationstechnologien, die steigenden Erwartungen nach umfassenden Dienstleistungen und den härter werdenden Wettbewerb in Europa ist auch das Anforderungsprofil der rund 120 Ausbildungsberufe im Handwerk in den vergangenen Jahren erheblich gestiegen. »Schulnoten sind für mich bei der Auswahl meiner Lehrlinge zweitrangig«, stellt beispielsweise der Bäckermeister Peter Dreißig in diesem Zusammenhang fest, »es geht mir mehr um Schlüsselqualifikationen wie Teamfähigkeit, Methodenkompetenzen und die Bereitschaft sich Fachwissen anzueignen«. Lesefähigkeit ist da eine unverzichtbare Voraussetzung. Peter Dreißig ist Inhaber einer Großbäckerei im brandenburgischen Guben. In dieser Bäckerei verbinden sich High-Tech und Tradition. Hochmoderne Backstraßen und automatisierte Produktionsabläufe führen dazu, dass eine falsche Eingabe am Computer enorme Schäden mit sich bringt. Die Großbäckerei ist nur ein Beispiel unter vielen – ob es sich um Gebäudereiniger oder Hufschmiede handelt, wer nicht richtig lesen kann, hat gerade in konjunkturschwachen Zeiten selbst in vermeintlich »einfachen« Berufen kaum noch Chancen auf eine vernünftige Ausbildung.

Doch es geht nicht nur um die Konkurrenzfähigkeit im Beruf – auch im Alltag findet sich derjenige besser zurecht, der sich ausdrücken und mitteilen kann. Lesen unterstützt Menschen bei der Vervollkommnung ihres Kommunikationsvermögens und ihres Kommunikationsverhaltens und hilft damit auch bei der Bewältigung von Krisen und Problemen. Und das fängt schon ganz früh an: Grundschulkinder, die gelernt haben, mit Sprache angemessen umzugehen, und die es gewohnt sind, im heimischen Umfeld über ihre Schwierigkeiten zu sprechen und Fragen zu stellen, sind auch in der Schule ihren Klassenkameraden weit voraus – denn die wissen oft nicht, wie sie ihre Fragen formulieren sollen. Selbst so etwas vermeintlich einfaches wie »Fragen stellen« muss erlernt und geübt werden, damit es im

Alltag angewendet werden kann. Im Grunde ist das eine grundlegende Voraussetzung für eine gelungene Interaktion mit der Umwelt.

Es muss nicht immer gleich ein Buch sein ...

Gehören die Begriffe *Buch* und *lesen* unabdingbar zusammen? Keineswegs. So schön es ist, wenn ein Kind freiwillig seine Nase in ein Buch steckt und nicht mehr davon ablässt, bis es auf der letzten Seite angelangt ist – heutzutage bezieht sich Lesen und Leseverständnis nicht mehr nur auf Bücher: Viele Kinder, die niemals freiwillig ein Buch in die Hand nehmen würden, greifen regelmäßig nach ihrem Lieblings-Comic, lassen sich durch Kinderzeitschriften am Kiosk oder auch Online-Zeitschriften zum Lesen und Schmökern verführen. Sie bleiben bei einem Ausflug ins Internet – vielleicht sogar gemeinsam mit dem Vater oder der Mutter – an einem Thema hängen und lesen sich dann fest. Auch das ist *lesen* und gehört zum Arbeiten mit Wort und Schrift. Statt darüber zu jammern, dass Kinder durch den Computer vom Lesen abgehalten werden, sollte man lieber die positiven Seiten dieses Mediums aktiv nutzen. Meine Erfahrung ist die, dass Kinder, die gern lesen, sich vom Computer nicht vom Lesen abhalten lassen, sondern diesen zusätzlich nutzen. Grundsätzlich gilt für die Computernutzung eben das, was wohl für alle anderen Freizeitbeschäftigungen (das Lesen eingeschlossen) auch gilt: In Maßen macht sie Sinn und bereichert den Alltag. Problematisch wird es erst dann, wenn alle anderen Beschäftigungen dieser einen untergeordnet werden.

Wenn Kinder keine Lust haben, nach einem Buch zu greifen, weil sie möglicherweise enttäuschende Erfahrungen damit gemacht haben oder noch keinen Titel in der Hand hielten, der sie faszinierte, sollte man deshalb nicht dogmatisch das Lesen von Büchern einfordern. Im Gegenteil: Leseanfänger beispielsweise kann man mit Bilderrätseln mit einem geringen Textanteil motivieren, viele Kinder lösen gern Quizaufgaben oder vertiefen sich in Kreuzworträtsel, wie sie in Kinderzeitschriften oft vorkommen. Erst wenn sie die oft schwierige Umschreibung des gesuchten Wortes gelesen haben, können sie das Rätsel lösen – und müssen dabei durchaus ihr Leseverständnis und Sprachgefühl einsetzen. Manche Kinder lassen sich auch durch eine ausgefallene Buchgestaltung zum Lesen verlocken: Das beginnt bei kleinen Minibüchern, die sie um den Hals hängen können, oder Leporellos, die bequem in die Hosentasche passen, und endet bei Riesenbüchern, auf die man sich nicht nur drauflegen, sondern aus denen man sich auch Zelte zum Drunterschlüpfen bauen kann.

Und auch beim Lesen lernen gibt es durchaus Alternativen zu den klassischen Erstlesebüchern mit ihren oft reichlich langweiligen Texten.

Mit Sachbüchern lesen lernen

Lesen lernen ist Schwerstarbeit. Und das Beherrschen dieser Kunst ist die Voraussetzung, um später gern zu einem Buch zu greifen.

Im vergangenen Jahr wurden in der Bundesrepublik 802500 Kinder eingeschult. Und das heißt für die Verlage, dass in diesem Jahr potenziell 802500 neue Leser hinzukommen. So wundert es kaum, dass sich die Kinderbuchverlage um diese Kinder bemühen, immer in der Hoffnung, sie als »Stammkunden« zu gewinnen.

Die Leseanfänger also: Elterliche Hilfestellung ist vonnöten, soll die Lust am Lesen nicht schnell zum Frust des Nichtverstehens werden. Zu dieser Lust gehören neben der schulischen Pflichtlektüre Bücher, die die Interessen der Kinder treffen, die altersgerecht aufbereitet sind und in denen das Verhältnis zwischen Text und Bild angemessen bleibt. Die Fachleute sind sich einig, dass hier Konzepte gefordert sind, die die Kinder zu den Büchern zurückholen. »Lesen lernen, das lohnt sich nur, wenn Texte da sind, die neugierig machen, die Geheimnisse enthalten, die dabei helfen, Erfahrungen anderer zu deuten und die eigenen Erfahrungen besser zu verstehen«, stellt Wilhelm Topsch, lesedidaktischer Berater und Autor des Oetinger Erstleseprogramms lapidar fest. Große Schrift, bunte Illustrationen und kurze Zeilen erleichtern den Leseanfängern das Durchhalten. Vergleichbare Reihen für Leseanfänger bieten auch Ravensburger mit dem *Blauen Raben,* arsEdition mit der *Känguru-Reihe,* Loewe mit dem *Lesetiger* und dem *Lesespatz,* Arena mit dem *Bücherbär* und Thienemann mit den *ABC-Piraten.* Nord Süd hat sein Erstleseprogramm in diesem Frühjahr eingestellt, bietet aber die Bilderbuchklassiker *Regenbogenfisch* und *Pauly* auf Englisch für Grundschüler an. Auch andere Verlage haben englischsprachige Titel für Leseanfänger im Programm.

Doch die Geschichten für Erstleser haben eine gemeinsame Schwierigkeit: Selbst wenn sie gut geschrieben sind, muss das Kind doch erst mal ein paar Seiten lesen, bevor ein Spannungsbogen aufgebaut ist. Und das fällt gerade zu Beginn einer Lesekarriere reichlich schwer. Deshalb kam arsEdition im vergangenen Jahr mit einer neuen Idee auf den Markt, die offensichtlich auch andere Verlage in der Schublade hatten: In der Reihe *Wissen der Welt* gibt es nun Sachbücher, die speziell für Leseanfänger aufbereitet wurden. Große Schrift und kurze Texte sind kombiniert mit Fotos und Illustrationen und machen es den Kindern leicht, schon auf ein oder zwei Seiten selbstständig Informationen über Bild und Text aufzunehmen. Neu sind hier die Titel *Tiere der Meere* und *Alles auf Rädern.* Gerade Jungen, die sich mit dem Lesen lernen oft schwerer tun als ihre Mitschülerinnen, fällt das Einlassen auf ein Buch mit einem Sachthema meist leichter als die Lektüre fiktionaler Geschichten. Seit Februar gibt es zwei weitere Verlage, die Sachbücher für Leseanfänger anbieten: Arena bringt in der Bücherbär-Reihe *Sachwissen für Erstleser* zu den Themen *Abenteuer Raumstation*, *Von Rittern und Burgen*, *Vom Ei zum Küken* und *Meerestiere* heraus. Und Ravensburger kommt mit der *Kinderbibliothek* auf den Markt, einer Sachbuchreihe im handlichen Format, die mit ihren detailreichen Illustrationen überzeugt. Gut gemacht sind alle drei Sachbuchreihen. Welche davon für das eigene Kind geeignet ist, sollte von den Themen und den persönlichen Vorlieben für die Illustrationen und die Aufmachung abhängig gemacht werden. Am Besten nimmt man die Leseanfänger zum Aussuchen mit in die Buchhandlung und lässt sich überraschen, welche Titel ihnen am meisten zusagen.

- 🕮 *Wissen der Welt: Tiere der Meere / Alles auf Rädern, arsEdition, München 2002, je 32 S., 6,50 Euro*
- 🕮 *Der Bücherbär – Sachwissen für Erstleser: Abenteuer Raumstation / Von Rittern und Burgen / Vom Ei zum Küken / Meerestiere, Arena, Würzburg 2003, je 32 S., 6,50 Euro*
- 🕮 *Ravensburger Kinderbibliothek: Sterne und Planeten / Dein Körper / Haie und Rochen / Indianer / Vulkane / Wilde Tiere, Ravensburger, Ravensburg 2003, je 32 S., 4,95 Euro*

Wie wird mein Kind zum Leser?

Der erste Schritt ist getan, das Kind beherrscht die Technik des Lesens. Und nun kommt der richtig schwierige »Brocken« auf die Eltern und Lehrer zu. Die Kinder sollen nicht nur lesen können, sondern sie sollen das Lesen auch praktizieren, möglichst oft und möglichst viel: »Nimm doch mal ein Buch in die Hand«, hören viele Kinder vermutlich fast ebenso oft wie »Räum doch mal dein Zimmer auf«. Die bloße Aufforderung allerdings führt so gut wie nie zum Erfolg. Denn zum Lesen kann man ein Kind nur verführen und locken, niemals zwingen oder überreden. Und während das Zimmer schnell mal aufgeräumt ist, gehört zum Lesen eben doch ein deutlich längerer Atem. Wer mit

Widerwillen zum Buch greift, ist nicht bereit, sich in die fiktive Welt der Literatur fallen zu lassen. Im Grunde ist das wie mit dem Essen: Wenn ein Kind Fisch nicht mag, dann kann er noch so delikat zubereitet sein, es wird ihn trotzdem nicht essen. Zwingt man das Kind dennoch dazu, festigt sich meist eine lebenslange Abneigung gegen dieses Gericht. Kommen aber Nudeln mit Tomatensauce auf den Tisch, greifen die meisten Kinder zu. Aber eben nicht alle: Mein Ältester isst gern Krabben und Oliven und macht auch vor Spinat nicht Halt, während sein jüngerer Bruder sich vor diesen Dingen schüttelt.

Ähnliche Erfahrungen habe ich auch beim Vorlesen von Kinderbüchern gemacht: Tristan liebte als Fünf- und Sechsjähriger die Urmel-Geschichten von Max Kruse und las sie dann, als er selbst lesen konnte, alle noch mal nach. Der jüngere Bruder Till dagegen stieg bei diesen Büchern im gleichen Alter schon nach den ersten beiden Kapiteln aus, er konnte mit diesen Geschichten gar nichts anfangen. Dafür ließ er sich mehrfach die Abenteuer von Hörbe und Zwottel von Otfried Preußler vorlesen. Warum die Jungen diese unterschiedlichen Vorlieben haben, warum sie auf Bücher, die ich gleichermaßen als gut und spannend geschriebene Abenteuer für Kinder betrachte, so verschieden reagierten, das habe ich nie so richtig begriffen. Das ist wohl auch kaum rational erklärbar, sondern hat etwas mit Geschmack und Vorlieben zu tun, von denen eben jeder Mensch seine ganz eigenen hat. Deshalb sollten Eltern – wie beim Essen – aufmerksam darauf achten, mit welchen Büchern sie ihre Kinder begeistern können.

Allerdings: Was ihre Kinder gern essen, wissen die meisten Mütter und Väter auf Anhieb. Doch bei der Frage, welche Bücher sie gern mögen, zucken viele nur mit den Schultern. Dabei ist der Weg im Grunde der gleiche wie beim Essen: Nur durch Versuch und Irrtum erkennen Eltern, mit welchen Büchern Kinder sich zum Lesen motivieren lassen. Und das sind nicht immer diejenigen, die altersgerecht und »pädagogisch wertvoll« sind oder gar diejenigen, die mit Literaturpreisen überhäuft werden. Hinzu kommt, dass immer wieder Neues angeboten werden muss, um den Geschmack der Kinder immer wieder aufs Neue anzuregen und ihnen überhaupt die Möglichkeit zu geben, mal was anderes kennen zu lernen. Manch einer, der mit drei Jahren niemals ein Stück Käse freiwillig gegessen hätte, erklärt Käse mit sechs Jahren zu seinem Leibgericht.

Sicher ist es teuer, immer wieder neue Bücher anzubieten. Ein wenig traurig macht es mich dennoch, wenn ich von Schulkameraden meiner Kinder höre, dass sie teilweise nur zwei oder drei Bücher haben und noch nie in einer Buchhandlung oder einer Bibliothek gewesen sind. Denn Kindern müssen Bücher immer wieder aufs Neue gezeigt werden. Gerade kleine Kinder können sich nicht selbstständig mit Büchern eindecken. Der regelmäßige und gar nicht teure Gang in die nächste Bibliothek kann da Wunder wirken. In einer gut ausgestatteten Kinderbuchabteilung blühen die meisten Kinder auf und genießen es, dass sie sich selbst ganz ohne Vorgaben der Eltern einmal mit Büchern und Heften versorgen dürfen. Bücher, die das Kind sich selbst ausgesucht hat und die es je nach Ausleihfrist auch nur zwei Wochen zu Hause behalten darf, werden meist viel liebevoller betrachtet und gelesen, als Bücher, die ihnen gut meinende Erwachsene aufdrängen.

Wichtig ist, dass die Eltern auch Titel akzeptieren, von denen sie nicht gerade begeistert sind. Tristan kam immer mit einem Stapel wenig ansprechend wirkender Comics aus der Bibliothek zurück – und irgendwo dazwischen gab es dann das eine oder andere Sachbuch oder einen Abenteuerroman. Nur wenn die Kinder spüren, dass wir ihnen die Freiheit lassen, sich selbst für ein Buch zu entscheiden, werden sie überhaupt bereit sein, sich näher mit dem Lesen zu beschäftigen. Spätestens in der Pubertät spielt diese Entscheidungsfreiheit eine ungeheuer wichtige Rolle. Jugendliche werden das aber nur können, wenn sie während der Kindheit gelernt haben, sich ihre eigene Lektüre zusammenzustellen. Wenn sie erlebt haben, was es heißt, einen Helden durch seine Abenteuer zu begleiten oder spannende Sachbücher über ihr Hobby zu lesen. Und wenn sie wissen, dass die Eltern die eigene Wahl ohne ironische oder abwertende Bemerkungen akzeptieren.

Die eigene Auswahl und Entscheidung ist es also – und was können wir als Eltern über das bereits Gesagte hinaus tun? Niemals aufgeben, auch wenn die Erfolge sich nur langsam und nur nach und nach einstellen. Mein Ältester tat sich schwer mit dem Lesenlernen. Erst zum Ende der zweiten Klasse bewältigte er kurze zusammenhängende Texte, ohne nach wenigen Worten die Flinte ins Korn zu werfen. Und das, obwohl er in einem ausgesprochenen Bücherhaushalt groß wurde, wir viel übten und ihn immer wieder zu überreden versuchten, sich mit Erstlesebüchern zu beschäftigen. Doch die interessierten ihn nicht, die Texte fand er ungefähr so spannend wie die in seiner Fibel: »Einfach ätzend.« Er fand es am schönsten, wenn wir uns gemeinsam in eine Ecke zurückzogen und dann vorgelesen wurde. Seine Lieblingsbücher, wie eben das *Urmel*, wollte er immer wieder hören.

In den Sommerferien nach der zweiten Klasse hatten wir einen ganzen Stapel Bilderbücher und Bücher zum Vorlesen dabei, darunter auch die von Sven Nordqvist wunderbar illustrierte und von Mats Wahl einfühlsam erzählte Geschichte über den Untergang des Segelschiffes Götheborg (*Die lange Reise*), das in Diensten der Ostindischen Kompanie stand. Der Reisebericht ist aus Sicht des vierzehnjährigen Anders geschrieben, der nach dem Tod seiner Schwester auf dem Schiff anheuert, um den Schlägen seines Onkels zu entgehen. Es ist ein Buch, in dem das Schicksal des Jungen nicht beschönigt wird, er sogar damit fertig werden muss, dass sein bester Freund ertrinkt. Und auch wenn es sehr gut geschrieben ist und die Illustrationen selbst Erwachsene begeistern – es ist nicht gerade das Buch, das sich auf den ersten Blick als Einsteiger-Lektüre für einen Achtjährigen anbietet. Die Schrift ist zu klein, der Text zu lang und die Geschichte eigentlich viel zu wenig kindgerecht. Und dennoch: *Die lange Reise* war für unseren Sohn der erste, von einem Vorleser unabhängige Ausflug in die Welt der Literatur. Er hat sich durchgebissen, Wort für Wort, Zeile für Zeile. Und am Ende der Ferien schlug er die letzte Seite zu, nur um gleich wieder die erste aufzuschlagen und noch mal von vorn zu beginnen. Tristan hatte das Glück, mit diesem Buch etwas zu entdecken, was für alle Lesenden wichtig ist und ihn selbst schließlich zu einer wahren Leseratte werden ließ: In Büchern erfährt man etwas vom Leben. Auch wenn Bücher von Abenteuern erzählen, die uns in der gleichen Weise niemals begegnen werden, so geben sie uns die Möglichkeit, Dinge im Voraus spielerisch zu überdenken und zu ordnen, sich mit schwierigen, lustigen oder auch alltäglichen Situationen in unserer Phantasie auseinander zu setzen, um im Fall der Fälle auch richtig reagieren zu können. Bücher helfen gerade auch Kindern und Jugendlichen, sich eine eigene Meinung zu bilden, Gut und Böse voneinander zu unterscheiden und verschiedene Rollen gedanklich zu durchleben. Und sie bieten manchmal einen Ausweg, wenn die Realität allzu langweilig oder auch schwierig und problematisch ist. Wenn der Alltag grau ist, dann kann man beim Lesen zum Helden werden – manchmal jedenfalls. Und dann kann das Leben wieder besser ertragen werden. Das gilt für Siebenjährige ebenso wie für Siebzigjährige.

Die Atmosphäre muss stimmen

Kinder lernen vom Zuschauen, die einen mehr, die anderen weniger. Grundsätzlich aber sind sich Kinderpsychologen und Wissenschaftler einig, dass positive (und leider auch negative) Vorbilder gerade bei Kindern und Jugendlichen ausschlaggebend sind für viele Verhaltensweisen. Auf dieser Grundlage leuchtet es ein, dass Kinder am ehesten zum Buch greifen, wenn das Lesen auch für die Eltern eine selbstverständliche Beschäftigung ist – die Statistik bestätigt diesen Befund: Lesende Kinder findet man am ehesten in Haushalten, in denen auch die Eltern und die älteren Geschwister regelmäßig die Nase ins Buch stecken.

Das ist aber nur eine Möglichkeit, den Kindern die richtige Atmosphäre zum Lesen zu schaffen. Mindestens genauso wichtig ist das gemeinsame Lesen. Das abendliche Vorleseprogramm gehört inzwischen in vielen Familien zum festen Bestandteil des Familienlebens. Bei uns findet das teilweise gemeinsam mit allen Kindern statt. Sicherlich ist es nicht immer einfach, Bücher zu finden, die sich für unterschiedliche Altersgruppen und Geschlechter eignen. Gute Erfahrungen habe ich mit Märchen gemacht, mit denen man relativ leicht Kinder zwischen drei und dreizehn Jahren begeistern kann. Jedenfalls dann, wenn es sich nicht nur um *Schneewittchen* und *Dornröschen* handelt. Mein absolutes Lieblings-Märchenbuch ist *Das große Märchenbuch* aus dem Diogenes Verlag. Christian Strich hat hierfür Märchen aus ganz Europa gesammelt, die von Tatjana Hauptmann mit wunderbar komischen und teilweise unheimlichen Illustrationen versehen wurden. Textauswahl und Gestaltung wirken hier auf Erwachsene ebenso überzeugend wie auf Kinder.

Damit das gemeinsame Lesen zum festen Bestandteil des Alltags wird, sollte es ritualisiert werden. Möglichkeiten gibt es viele: Es kann das abendliche Vorlesen am Bett sein, gemeinsam oder auch für jedes Kind getrennt. Bei Freunden von uns trifft sich die ganze Familie – Vater, Mutter und drei Kinder – sonntagmorgens im Elternbett, um sich gemeinsam eine Stunde lang gegenseitig vorzulesen. Während der Winterzeit findet sich bei uns die ganze Familie auf dem Sofa zum gemeinsamen Lesen ein, bei Kerzenlicht, Tee, heißem Kakao und Keksen. Auch bei langen Autofahrten gehen Bücher mit auf die Reise – in diesem Fall allerdings Hörbücher in Form von CDs oder Kassetten, da keiner von uns beim Autofahren Lesen kann, ohne dass ihm schlecht wird. Inzwischen gibt es viele spannende Kinder- und Jugendhörbücher. Und, das erstaunt mich immer wieder, hinterher wollen die Kinder die schon gehörten Bücher dann in der Regel noch einmal selbst lesen oder zumindest vorgelesen bekommen. Das immer mal wieder angeführte Argument, Hörbücher hinderten die Kinder am Lesen und die Eltern am Vorlesen, kann ich aus eigener Erfahrung nicht bestätigen. Im Gegenteil: Kinder, die erfahren, wie schön es ist, eine Geschichte von Anfang bis Ende zu hören, sind meist auch bereit, nein: sogar begeistert dabei, wenn es darum geht, selbst ein Buch zur Hand zu nehmen. Außerdem haben Hörbücher noch einen ganz entscheidenden und aus Elternsicht nicht zu unterschätzenden Vorteil: Kinder wollen ihre Lieblingsgeschichten immer wieder hören, manchmal können sie ganze Passagen auswendig. Das beginnt schon bei Kleinkindern, die ganz bestimmte Pappbilderbücher so lange mit sich herumschleifen, sie anknabbern, abschlecken und knautschen, bis sie kaum noch als Bücher erkennbar sind. Und es geht weiter mit den Bilderbüchern. Alle Eltern werden schon erlebt haben, dass sie ihrem Kind ein neues oder lange nicht mehr beachtetes Bilderbuch vorlesen wollten, das Kind aber eindringlich auf ein Buch verwies, das seit Tagen immer und immer wieder betrachtet und vorgelesen wurde. Und die meisten werden auch die Situationen kennen, in denen man, weil man zu müde ist oder einfach keine Lust mehr hat, eine Passage beim Vorlesen auslässt. Der kindliche Protest »Mama, da fehlt was« lässt meist nicht lange auf sich warten. Ein Glückspilz, wer dann auf Kassetten oder CDs zurückgreifen kann …

Lesen in Kindergarten und Schule

Kinder kommen mit Büchern auch im Kindergarten in Kontakt. Gezielte Leseförderung findet in Deutschland allerdings bislang nur in wenigen Kindergärten statt, meist gibt es einfach nur ein Regal mit Bilderbüchern, die sich die Kinder nach eigenem Antrieb anschauen dürfen. Und sicherlich wird auch in den meisten Kindergärten hin und wieder vorgelesen.

Dass jedoch sehr viel mehr möglich ist, zeigen die speziell für Kindergärten entwickelten Projekte der Stiftung Lesen, durch die Kindergärten mit Kinderbüchern versorgt und Erzieherinnen und Erzieher rund um das Thema Lesepädagogik geschult werden. Vorlesewettbewerbe und -initiativen können ebenfalls dazu beitragen, dass die natürliche Begeisterung, die Kinder für Geschichten und Bücher mitbringen, unterstützt und gefördert wird. Es ist sicher sinnvoll, die Erzieherinnen auf solche Projekte anzusprechen, einfach ein Signal zu senden, dass es von Seiten der Eltern durchaus ein Interesse gibt, Kinder auch im Kindergarten gezielt mit dem Medium Buch zu konfrontieren.

Kurze Zeit später ist die Beschäftigung damit ohnehin unumgänglich: Spätestens in der Schule bekommt jedes Kind Bücher in die Hand gedrückt, zunächst einmal eine Fibel und ein Mathematikbuch, später dann die Sachbücher zu den einzelnen Fächern. Eigentlich sollte man annehmen, dass die Schule der ideale Ort ist, um Kinder für Bücher zu begeistern. Die Erfahrungen, die die meisten Schüler allerdings machen, vermitteln einen ganz anderen Eindruck: Die Vorbehalte gegen das Lesen scheinen zu wachsen. Nicht ganz ohne Grund – denn der Lese- und Literaturunterricht hat vor allem anderen die Aufgabe, Texte zu zerpflücken, um ihre sprachlichen Eigenheiten zu ermitteln und die Inhalte zu interpretieren. Manch ein Text wird da erfolgreich zerredet, den Schülern die Freude an der Geschichte genommen.

Das Ziel, die Kinder zum Lesen zu motivieren und ihnen Angebote zu machen, die das Lesen inner- und außerhalb der Schule zum festen Bestandteil ihres Lebens werden lassen, bleibt dabei oft auf der Strecke. Hinzu kommt, dass die Texte, die in Schulbüchern angeboten werden, die Kinder oft herzlich wenig interessieren. Wenn Lehrer sich auf andere Texte als die in den Schulbüchern vorgegebenen stützen wollen, dann stellt der Geldmangel dem Anliegen immer mal wieder ein Bein.

Es wird von den wenigsten Lehrern darauf geachtet, dass Kinder eine lustvolle, intensive Erfahrung mit Büchern machen.

Stattdessen werden ständig Fotokopien verteilt. Und es gibt in der Schule nur wenig Zeit, sich auf eine Geschichte einzulassen, ohne dass irgendeine Ergebniserwartung die Leselust dämpft. Inzwischen bieten einige Grundschulen wöchentlich eine »Literaturstunde« an, in der die Kinder im Deutschunterricht selbst ausgewählte Lektüre lesen dürfen. An der Grundschule meiner Jungen hat sich die Konrektorin Sabine Größel vor vier Jahren entschieden, einmal im Jahr einen »Lesetag« zu organisieren. Dabei beschäftigen sich die Kinder aller Klassen vier Stunden lang nur mit Lesen. Sie bringen Bücher und Hefte – eben alles, was sie gern lesen – mit in die Schule und haben einen Vormittag lang Zeit, in diesen Texten zu versinken. Was von Lehrern und Eltern zunächst mit Skepsis betrachtet wurde, hat sich inzwischen bewährt. Kinder, die sonst wenig oder gar nicht lesen, lassen sich von ihren Freunden und der gesamten Atmosphäre anstecken, greifen nach einem Buch, blättern ein wenig darin, lesen quer und bleiben dann irgendwann hängen. Manche Kinder machen auf diese Weise zum ersten Mal die Erfahrung, dass ein Buch etwas ist, dem man sich nicht nur kurzzeitig und unter Zwang widmet. Und manche Lehrer sind von den Erfolgen so begeistert, dass sie mit ihren Schülern gleich eine ganze »Lesenacht« im Klassenzimmer verbringen: mit Isomatten, Schlafsäcken und Taschenlampen – und stapelweise Büchern.

Eine ganz wichtige Erkenntnis hat die Organisatorin des Lesetages aufgegriffen: Kein Kind bekommt durch Druck Freude am Lesen, das geschieht nur, indem es motiviert und verführt wird. Der Sohn eines Bekannten, der von seinem Vater eine tägliche Leseration von 20 Seiten verordnet bekommen hat, liest diese auch ohne allzu großes Murren. Spaß am Lesen hat er auf diese Weise noch nicht gefunden – nach 20 Seiten wird das Buch zugeklappt, egal ob er sich gerade mitten in einem Kapitel oder gar mitten in einem Satz befindet. Anschließend liest er meist trotzdem, allerdings nicht in Büchern, sondern am Computer, während er durchs Internet surft.

Was die Fachleute empfehlen

Psychologen und Lesepädagogen sind sich einig, dass es einen engen Zusammenhang zwischen Sprechen und Schreiben gibt, der als Voraussetzung für das Lesen gesehen wird. Sprachförderung sollte möglichst schon in der Familie beginnen und im Kindergarten seine Fortsetzung finden. Eine fundierte Leseförderung in Kindergarten und Schule wird immer notwendiger, zumal verschiedene Studien zur Mediennutzung zum Teil seit 20 Jahren feststellen, dass ein Viertel bis ein Drittel aller Heranwachsenden als leseabstinent bezeichnet werden kann, jedenfalls nehmen diese Jugendlichen kaum einmal ein Buch in die Hand. Das stimmt bedenklich, weil sich Sprachvermögen und Lesefähigkeit nur in einem bestimmten Alter entwickeln, und zwar während so genannter »Entwicklungsfenster«. Nur solange diese Fenster geöffnet sind, können neuronale Anlagen zu konkreten Fähigkeiten entwickelt werden. In dieser Zeit, bis zum Alter von etwa 13 bis 14 Jahren, müssen Kinder und Jugendliche Lesepraxis erwerben – eine der entscheidenden Grundlagen, um lebenslanges Lernen überhaupt durchhalten zu können (Handbuch Lesen, 473).

Aufgrund dieser Erkenntnisse setzen sich Bildungspolitiker und Pädagogen vermehrt dafür ein, dass auch außerhalb der Familie Leseförderung betrieben wird. Dabei geht es einerseits um flankierende Maßnahmen wie das gemeinsame Betrachten oder das Vorlesen von Bilderbüchern oder die Durchführung von Lesewettbewerben. Die Stiftung Lesen unterstützt diese Maßnahmen durch Projekte in Kindergärten und Schulen, durch Vorlesemobile und die Einrichtung von Leseecken in Kindertagesstätten.

Vorlesewettbewerbe und Leseclubs sowie Kampagnen rund um das Thema Lesen versuchen Kinder und Jugendliche anzusprechen. Seit 1997 wird am 23. April der »Welttag des Buches« gefeiert, an dem Buchhandel und Verlage öffentliche Aufmerksamkeit für das Buch suchen. Vom Straßentheater über

Vorlesepicknicks bis hin zu Lesenächten gibt es jedes Jahr eine Vielzahl von Veranstaltungen, die alle für das Lesen werben.

Egal auf welche wissenschaftlichen Untersuchungen, auf welche Methoden oder Strategien der Lesepädagogik man eingeht, eines haben alle Konzepte gemeinsam: Es geht immer wieder um eine individuelle Förderung der Kinder, um den Spaß am Lesen und das Locken mit qualitativ guten Angeboten. Die vielen Artikel, ob im *Spiegel*, im *Stern* oder in *Geo*, die sich aufgrund der aktuellen Diskussion um die PISA- und die Iglu-Studie mit Bildung und in diesem Zusammenhang immer auch mit dem Thema Lesen beschäftigen, machen deutlich, dass es letztlich stets um ganz konkrete Leseangebote in der Familie, in Kindergärten und in Schulen geht. Denn die Schulen, die ihren Kindern über unterschiedliche Projekte wie Vorlesewettbewerbe und Lesemuttis, Lesetage und Lesenächte das Lesen schmackhaft machen und sich auch intensiv um die »leseschwachen« Kinder bemühen, haben bei den jeweiligen Untersuchungen am besten abgeschnitten.

Erfolgreiche Leseförderung erfolgt durch die selbstverständliche, alltägliche Präsenz von Büchern, durch interessante Lektüre und glaubwürdige Lesevorbilder. Das Lesen sollte zum »Normalfall« werden: Alle tun es, weil es Spaß macht und hilft – nicht weil es gefordert wird oder gerade ein Projekt ansteht. Für kleinere Kinder sind die Erwachsenen als Lesevorbilder wichtig – die Eltern, Erzieherinnen oder auch die älteren Geschwister. Jugendliche legen deutlich mehr Wert auf das, was im Freundeskreis oder in der Peer-Group angesagt ist. Erfolgreiche Leseförderung muss deshalb so viele Anlässe wie möglich schaffen, bei denen Bücher und Lesen im Mittelpunkt gemeinsamer Aktivitäten stehen oder über Literatur diskutiert wird. Darüber hinaus sollten Bücher im Umfeld der Kinder und Jugendlichen sichtbar sein: im Elternhaus und Kindergarten, in der Schule im Klassenzimmer, auf den Gängen und im Lehrerzimmer, in Pausenräumen und Jugendzentren. Im Mittelpunkt der professionellen Leseförderung steht ebenso wie bei der Lektüre im Elternhaus der Spaß am Buch: Nur wer gern und mit Freude zum Buch greift und das Lesen als angenehme Situation erfahren hat, wird zum begeisterten Leser.

Während Eltern, Erzieher(innen) und Pädagogen zunächst aufgerufen sind, ein für den Spaß am Lesen günstiges Umfeld zu schaffen, möchte ich mit den folgenden Vorschlägen und Empfehlungen beitragen, die Lust am Lesen zu wecken. Denn die denkbar besten Voraussetzungen nützen nichts, solange die kleinen Leser nicht merken, dass das, was da aus 26 Buchstaben geformt daherkommt, etwas mit ihnen selbst und ihrem Leben zu tun hat. In diesem Sinne mögen meine Hinweise helfen, die Nasen der (angehenden) Leseratten auf die richtige Fährte zu locken.

2

Bilder …, Bilder …, Bilderbücher!

Bilderbücher vorzustellen ist gar keine so einfache Sache, denn eigentlich sollte man die Bilder sehen, um über Qualität und persönliche Vorlieben entscheiden zu können. Mit Bilderbüchern ist es wie mit Gemälden: Die einen hängen sich Biedermeier-Idyllen ins Wohnzimmer, die anderen bevorzugen zeitgenössische Kunst.

Die Zeichnungen in Bilderbüchern müssen ihre Betrachter unmittelbar berühren – tun sie das nicht, dann landet das Buch schnell ganz weit hinten im Regal. Dennoch: Im Folgenden möchte ich zunächst Bilderbücher vorstellen, schließlich sind das die ersten Bücher, mit denen Kinder in Kontakt kommen. Es sind allesamt Bücher, die aus dem Rahmen fallen, die mir, meinen Kindern und den Freunden meiner Kinder so gut gefallen, dass sie immer wieder aufgeschlagen werden und niemals einstauben. Vom vielen Blättern ist das eine oder andere von ihnen schon reichlich abgegriffen.

Bilderbücher werden in der Regel von Eltern und Großeltern gekauft, nur die wenigsten Käufer bringen tatsächlich die Kinder mit, damit die sich die Bücher selbst aussuchen können. Schade eigentlich, denn so würden die angehenden Leser auf selbstverständliche Weise daran gewöhnt, dass man sich Bücher in einer Buchhandlung anschauen, sie anfassen und nach Gefallen auswählen kann. In der Regel ist es aber so, dass gerade kleinere Kinder Bücher zum Geburtstag oder zu einer anderen Gelegenheit in Geschenkpapier verpackt bekommen. Entschieden, was gefällt, haben die Erwachsenen. Und so sind sich die meisten Lektoren und Vertriebsexperten von Verlagen einig, dass es die Themen sind, nach denen viele Bilderbücher gekauft werden. Buchhändler bestätigen, dass gerade Großeltern, Tanten, Onkel oder Paten gern zu einem bestimmten Anlass wie Geburtstag oder Weihnachten ein Bilderbuch verschenken. Auch wenn es um eine bevorstehende Scheidung geht, um einen Todesfall in der Familie oder um ein neues Geschwisterchen – ein Bilderbuch bietet allemal eine Möglichkeit, Sprachlosigkeit zu überwinden und Gefühle auszudrücken – und es bietet natürlich auch handfeste Informationen. Es ist schließlich schwer, sich vorzustellen, wie in Mamas Bauch ein Geschwisterchen heranwächst – auch wenn der immer dicker wird. Sieht man auf einem Bild, wie der Embryo im Bauch liegt, oder kann mit Hilfe von überlappenden Folien entdecken, was sich so alles hinter dem dicken Bauch verbirgt, fällt das den meisten Kindern schon wesentlich leichter.

Es gibt kaum eine Situation aus dem Alltag von Kleinkindern, die nicht in irgendeiner Weise im Bilderbuch aufbereitet wurde: Ob es sich um Adoptionen oder behinderte Kinder, um das sehnlichst erwünschte Haustier oder die tägliche Auseinandersetzung bei der Trennung im Kindergarten, um das Sauberwerden oder die Angst vor der Dunkelheit handelt – alles ist schon mal in Worte und vor allem auch Bilder gefasst worden, die es Kindern erleichtern, die eigenen Erfahrungen zu verarbeiten. So wie die meisten Pubertierenden gern Liebesgeschichten lesen, um mit ihrem Gefühlswirrwarr fertig zu werden, so betrachten Kleinkinder eben gern Bilder, die bekannte Erlebnisse nacherzählen.

Die Themen sind es also, mit denen Bilderbücher verkauft werden. Bilderbücher sind allerdings oft fürchterlich pädagogisch aufgemacht, kommen sozusagen mit dem erhobenen Zeigefinger daher. Das sind die Bilderbücher, die ich selbst meist schnell aus der Hand lege und die meine Kinder am liebsten gar nicht erst anfassen. Dabei gibt es auch unter den Bilderbüchern, die Alltagsthemen aufbereiten, wunderbare Titel, die trotz des pädagogischen Ansatzes mit ihren Bildern und Geschichten überzeugen. Da, wo den Erwachsenen manchmal die Worte fehlen, geben diese Bilderbücher Hilfestellung. Im Folgenden möchte ich zunächst einige aus dieser Kategorie vorstellen. Dabei halte ich mich nicht streng an die Vorgabe, dass die Bücher dem Alter nach vorgestellt werden. Schließlich bewegen wir uns hier in der Altersgruppe der Drei- bis Fünfjährigen, die Spannbreite ist also noch nicht allzu groß. Die Titel innerhalb dieses Kapitels sind wie folgt thematisch geordnet:

- Streithähne
- Papa ist nie da!
- Wenn es dunkel wird ...
- Ohne Worte
- Tierische Helden
- Kids und Kunst
- Von Liebe und Tod
- Wunderbare Besteller

Zunächst geht es also um Bilderbücher zu Erlebnissen, die den meisten Kindern in der einen oder anderen Weise bekannt sind: der Streit mit der besten Freundin, der ständig abwesende Vater oder die Angst vor der Dunkelheit.

Im Anschluss stelle ich einige Bilderbücher vor, die tatsächlich nur Bilder haben und ganz ohne Worte auskommen: Bilderbücher, die die kleinen Betrachter anregen, sich selbst eine Geschichte zu überlegen und die Bilder zu interpretieren. Wer das einmal mit Kindern gemacht hat, wird immer wieder zu solchen Büchern greifen – es ist wunderbar, welche Ideen Kinder zu Bildern entwickeln, wenn kein Text vorgegeben wird.

Nach den »Büchern ohne Worte« folgen Bücher, in denen Tiere die Helden sind. Ob Schwein oder Hund, Ratte oder Hase, die meisten Kinder lieben es, wenn die Bilderbuchcharaktere auf vier Beinen daherkommen. Für sie ist es kein Problem, sich mit einer kleinen Schweinedame oder einem Maulwurf zu identifizieren, denn schließlich sind in ihrer Phantasie die Plüschtiere ebenso wichtig und lebendig wie der Hund, mit dem sie täglich spazieren gehen.

Danach stelle ich einige Bücher vor, die sich an den Kunstwerken berühmter Maler orientieren. Wer Spaß an der Malerei hat, wird auch an diesen Büchern seine Freude haben.

Zwei Titel zu den Themen Liebe und Tod, die für Kinder ab etwa sieben Jahren empfohlen werden, sowie drei Bestseller-Reihen, von denen die meisten Kinder und ihre Eltern begeistert sind, beschließen dieses Kapitel.

Streithähne

Auseinandersetzungen mit der besten Freundin oder dem besten Freund kennen wohl alle Eltern, die Kinder im Kindergartenalter haben. Da wird gebissen und gekratzt, geschimpft und geflucht. Und der »beste Freund« wird ganz bestimmt »nie, nie mehr eingeladen«. Isabel Abedi und Silvio Neuendorf haben dieses Thema in ihrem Wendebilderbuch *Blöde Ziege – Dumme Gans* überzeugend umgesetzt: Die kleine Ziege sitzt empört zu Hause und schimpft über ihre beste Freundin, mit der sie sich gestritten hat. Nie mehr will sie mit ihr spielen, nie mehr mit ihr gemeinsam etwas unternehmen. Stattdessen langweilt sie sich lieber ganz fürchterlich – und schaut sehnsüchtig aus dem Fenster in den Nachbarsgarten, wo die kleine Gans wohnt. Wenn man das Buch umdreht und wieder von vorn beginnt, liest man die gleiche Geschichte noch einmal, aber nun aus der Sicht der Gans: Nie mehr will sie mit der Ziege spielen, nie mehr mit ihr gemeinsam etwas unternehmen. Lieber langweilt sie sich zu Tode – und schaut sehnsüchtig aus dem Fenster in den Nachbarsgarten, wo die kleine Ziege wohnt. In der Mitte des Buches treffen die beiden sich und fallen einander in den Arm: Streit und

Beschimpfungen sind vergessen. Ein Buch, das sich gerade für kleine Streithähne sehr gut eignet, weil es auch schon jüngeren Kindern zeigt, dass ein Konflikt zwei Seiten hat und dass es ihrem Gegenüber vermutlich genauso schlecht geht wie ihnen selbst.

📖 *Isabel Abedi und Silvio Neuendorf: Blöde Ziege – Dumme Gans, arsEdition, München 2002, 32 S., 12,90 Euro, ab 3 Jahren (dazu gibt es ein Handpuppenset für 24,95 Euro)*

Papa ist nie da!

Bildbücher berichten von den unterschiedlichsten Alltagserfahrungen und bieten in der Regel auch eine zufrieden stellende Lösung an. »Was nicht geht«, stellt in diesem Zusammenhang Peter Baumann, Bilderbuchlektor und Verleger von Lappan, fest, »sind Geschichten, die der konkreten Lebenswirklichkeit heutiger Kinder widersprechen – zum Beispiel, indem sie ein historisch überholtes Rollenverständnis transportieren.« Kein Wunder, dass auch in Bilderbüchern die Rolle des leider allzu häufig abwesenden Vaters immer mal wieder thematisiert wird und Kinder von ihren Sehnsüchten und Bedürfnissen erzählen. In Thierry Robberechts und Philippe Goossens Bilderbuch *Als Papa König war* schildert ein Junge, wie sich das Verhältnis zu seinem Vater von einem Tag auf den anderen verändert hat. Dabei war früher alles so schön gewesen. Mit niemandem hatte er besser Verstecken spielen und kuscheln können. Doch eines Tages kamen ein paar sehr merkwürdige und steife Herren und wollten, dass sein Papa König wird. Und als sie sich verabschiedeten, trug Papa eine Krone auf dem Kopf.

Die Entfremdung von der Familie können die jungen Betrachter auf den gelungenen Illustrationen leicht nachvollziehen. Philippe Goossens arbeitet gekonnt mit dem Mittel der Überzeichnung. Immer größer, immer wichtiger und immer unnahbarer wird der Vater. Bis er schließlich so groß ist, dass der

Sohn und seine Mutter ihn nicht mehr sehen können. Zum Glück findet der Papa des namenlosen kleinen Jungen es auf Dauer selbst nicht so toll, einsam in einem riesigen Schloss zu leben. Er legt die Krone ab, wird kleiner und kleiner und erreicht am Ende wieder seinen Sohn. Der Vater spielt wieder Verstecken, kuschelt mit dem Sohn und ist wieder der beste Papa der ganzen Welt.

🕮 *Thierry Robberecht und Philippe Goossens: Als Papa König war. Altberliner Verlag, Berlin 2002, 32 S., 12,70 Euro, ab 3 Jahren*

Eine ebenso liebevolle, textlich aber deutlich kompliziertere Vatergeschichte präsentieren Jens Thiele, Matthias Friedrich und Sabine Wiemers in *Rita und der tollste Papa der Welt.* Das kleine Rattenkind Rita hat große Sehnsucht nach ihrem Papa. Der hat sich seinen größten Traum erfüllt und ist mit den Zugvögeln nach Afrika geflogen, um dort den Bau von Vogelhäusern zu studieren. Als die versprochenen Postkarten nicht eintreffen, erfindet Rita Geschichten, in denen ihr Vater die unglaublichsten Abenteuer besteht. Manchmal greift sie auch einfach auf einen Traum zurück. Für sie ist das zunächst eine Möglichkeit, die Zeit der Trennung zu überstehen.

Andererseits aber kann sie damit auch ihren Freund Wim, einen Eseljungen, mächtig beeindrucken. Doch was wird geschehen, wenn der Papa wiederkehrt und die Lügen ans Tageslicht kommen? Als das Frühjahr naht, hat Rita eine Riesenangst vor der Heimkehr des Vaters. Doch Wim ist ein richtig guter Freund – er stellt pragmatisch fest, dass die Geschichten den Winter viel spannender gemacht haben. So freuen sich am Ende alle über Papas Ankunft.

Kariert, gestreift und gemustert in allen Variationen präsentiert sich das in Collagetechnik aufwändig gestaltete Bilderbuch, in dem es immer wieder etwas Neues zu entdecken gibt.

🕮 *Jens Thiele, Matthias Friedrich und Sabine Wiemers: Rita und der tollste Papa der Welt. Ravensburger Buchverlag, Ravensburg 2002, 48 S., 14,95 Euro, ab 4 Jahren*

Dem Vater kommt auch in der Geschichte *Ein richtig schöner Tag* von Bruno Blume und Jacky Gleich eine besondere Rolle zu: Mama und Papa haben sich frei genommen, um mit Leonie und Jakob einen Tag im Schrebergarten zu verbringen. Früh aufstehen und dann los! So jedenfalls ist die Planung am Vorabend. Doch um acht Uhr schläft Papa noch – und Mama legt sich gleich noch mal dazu. Als sie dann endlich aus dem Bett kommen, fährt Mama schon mal vor, um im Garten zu arbeiten, während Papa mit den Kindern nachkommen soll. Dann geht die Waschmaschine kaputt, und die Bibliothek hat auch schon geschlossen, als Papa und Leonie endlich die neue Gutenachtgeschichte holen wollen. Und aus dem Tag im Schrebergarten werden schließlich ein paar Abendstunden, bevor Eltern und Kinder vollkommen erschöpft wieder zu Hause in den Betten liegen. Dennoch, alle sind sich einig: Es war »ein richtig schöner Tag«.

Jacky Gleich setzt mit eigenwilligem Pinselstrich das alltägliche Chaos mit Kind und Säugling gelungen in Szene. Die von Bruno Blume fast reportageartig erzählte Geschichte bekommt durch die farbenfrohen Bilder der Illustratorin den nötigen Schwung, um die Hektik eines solch »ruhigen« Familientages glaubwürdig zu machen. Ein Bilderbuch, in dem auf jeder Seite Bewegung ist: Wassereimer und Kaffeetassen schwappen über, und selbst Busse und Kirchtürme biegen sich mit den Bäumen im Wind. Eine Geschichte, die Eltern kleiner Kinder aus vollem Herzen nachvollziehen können – und die für die Kleinsten auch bei mehrmaligem Anschauen immer wieder neue Entdeckungen bietet: ein richtig schönes Kinderbuch!

📖 *Bruno Blume und Jacky Gleich: Ein richtig schöner Tag, Carlsen Verlag, Hamburg 2001, 40 S., 13,75 Euro, ab 4 Jahren*

Wenn es dunkel wird …

Ein Alltagsthema ist die Angst kleiner Mädchen und Jungen vor der Dunkelheit. Wohl die meisten Kinder – und das heißt dann eben auch deren Eltern – haben irgendwann einmal damit zu kämpfen. Eine Vielzahl von Bilderbüchern bietet hierfür die unterschiedlichsten Bewältigungsstrategien an.

In *Darf ich bei euch schlafen?* von Beate Maly und Irmgard Paule bemüht sich der Vater, eine unheimliche Hexe aus dem Kinderzimmer zu vertreiben, in *Hab keine Angst, wenn's dunkel wird* kann Robin nicht einschlafen, weil er seinen Teddy nicht findet. Außerdem hat er Angst vor dem Nachtnurmler. Als er ihm begegnet, stellt er fest, dass das rosafarbene Untier mindestens ebenso viel Angst hat wie er selbst. Zwei witzig gemachte Bilderbücher, die dem Thema gerecht werden, ohne besonders aus dem Rahmen zu fallen.

Dem gleichen Thema, aber mit einem ganz anderen Ansatz nähern sich *Wenn du glaubst, du bist allein* von Hubert Flattinger und Nathalie Duroussy und *Mitten in der Nacht* von Bruno Blume und Jacky Gleich. Die Angst vor der Dunkelheit wird in beiden Büchern nicht banalisiert, sondern findet ihre Entsprechung in den Bildern. Die Angst wird ernst genommen – auch Erwachsene können sich beim Betrachten der Illustrationen vorstellen, dass unheimliche Schatten aussehen wie große schwarze Gestalten. Die Angst wird hier überwunden, indem sie erlebt wird. Eva Kutter vom Fischer Verlag weiß, dass *Mitten in der Nacht* kein Bilderbuch für jedermann und in seiner Besonderheit ein Wagnis ist: »Aber wer sich auf das Buch einlässt, wird überzeugt werden, denn hier ist eine runde, stimmige Sache entstanden, die nicht mit Rücksicht auf den Massengeschmack ›verbogen‹ wurde.« Mir gefällt *Mitten in der Nacht* mit den »unheimlich« schönen Bildern von Jacky Gleich von den vier vorgestellten Titeln, die allesamt ihren Reiz haben, am besten. Das hängt aber wohl vor allem daran, dass ich den Stil dieser Zeichnerin einfach hinreißend finde.

- *Beate Maly und Irmgard Paule: Darf ich bei euch schlafen?, Kerle im Herder Verlag, Freiburg 2002, 28 S., 11,90 Euro, ab 3 Jahren*
- *Sabine Rahn und Sigrid Leberer: Hab keine Angst, wenn's dunkel wird, Coppenrath Verlag, Münster 2002, 32 S., 11,95 Euro, ab 4 Jahren*
- *Hubert Flattinger und Nathalie Duroussy: Wenn du glaubst, du bist allein, Nord Süd Verlag, Gossa, Zürich, Hamburg und Salzburg 2002, 32 S., 12,80 Euro, ab 4 Jahren*
- *Bruno Blume und Jacky Gleich: Mitten in der Nacht, Fischer Schatzinsel, Frankfurt/Main 2002, 32 S., 12,50 Euro, ab 4 Jahren*

Bücher ohne Worte

Nicht alle Bilderbuchmacher sind begeistert, wenn sie an die so genannten Bedarfsbücher denken. »Wenn ich mir den Markt anschaue«, so Karin Gruß, die seit 1997 für das Bilderbuchprogramm des Peter Hammer Verlags verantwortlich ist, »so findet seit Jahren eine Regression statt. Mir fällt dabei das Stichwort Lebenshilfe ein – und dabei kommen leider vor allem so genannte pädagogische Bilderbücher heraus.« Bei Peter Hammer versucht sie diesem Trend mit innovativen und künstlerisch anspruchsvollen Büchern zu begegnen, zum Beispiel mit *Unsichtbar* der jungen Illustratorin Katja Kamm. Dem bunten und plakativen Überraschungsbilderbuch sieht man an, dass es aus der Hand einer Grafik-Designerin stammt. Auf Text verzichtet Kamm, dafür schweben Reisende in geheimnisvollem Gelb, ein spielendes Mädchen stolpert über scheinbar nichts, und einem Pechvogel kommt urplötzlich das Hemd abhanden: Hier stimmt eine ganze Menge nicht. Und kaum hat sich die eine Sache aufgeklärt, erwartet den Betrachter schon die nächste rätselhafte Ungereimtheit. In den meisten Fällen hängt unsere

Sicht der Dinge vom Hintergrund ab, vor dem wir etwas wahrnehmen oder eben nicht wahrnehmen. Katja Kamm spielt in ihrem originellen Bilderbuch-Debüt mit unseren Sehgewohnheiten und zeigt in witzigen Bildfolgen, dass scheinbar Unsichtbares überall darauf wartet, von uns – oder von unseren Kindern – entdeckt zu werden.

📖 *Katja Kamm: Unsichtbar, Peter Hammer Verlag, Wuppertal 2002, 32 S., 12,90 Euro, ab 5 Jahren*

Bilderbücher ohne Text fordern den Betrachter auf, sich Gedanken über die Bilder zu machen und die Geschichten hinter diesen Bildern zu entdecken: Katy Couprie und Antonin Louchard bekamen für ihr Collagen-Buch *Die ganze Welt* im vergangenen Jahr den Jugendliteraturpreis. Selbst in der Sendung »Kulturzeit« auf 3sat brach die pure Begeisterung aus: »Dieser Bildband ist die Einladung zu einer grenzenlosen Entdeckungsreise.« Eine Einschätzung, die direkt für ihr neues Werk *Guten Appetit!* übernommen werden kann. Diesmal handelt es sich um ein Bilderbuch rund um das Thema Essen. Da wird geschnitzelt und gehäckselt, gespeist und getrunken, gekocht und gealbert. Collagen, Zeichnungen, Skizzen mit Ölkreide und Filzstift, Holzschnitte und Zeichnungen mit Pastellkreide, Fotos und Bilder von Plastiken und Skulpturen reihen sich aneinander und schaffen Assoziationsketten, die mal in Ekel, mal in hemmungslosem Gelächter enden. Aufmerksame kindliche Betrachter finden reichlich Anregungen, was man mit Melonen, Nudeln, Fischstäbchen und Schneckenhäusern so alles machen kann, außer sie zu essen. Wer Spaß am Essen hat, dem wird auch *Guten Appetit!* gefallen.

📖 *Katy Couprie und Antonin Luchard: Die ganze Welt, Gerstenberg Verlag, Hildesheim 2002, 40 S., 15,80 Euro, ab 4 Jahren*

📖 *Katy Couprie und Antonin Luchard: Guten Appetit!, Gerstenberg Verlag, Hildesheim 2002, 40 S., 15,80 Euro, ab 4 Jahren*

Ebenfalls ohne Worte, aber stilistisch ganz anders kommt Rotraut Susanne Berners *Der fliegende Hut* daher. In bunten und klaren, aber niemals aufdringlichen Bildern erzählt sie die Geschichte eines Hutes, der mit einem heftigen Windstoß seinen Besitzer verlässt. Doch für Hüte ist das noch längst kein Drama, schließlich gibt es jede Menge Menschen und Tiere, die auch gern mal gut behütet sind: Enten und Affen, Zoowärterinnen und Ziegen, Hasen und Schneemänner. Der Hut wird im Laufe eines Jahres eingetauscht und verwechselt, geklaut und verloren – und landet am Ende wieder auf dem Kopf, von dem aus er seine aufregende Reise startete. Rotraut Susanne Berner, die unter anderem Hans Magnus Enzensbergers *Zahlenteufel* illustrierte, überzeugt in dieser kleinen Bildergeschichte mit strahlend heiteren, erfrischend komischen und zärtlich behutsamen Zeichnungen, die auch nach mehrfachem Betrachten noch Freude machen. Ein Buch, dass sich zum Anschauen und Erzählen – und zum Nacherzählen durch die Kinder eignet. Es ist erstaunlich, welche Ideen gerade kleinere Kinder haben, wenn man sie erklären lässt, warum der Hut im Zug verwechselt wurde oder weshalb ein Affe unbedingt einen Hut haben will.

🕮 *Rotraut Susanne Berner: Der fliegende Hut, Hanser Verlag, München und Wien 2002, 32 S., 9,90 Euro, ab 3 Jahren*

Tierische Helden

Markus Weber, der Inhaber des Moritz Verlages stellt mit Bedauern fest, dass »Deutschland ein Land ist, in dem ›Zweck-Nutzen-Bilderbücher‹ viel größere Chancen haben als solche Titel, die nur Lese- und Sehvergnügen versprechen. Kinder sollen, wenn irgend möglich, eben schon mit zweieinhalb Jahren lernen, lernen, lernen. Ob sie auf diese Weise auch Freude an Büchern entwickeln, das wage ich dann doch zu bezweifeln«. Weber wählt deshalb die Bücher für sein Programm ganz bewusst danach aus, dass Geschichten erzählt werden, die spannend sind und ihre kleinen Leser in Bann schlagen können. Oft sind das Bücher, die bei einer kleinen Fangemeinde Begeisterung hervorrufen, aber nicht unbedingt in großen Auflagen verkauft werden, weil sie sich thematisch nicht leicht einordnen lassen. Ein solches Buch, dem ich aber durchaus eine große Fangemeinde zutraue, ist *Franziska und die Wölfe* von Pija Lindenbaum. »Franziska ist eine, die nicht gern auf Bäumen rumklettert.« Und nicht nur das. Überhaupt macht Franziska viele Dinge nicht, die andere gern machen, weil sie Angst hat. Sie streichelt keine fremden Hunde, sie springt nicht über tiefe Gräben und fasst auch keine Regenwürmer an. Franziska ist überaus vorsichtig, was die Kinder aus ihrer Kindergartengruppe dazu bringt, Franziska mit ihrer Angst aufzuziehen. Bei einem Ausflug mit dieser Gruppe verliert Franziska die anderen und verläuft sich dabei im Wald – und steht plötzlich mitten in einem Rudel wilder Wölfe.

Doch von Angst ist diesmal keine Rede: Franziska vertreibt die Wölfe, indem sie mit ihnen spielt, sie auf die Bäume scheucht und ihnen Schlammsuppe kocht. Franziska tritt auf wie eine moderne Pippi Langstrumpf. Ihre Angst braucht sie nicht zu bekämpfen oder zu besiegen, sie ist in dem Moment verschwunden, in dem es wichtig ist, mutig zu sein. Diese verrückte Geschichte von Furcht und Tapferkeit ist ganz nach dem Geschmack kleiner tapferer Mädchen. Lindenbaum hat sie in wunderbar farbige, aber niemals grelle Bilder gepackt, die ebenso frech und verrückt daherkommen wie die Ideen, die Franziska in ihrer Begegnung mit den Wölfen umsetzt.

📖 *Pija Lindenbaum: Franziska und die Wölfe, Moritz Verlag, Frankfurt/Main 2002, 40 S., 13,80 Euro, ab 4 Jahren*

Von Angst erzählt auch John A. Rowes *Theodor Terror*. Allerdings nicht von der Angst Theodors, sondern von der Angst, die andere vor Theodor haben. Theodor ist ein kleiner Drache, den eigentlich alle anderen Tiere gern haben. Doch wenn Theodor niest, dann setzt er immer etwas in Brand. Und Theodor niest häufig, deshalb wollen die anderen Tiere nichts mehr mit ihm zu tun haben. Sie schicken Theodor Terror – so nennen sie ihn – zu Professor Eule, einem Arzt. Dessen Hut geht so ganz nebenbei in Flammen auf, doch Theodor wird mit einer erfolgreichen Diagnose entlassen: Er niest so oft, weil ihn das Gras immer in der Nase kitzelt. Und deshalb muss er, bis er ein großer Drache ist, auf Stelzen gehen. John A. Rowe hat mit Theodor Terror eine skurrile, schrullig-schöne Figur geschaffen, die Kindern und Eltern gleichermaßen gefällt.

🕮 *John A. Rowe: Theodor Terror, Neugebauer Verlag, Gossau und Zürich, Hamburg 2001, 32 S., 12,80 Euro, ab 3 Jahren*

Vom Wert der Freundschaft handelt Bettina Obrechts *Wüstenfreunde*. Dem Kamel ist sein Dasein als Lasttier an der Seite des Esels zu langweilig. Vom Marabu wird ihm geweissagt: »Du wirst mit einem, der viel mit dir gemeinsam hat, an einem paradiesischen Ort leben.« Also macht das Kamel sich auf die Suche nach einer besseren Zukunft und nach dem richtigen Begleiter. Es reist mit einem Pferd, einem buckligen Mann und einer Kobra, bis es spürt, dass die Sehnsucht nach dem Esel alles andere in den Hintergrund drängt. Katrin Engelking setzt die poetische Geschichte vom Trampeltier, das seinen wahren Freund erst nach einer langen Reise durch die Wüste und viele unerfreuliche Erfahrungen erkennt, in poetische Bilder um. Ein wunderschön illustriertes Bilderbuch, das die Wüstenlandschaft in kräftigen Gelb- und Rottönen entstehen lässt. Die Hitze flirrt geradezu über die Bilder, wenn das Kamel und der alte bucklige Mann ihres Weges ziehen. Ein Buch, dessen Bilder Lust machen, die Wüste mit eigenen Augen zu sehen.

🕮 *Bettina Obrecht und Katrin Engelking: Wüstenfreunde, Oetinger Verlag, Hamburg 2002, 32 S., 12,– Euro, ab 3 Jahren*

In Afrika spielt auch Martin Baltscheits Bilderbuch *Die Geschichte vom Löwen, der nicht schreiben konnte*. Eines Tages sieht er eine lesende Löwin – und verliebt sich schon von weitem in sie. Der Löwe will ihr einen Brief schreiben, doch das geht ja nicht. Und so tut er das, was wohl die meisten in solch einer Situation tun würden: Er lässt schreiben – den Affen und das Nilpferd, den Mistkäfer und die Giraffe, den Geier und das Krokodil. Die allerdings haben alle ganz andere Vorstellungen von einem Liebesbrief als der Löwe. Doch die Löwin kommt ihm auf die Schliche. Und zum Schluss liegen die beiden gemeinsam auf einer Wiese und üben das »A wie Anfang«. Baltscheits Bilder haben klare Formen, fröhliche Farben und sind auch für kleinere Kinder gut aufzunehmen. Der Hintergrund wird jeweils nur angedeutet, der Schwerpunkt liegt auf der handelnden Figur. Die Hilflosigkeit und Wut des Löwen ist in den Bildern ebenso gut erkennbar wie seine Verlegenheit gegenüber der ausgesprochen souverän wirkenden Löwendame. Meine Jüngste übt inzwischen schon fleißig das Briefeschreiben – schließlich will sie nicht, dass es ihr später einmal so geht wie dem Löwen.

🕮 *Martin Baltscheit: Die Geschichte vom Löwen, der nicht schreiben konnte, Bajazzoverlag, Zürich 2002, 40 S., 13,– Euro, ab 3 Jahren*

Viel zurückhaltender in Illustration und Text ist *Ein Hund für Madlenka* von Peter Sis. Farbe kommt nur bei der kleinen Madlenka selbst und immer dann ins Bild, wenn ihre Träume zu sehen sind. Madlenka hat einen Herzenswunsch: Sie möchte einen Hund. Und da die Eltern sich nicht erweichen lassen, führt Madlenka einen unsichtbaren Gefährten an der Leine spazieren. Und jeder, der ihr begegnet, fühlt sich sofort an einen vierbeinigen Begleiter aus den eigenen Kindertagen erinnert. Als Madlenka schließlich nach Hause kommt, führt sie gleich ein ganzes Rudel große und kleine, dicke und dünne, langhaarige und kurz geschorene vierbeinige Begleiter mit sich.

Ein zartes Buch zu einem für viele Kinder wichtigen Thema, das Träume ernst nimmt und der Phantasie beim Betrachten Raum lässt. Am Ende gibt es dann noch eine kleine Hundekunde, in der die verschiedenen Rassen wunderbar illustriert sind.

📖 *Peter Sis: Ein Hund für Madlenka, HanserVerlag , München und Wien 2002, 40 S., 14,90 Euro, ab 4 Jahren*

In die Tiefen des Meeres werden die Kinder von Timmi Tigerhai und seinen Freunden Matz Muschel, Kurt Krabbe und Ole Oktopus entführt. Eines Tages kommt Matz Muschel ziemlich niedergeschlagen zu einem gemeinsamen Spieletreffen. Der kostbarste Familienbesitz der Muschels, eine große und strahlend weiße Perle, wurde gestohlen. Wenn man das einfach so hinnehmen würde, wäre man kein echter Freund. Also machen sich die vier Freunde auf, um gemeinsam den Dieb zu fangen. Allerdings müssen sie bald erkennen, dass der zwar ein Dieb ist, aber einen guten Grund hatte, die leuchtende Perle in seinen Besitz zu bringen. Und fortan sind es fünf Freunde, die sich regelmäßig treffen, um die »Abfälle« der Gummibärchenfabrik zu vertilgen. *Timmi Tigerhai und der Perlenschatz* ist eine nett erzählte Geschichte von Freundschaft und Mitgefühl, die textlich aber nicht aus dem Rahmen fällt. Was hier überzeugt, sind die Bilder aus der Hand von Michael Schober. In Wachsmalkreide auf Packpapier gezeichnet, wirkt die Unterwasserwelt in kräftigen und leuchtenden Farben nie aufdringlich oder gar kitschig. Allein das Durchblättern des Buches und das Betrachten der gelungenen Bilder macht Spaß. Am liebsten würde man sich die Zeichnungen von Timmi Tigerhai und seinen Freunden in großen Postern an die Wand hängen. Kein Wunder, dass arsEdition das Buch in diesem Herbst als Aktionstitel auf den Markt bringt. Nur der pädagogisch angehauchte Untertitel *Eine Geschichte vom Teilen* wäre nicht nötig gewesen.

📖 *Peter Hardt und Michael Schober: Timmi Tigerhai und der Perlenschatz. Eine Geschichte vom Teilen, arsEdition, München 2003, 32 S., 12,50 Euro, ab 3 Jahren*

Besteller sind nicht planbar – was immer auch an Erfahrung und Wissen zu Rate gezogen wird, wenn in Verlagen die Entscheidungen für die Programme fallen.

Die beiden Bände des kleinen Schweinefräuleins Olivia sind dafür ein schönes Beispiel. Von Kritikern hoch gelobt und von den Verlagsmitarbeitern heiß geliebt, konnten die frech-fröhlichen Illustrationen von Ian Falconer, der in seiner Heimat schon fast Kultstatus hat, lange nicht die Erwartungen erfüllen, die vom Verlag in sie gesetzt wurden. Warum, das kann sich keiner so richtig erklären, denn Presse und Marketingkonzept stimmten. Und die Bücher von Olivia und ihrem kleinen Bruder sind wirklich herrlich.

Olivia ist eine eigenwillige freche und neugierige kleine Schweinedame, deren Modebewusstsein dafür sorgt, dass sie immer allerliebst einherstolziert. Die Grundfarben der Illustration sind in schwarzweiß beziehungsweise verschiedenen Grautönen gehalten. Vorwiegend rote Farbtupfer kommen ins Bild, wenn Olivia sich mit einer roten Tasche und Ringelsocken, Schleifen und einem Hut schmückt. Im ersten Band *Olivia* widmet sie sich moderner Kunst und setzt ihre Eingebungen an heimischen Wänden mal kurz um, in *Manege frei für Olivia* flunkert sie, was das Zeug hält: Vor ihrer Klasse soll Olivia von den Ferien erzählen, und das tut sie bis ins Detail – sie rettete nämlich eine Zirkusvorführung, weil alle Zirkusleute eine Mittelohrentzündung hatten. Olivia schildert, wie sie als tätowierte Dame und als Löwenbändigerin, als Seiltänzerin und Trapezkünstlerin in der Manege stand. Und dann kommt noch ein kleines zurückhaltendes Bild, auf dem sie mit ihrem Papa segelt. Die abendliche Bettszene, in der Olivia von ihrer Mutter eindringlich ermahnt wird, nun endlich zu schlafen statt auf dem Bett herumzuhüpfen, wurde bei uns zeitweise jeden Abend nachgespielt. Ein wunderbares Buch für eigenwillige kleine Mädchen und ihre Eltern, die manchmal ein wenig Distanz brauchen, um über den temperamentvollen Nachwuchs auch dann noch lachen zu können, wenn er gehörig auf die Nerven geht. So eine kleine Olivia hat vermutlich manch einer selbst zu Hause.

🕮 *Ian Falconer: Olivia, Oetinger Verlag, Hamburg 2001, 32 S. mit einer Ausklappseite, 12,40 Euro, ab 4 Jahren*

📖 *Ian Falconer: Manege frei für Olivia, Oetinger Verlag, Hamburg 2001, 32 S. mit einer Ausklappseite, 12,40 Euro, ab 4 Jahren*

Mit Tieren lassen sich Geschichten überzeichnen und Inhalte umsetzen, die langweilig oder allzu ernst wären, würde es um Menschen gehen. So ist es auch bei *Leander.* Leander ist der Bäcker in einem kleinen Dorf, aus dem ein namenloser kleiner Junge berichtet. Zu Leander gehen sie alle gern, vor allem die Kinder. Denn Leander verkauft nicht nur Brötchen, sondern hat immer auch Bonbons für die kleinen Kunden. Und Leander erzählt Geschichten, einmal in der Woche am Abend. Das ganze Dorf kommt dann zu ihm und lässt sich in andere Länder und Zeiten entführen. Bis Leander eines Abends seine Geschichte nackt erzählt. Und nun sehen alle, was sie im Grunde schon geahnt hatten: Leander ist von Kopf bis Fuß gestreift – Leander ist ein Tiger! Und plötzlich haben alle Angst vor ihm, obwohl er sich kein bisschen anders verhält als zuvor.

Die Erwachsenen sperren Leander in einen Käfig, behandeln ihn wie ein gefährliches Tier und lassen sich von ihren Kindern in keiner Weise davon abbringen. Bis diese eine ganz besondere Idee haben … Klar, dass Leander am Ende wieder frei ist und sich alle Erwachsenen bei ihm entschuldigen. Schließlich handelt es sich um ein Kinderbuch, das ein versöhnliches Ende haben sollte. Dennoch: In unserer Familie haben heftige Diskussionen darüber stattgefunden, warum die Erwachsenen auf einmal Angst vor Leander haben. Und wir kamen zu dem Ergebnis, dass Kinder, wenn sie sich einer Sache sehr sicher sind, auch ihre Eltern von der Richtigkeit überzeugen können. Leander ist ein modernes Bilderbuch mit klaren collageartigen Zeichnungen, die wunderbar mit dem Text korrespondieren.

📖 *Gaetan Dorémus: Leander, Bajazzoverlag, Zürich 2002, 40 S., 11,00 Euro, ab 4 Jahren*

Kids und Kunst

Einen unterhaltsamen Weg, Kinder an Kunst heranzuführen, beschreitet der Münchner Prestel Verlag schon seit Jahren: In der Reihe *Abenteuer Kunst* erscheinen jährlich zwei Bände, die sich jeweils einem Künstler oder einer Künstlerin unter einem ganz bestimmten Aspekt widmen. In klassischer Bilderbuchmanier mit wenig Text und vielen Abbildungen werden die Leser jeweils auf ein ganz besonderes Abenteuer mit einem Künstler mitgenommen: So kann man Tiepolo auf einer Reise um die Welt begleiten und Monets Farbenzauber betrachten. Magrittes Geheimnisse werden gelichtet und Pieter Bruegels Turmbau zu Babel verfolgt. Neu auf dem Markt sind die Geschichten um die beiden Künstler Edward Hopper und Salvador Dali. Eine Reihe, in der jeder einzelne Band Lust auf mehr macht. *Abenteuer Kunst* bietet sich an, Kindern ihre ersten Erlebnisse mit berühmten Malern zu ermöglichen. Umso größer ist dann die Begeisterung, wenn man im Museum ein Bild sieht, das man schon aus dem Bilderbuch kennt.

Diese Bücher machen auch Menschen Spaß, die mit Malerei sonst nicht viel anfangen können. Die Vielzahl der Titel ermöglicht es, vielleicht auch einen Band über den eigenen Lieblingsmaler zu finden, um ihn und seine Werke dem Nachwuchs nahe zu bringen.

📖 *Abenteuer Kunst, verschiedene Autoren über: Guiseppe Arcimboldo, Frida Kahlo, Leonardo da Vinci, Marc Chagall, Meister Hokusai, Paul Gauguin, Vincent van Gogh, Matisse, Pieter Bruegel, Claude Monet, Tiepolo, Keith Haring, Edward Hopper (neu), Picasso, Henri Rousseau, Wassili Kandinsky und Gabriele Münter, Paul Klee, August Macke, René Magritte, Gustave Klimt, Salvador Dalí (neu), Prestel Verlag, München, je 30 S., 14,95 Euro, ab 5 Jahren*

Einen ähnlichen Weg geht der Aufbau Verlag mit den Bilderbüchern von Mario Giordano: In *Pablos Geschichte –*

Picassos Leben wird auf 64 Seiten der künstlerische Lebenslauf des Malers kindgerecht erzählt. Bilder, Skizzen und Zitate des eigenwilligen Künstlers wechseln mit kurzen Einlassungen des Autors zum Leben Picassos. Diese geradezu spartanischen Erklärungen machen den Reiz des Buches aus, in dessen Betrachtung wohl nicht nur Kinder im Bilderbuchalter versinken werden. Schon nach diesem ersten Buch waren die Kritiker sich einig, dass Mario Giordano es nicht bei Pablos Geschichte belassen sollte.

Tat er auch nicht: Inzwischen gibt es von ihm in gleicher Ausstattung den *Mann mit der Zwitschermaschine*: ein Buch über die Kunst Paul Klees. Wieder ein kunstvoller Lebenslauf, der sich in diesem Fall aber auch der »Kunstphilosophie« des Malers widmet: »Kunst gibt nicht das Sichtbare wieder, sondern macht sichtbar.«

In *Engel und Dämonen* widmet Giordano sich der Kunst von Fra Angelico bis Niki de Saint Phalle – Engel flattern über die Seiten und Dämonen drohen eindrucksvoll. Das sind Bücher, die ebenso kind- wie elterngerecht sind. Man darf gespannt sein, wem sich Mario Giordano in seinem nächsten Kunstband zuwendet.

📖 *Mario Giordano: Pablos Geschichte – Picassos Leben, Aufbau Verlag, Berlin 2001, 64 S., 20,– Euro, ab 4 Jahren*

📖 *Mario Giordano: Der Mann mit der Zwitschermaschine, Aufbau Verlag, Berlin 2001, 64 S., 20,– Euro, ab 4 Jahren*

📖 *Mario Giordano: Engel und Ungeheuer, Aufbau Verlag, Berlin 2002, 64 S., 20,– Euro, ab 4 Jahren*

Von Liebe und Tod

Nach *Und was kommt dann? – Das Kinderbuch vom Tod* wendet sich Pernilla Stalfelt mit ihrem zweiten Buch, das ebenfalls im Moritz Verlag erschienen ist, an Groß und Klein: *Wenn Herzen klopfen ... Das Kinderbuch von der Liebe* erzählt mit witzigen Illustrationen und frechen Sprüchen von Schmetterlingen im Bauch, Watte im Magen und rosaroten Wolken. Stalfelt greift nicht auf eine zusammenhängende Geschichte zurück, sondern zeigt immer wieder neue Situationen, in denen große Gefühle eine Rolle spielen. Da geht es um die Liebe zu einem Popstar oder zur großen Schwester, zu den Eltern oder einer Schulfreundin. Es geht um homosexuelle Liebe und ums Kinderkriegen, um Eifersucht und Liebeswerben. Amor tritt mit Pfeil und Bogen auf, der Weihnachtsmann mit vielen Geschenken. Ungerechte Liebe ist ebenso ein Thema wie unerwiderte. Kindliche Betrachter erkennen, wie vielfältig Liebe sein kann, Jugendliche finden ihre eigene Gefühlsverwirrung wieder, und Erwachsene können sich über die treffenden Blicke auf die vielen Spielarten der Liebe amüsieren. So wie das *Kinderbuch vom Tod* eine gekonnte Balance zwischen dem ernsten Inhalt und dem humorigen Stil der Zeichnungen schafft, so erzeugen die kleinen, comicartigen Illustrationen auch im *Kinderbuch von der Liebe* ein wärmendes, lebensbejahendes Gelächter. Zwei Erfolgstitel – informativ und einfühlsam für alle Altersgruppen.

- *Pernilla Stalfelt: Und was kommt dann? – Das Kinderbuch vom Tod, Moritz Verlag, Frankfurt/Main 2000/2002, 32 S., 11,80 Euro, ab 7 Jahren*
- *Pernilla Stalfelt: Wenn Herzen klopfen ... – Das Kinderbuch von der Liebe, Moritz Verlag, Frankfurt/Main 2000/2002, 32 S., 11,80 Euro, ab 7 Jahren*

Drei wunderbare Bestseller

Bislang habe ich vor allem »moderne« Bilderbücher vorgestellt. Am Herzen liegen mir aber noch drei Bilderbuchreihen, die inzwischen schon fast zu den Klassikern gehören: *Pettersson und Kater Findus, Ritter Rost* und seine Freunde sowie der *Hase Felix.*

Zunächst einmal geht es um den Bauern Pettersson und seinen gewitzten Kater Findus, der den Hühnern schon mal mit dem Fuchs droht, wenn er sein frisch gepflanztes Fleischklößchen vor deren gefräßigem Schnabel schützen möchte. Und der dann auch wieder Mitleid mit dem Fuchs hat, weil dieser doch nur ein armer, alter und hungriger Geselle ist. Nach neun Abenteuern mit Pettersson und seinem Kater in den grün gestreiften Hosen, in denen immer auch die ganze Menagerie des Bauernhofes eine große Rolle spielt, schilderte Nordqvist im vergangenen Jahr in *Wie Findus zu Pettersson kam* endlich auch den Anfang dieser ungewöhnlichen Freundschaft.

Pettersson erzählt Findus von der Zeit, als er noch keinen kleinen Kater hatte. Er spricht von der Einsamkeit eines alten Mannes, die in dem Moment endete, als ihm die Nachbarin Beda Andersson einen Pappkarton in die Hand drückte: »Hier hast du ein bisschen Gesellschaft.« In dem Karton saß ein kleiner Kater, der den Alten anmaunzte. Pettersson bedauerte nur, dass der kleine Kater nicht sprechen konnte. Bis der ihm eines Tages erklärte, dass er eine große gestreifte Hose wie ein Clown haben möchte. Findus bekam seine Hose – und von diesem Moment an waren die beiden ein unzertrennliches Paar: chaotisch, witzig, unterhaltsam und wagemutig. Sven Nordqvist begleitet die tiefsinnigen und abwechslungsreichen Geschichten um das Leben auf dem Bauernhof mit detailreichen und genauen Zeichnungen, die auch nach dem zehnten Mal Anschauen noch Überraschungen bereithalten.

Die Geschichten von Pettersson und Findus, die, gemessen am Standard, ziemlich umfangreiche Texte haben, kann man immer wieder lesen: Findus ist so egoistisch, wie Kinder es oftmals sind – auch wenn ihm sein Verhalten hinterher manchmal selbst unangenehm ist. Und Pettersson hat die Gelassenheit, die Kinder sich von ihren Eltern oft wünschen – und sie, wenn sie Glück haben, bei der Großmutter oder dem Großvater finden.

Wer nicht genug von den beiden bekommen kann, für den gibt es die meisten Geschichten auf CD oder Musikkassette, zudem sind von Nordqvist wundervoll gezeichnete und inhaltlich gut aufbereitete CD-ROMs erhältlich, die viele Stunden Spielespaß am Computer liefern – und es gibt eine richtig gut gemachte Musical-CD, die echten Ohrwurm-Charakter hat. Eltern und Großeltern, die es bisher geschafft haben, an den Bilderbüchern von Nordqvist vorbeizukommen, kann ich diese nur wärmstens empfehlen – ich kenne jedenfalls kein Kind und keinen Erwachsenen, die von diesen Figuren nicht begeistert sind. Zwei Kinofilme und TV-Abenteuer mit Pettersson und Findus gibt es übrigens auch – die allerdings werden meiner Meinung nach den Bilderbüchern nicht gerecht.

🕮 *Sven Nordqvist: Wie Findus zu Pettersson kam, Oetinger Verlag, Hamburg 2002, 24 S., 12,– Euro, ab 4 Jahren*

🕮 *Weitere Titel mit Findus und Pettersson: Armer Pettersson*, Aufruhr im Gemüsebeet*, Das große Liederbuch von Pettersson und Findus (mit Musik-CD »Do Re Mi – Kikeriki«*), Ein Feuerwerk für den Fuchs*, Eine Geburtstagstorte für die Katze*, Findus und der Hahn im Korb, Mit Findus durch das ganze Jahr, Morgen Findus wird's was geben*, Pettersson kriegt Weihnachtsbesuch*, Pettersson zeltet* (die mit * gekennzeichneten Titel sind als CD/MC bei der Deutschen Grammophon erschienen)*

🕮 *Pettersson und Findus auf CD-ROM: Pettersson und Findus, Findus bei den Mucklas, Neues von Pettersson und Findus, Findus wartet auf Weihnachten. Hinzu kommen verschiedene Merchandising Artikel wie Kalender und Adventskalender, Spiele und Plüschfiguren*

Eine Erfolgsgeschichte der besonderen Art, die ganz unspektakulär begann, präsentiert *Ritter Rost* von Jörg Hilbert: Noch während seines Kommunikationsdesign-Studiums entwarf Hilbert Geschichten um einen Kinderbuchhelden namens Ritter Rost und begann bei verschiedenen Verlagen Klinken zu putzen –

mit dem üblichen Erfolg: Eine Absage nach der anderen flatterte ins Haus, den blechernen Ritter wollte keiner haben. In dieser Zeit lernte Hilbert den Musiker und Kabarettisten Felix Janosa kennen, mit dem er sich nicht nur auf Anhieb gut verstand, sondern mit dem ihn auch noch das Interesse an witzigen, skurrilen und verrückten Kinderbuchgeschichten verband.

Felix Janosa begann also Lieder für den rostigen Helden zu komponieren, und Jörg Hilbert setzte sich noch mal an den Zeichentisch. Der Zufall kam ein weiteres Mal zu Hilfe: Der Musikverlag Conbrio, für den Hilbert schon seit längerem Musikcartoons zeichnete und der bis dahin kein vergleichbares Projekt auf den Markt gebracht hatte, wollte das eigene Programm erweitern und konnte sich mit dem ungewöhnlichen Ritter anfreunden. *Ritter Rost* fand im ersten Jahr (1995) rund 1 500 Käufer, vor allem Musiklehrer und -pädagogen waren von dem kauzigen Ritter, dem Burgfräulein Bö und dem Feuerdrachen Koks angetan, und der Verlag wollte eine Fortsetzung.

Der eigentliche Durchbruch kam aber erst, nachdem die gesamten Rechte an dieser Figur 1999 an den Münchner Verlag Terzio verkauft wurden. Inzwischen sind sechs Ritter-Rost-Bilderbücher auf dem Markt, die mehr als 250 000 Mal über den Ladentisch gingen. Dazu kommen CDs und CD-ROMs, eine Klavier- und eine Gitarrenschule, Ritter-Rost-Stickers und ein Englisch-Anfänger-Programm mit Buch, CD und CD-ROM. Ritter Rost gehört mit rund 500 registrierten Aufführungen im Jahr zu den erfolgreichsten Kindermusicals im deutschsprachigen Raum. Doch wer ist dieser Held überhaupt?

Ritter Rost ist ein reichlich chaotischer eiserner Ritter, dem so manche Eigenschaft fehlt, die Kinder sich bei einem richtigen Ritter vorstellen. Er ist weder besonders tapfer noch besonders klug – diesen Part übernimmt in den Geschichten das Burgfräulein Bö. Dafür ist er anhänglich und steht für seine Freunde ein. Das Besondere an den reichlich verrückten Geschichten um Ritter, Burgfräulein und Drache ist die Kombination von unterhaltsamen Texten mit witzigen und einfallsreichen Zeichnungen und einer Musik, die qualitativ mehr bietet als das bei Kinderliedern oft der Fall ist. Janosas Kompositionen können sich auch Erwachsene mehrfach anhören, ohne aufzustöhnen. Im Gegenteil – sie verlocken auch Väter und Mütter zum Mitsummen.

Und es geht weiter: Im Oktober vergangenen Jahres erschien mit *Don Quietsch* das erste erzählende Kinderbuch aus der Feder von Jörg Hilbert. Don Quietsch ist nicht nur der Ahnherr von Ritter Rost, sondern auch der Erbauer der Eisernen Burg – ein lieber, recht schusseliger Kerl, der eine ganze Reihe verrückter Abenteuer zu bestehen hat. Für eingeschworene Ritter-Rost-Fans eine Möglichkeit, sich weiterhin dem Blechgesellen und seiner Geschichte zu widmen, auch wenn sie dem Kindergartenalter entwachsen sind.

Im Herbst soll ein neues Ritter-Rost-Abenteuer als Bilderbuch erscheinen, und im Dezember wird der Pilotfilm zu einer geplanten Zeichentrickserie im Westdeutschen Rundfunk ausgestrahlt. Über die Qualität braucht man sich da wohl keine Gedanken zu machen: Jörg Hilbert zeichnet die Vorlagen, Felix Janosa kümmert sich um die Musik, und redaktionell verantwortlich ist die WDR-Redaktion, unter deren Regie auch die »Sendung mit der Maus« entsteht.

- 🕮 *Jörg Hilbert und Felix Janosa: Ritter Rost, Terzio Verlag, München 1999, 48 S. mit Noten und Musical CD, 21,– Euro, ab 4 Jahren*
- 🕮 *weitere Titel: Ritter Rost und die Hexe Verstexe; Ritter Rost und das Gespenst; Ritter Rost und Prinz Protz; Ritter Rost macht Urlaub; Ritter Rost hat Geburtstag; Englisch mit Ritter Rost (Langenscheidt)*
- 🕮 *CD-ROMs mit Ritter Rost: Ritter Rost – Die Eiserne Burg; Post für Ritter Rost; Englisch lernen mit Ritter Rost*
- 🕮 *CDs mit Ritter Rost von Radio Schrottland: Ritter; Ohrwürmer; Tiere; Gespenster; Erfindungen; Blechdance, Terzio Verlag, je 10,– Euro*
- 🕮 *Jörg Hilbert: Don Quietsch, Terzio Verlag, München 2002, 158 S., 10,– Euro, ab 8 Jahren*

Wenn es draußen Bindfäden regnet, ist drinnen spielen angesagt – oder malen, kneten und basteln. Kochen und backen kommt bei meinen Kindern besonders gut an, am besten, wenn Felix dabei ist. Der kleine Hase, der mit seinen Reisen rund um den Erdball seit Jahren eine wachsende Fangemeinde begeistert – weltweit wurden 4,5 Millionen Felix-Bücher verkauft –, steht auch gern am Herd: In *Flaschenpost von Felix* sammelt er mit seiner Freundin und Besitzerin Sophie Kochrezepte aus aller Welt. Ausstattung und vor allem auch inhaltliche Aufmachung stimmen: Kinderkochbücher gibt es viele, aber kaum eines, bei dem die Rezepte so in eine kindgerechte Geschichte eingebunden sind, wie dies bei Felix der Fall ist: Sophie und Felix erfahren beim Rezepte-Sammeln so ganz nebenher noch das eine oder andere Detail aus dem jeweiligen Land. Wie stets bei Felix gibt's auch Briefe – Antworten auf die von Sophie und Felix per Flaschenpost aufgegebene Bitte nach Rezepten. Insgesamt 37 Rezepte aus 25 Ländern werden Schritt für Schritt erklärt und können gut nachgekocht werden. Beigefügt ist eine Kochmütze, und – wie nicht anders zu erwarten – es gibt dazu in der Edition Spiegelburg eine ganze Palette von Produkten rund ums Kochen mit Felix: angefangen bei einem Plüschfelix als Koch über Holzmagnete mit Felix-Kochmotiven, einem Kochset mit Pfannenwender, Kochlöffel und Kochhandschuhen bis hin zur Kinderkochschürze mit Einkaufstäschchen.

Ob Kochbuch oder ein anderer Titel, Felix-Bücher haben neben den obligatorischen Briefen immer noch ein kleines Extra parat, das die Geschichten zusätzlich lebendig werden lässt und die Kids zum Nachspielen verführt: den Zirkusbriefen sind Jongliertücher, den Weihnachtsbriefen eine Weihnachtsmannmütze, den Reisebriefen eine farbige Weltkugel zum Aufblasen beigefügt. Es sind allesamt hochwertig ausgestattete Bilderbücher mit witzigen und qualitativ anspruchsvollen Zusatzgeschenken.

🕮 *Bilderbücher: Annette Langen und Constanza Droop: Briefe von Felix (1994), Neue Briefe von Felix (1995), Abenteuerliche Briefe von Felix (1996), Weihnachtsbriefe von Felix (1997),*

Zirkusbriefe von Felix (1999), Weltbeste Briefe von Felix (2003), Coppenrath Verlag, Münster, je 40 S., 12,95 – 14,95 Euro, ab 5 Jahren

- *Sachbücher: Annette Langen und Constanza Droop: Felix, wie spät ist es? (1998, 24 S., 9,95 Euro, ab 5 Jahren), Flaschenpost von Felix (2001, 72 S., 18,95 Euro, ab 6 Jahren), Coppenrath Verlag, Münster*
- *CD-ROM: Annette Langen und Constanza Droop: Rund um die Welt mit Felix; Entdecke die Welt mit Felix, Coppenrath Verlag Münster 2001/2002, je 29,50 Euro, 4 – 10 Jahre*
- *Außerdem gibt es Miniaturbücher, HörGeschichten (bei der Deutsche Grammophon), Videos und eine Vielzahl von Merchandising-Artikeln, die alle beim Coppenrath-Verlag bzw. beim zugehörigen Non-Book-Verlag »Die Spiegelburg« bestellt werden können.*

Tipps für Leseratten

- *Kate Banks und Georg Hallensleben: Augen zu, kleiner Tiger, Moritz Verlag, Frankfurt/Main 2002, 40 S., 13,80 Euro, ab 3 Jahren*
- *Peter Fahr und Carola Holland: Pups!, Annette Betz Verlag, Wien 2003, 24 S., 12,90 Euro, ab 3 Jahren*
- *Cornelia Funke und Kerstin Meyer: Der geheimnisvolle Ritter Namenlos, Fischer TB, Frankfurt/Main 2001, 32 S., 12,50 Euro, ab 3 Jahren*
- *Jane Simmons: Elsa Entchen und das Ei (und weitere Titel mit Elsa Entchen), Sauerländer, Aarau und Frankfurt/Main, je 32 S., ca. 14,– Euro, ab 4 Jahren. Geschichten von Elsa Entchen gibt es auch in Pappbilderbuchausgaben für Kinder ab 2 Jahren.*
- *Antje Damm: Frag mich! – 108 Möglichkeiten mit Kindern ins Gespräch zu kommen, Moritz Verlag, Frankfurt/Main 2002, 224 S., 16,80 Euro, ab 4 Jahren*

- 🕮 *Malachy Doyle und Angelo Rinaldi: Kuh, Gerstenberg Verlag, Hildesheim 2003, 32 S., 12,90 Euro, ab 4 Jahren*
- 🕮 *Ingrid Godon und André Sollie: Warten auf Seemann, Peter Hammer Verlag, Wuppertal 2001, 32 S., 12,90 Euro, ab 4 Jahren*
- 🕮 *Englisch – keine Hexerei. Eine Wörterlern-Geschichte für Kinder, 2 CDs und Bilderbuch, 48 S., Langenscheidt, München 2001, 15,95 Euro, ab 4 Jahren*
- 🕮 *Heidrun Boddin: Knaps der Knipser & die Käferparty, Aufbau Verlag, Berlin 2002, 32 S., 15,– Euro, ab 4 Jahren*
- 🕮 *Andrea Hensgen und Wiebke Oeser: Im Sitzen kann ich besser gucken, Peter Hammer Verlag, Wuppertal 2002, 32 S., 12,90 Euro, ab 5 Jahren*
- 🕮 *Jörg Müller: Das Buch im Buch im Buch, Sauerländer, Aarau, Frankfurt/Main 2001, 32 S., 17,80 Euro, ab 5 Jahren*
- 🕮 *Marie-Ange Guillaume und Francois Roca: Hoppla Hugo!, Gerstenberg Verlag, Hildesheim 2003, 32 S., 15,90 Euro, ab 6 Jahren*
- 🕮 *Hermann Stange und Johann Kiefersauer: Der Klabautermann – Eine wahre Geschichte, Annette Betz Verlag, Wien 2003, 56 S., 9,90 Euro, ab 6 Jahren.*
- 🕮 *Max Bollinger und Klaus Ensikat: Kleines Glück & wilde Welt, Aufbau Verlag, Berlin 2001, 32 S., 16,– Euro, für jedes Alter*
- 🕮 *Raffaela Mazagg: Frau Sappralott, Sauerländer Bilderbuch, Düsseldorf 2003, 32 S., 15,90 Euro, für jedes Alter*
- 🕮 *Armin Greder: Die Insel, Sauerländer, Aarau, Frankfurt/Main 2002, 15,80 Euro, für jedes Alter*

3

Dem Wissen auf der Spur – Sachbücher

Bei Sachbüchern denken Eltern wie Verleger oft zuerst an Jungen, weil Jungen sich lieber in ein Buch über ihr Hobby vertiefen als in einen Roman. Andererseits ist das Vorurteil verbreitet, Mädchen könnten mit Sachbüchern nichts anfangen, weil sie zu trocken seien. Betrachtet man die Sachbücher und Sachbuchreihen, die in den letzten Jahren auf den Markt gekommen sind, mag man das kaum glauben. Noch niemals gab es so viele ansprechend aufgemachte Sachbuchreihen – und das zu fast jedem Thema. Ob ein Kind begeistert Fußball spielt, in einer Ballettschule tanzt oder sich für Sterne interessiert, ist im Grunde egal. Heute kann jeder Junge und jedes Mädchen spannende und lesenswerte Sachbücher finden, die manchmal sogar mitreißender sind als viele Romane. Und inzwischen sind sogar richtig gut gemachte Sachbücher für Kindergartenkinder auf dem Markt, die Eltern und Kindern gleichermaßen Spaß machen. Aus diesem Grunde ist den Sachbüchern für die Jüngsten ein eigener Abschnitt in diesem Kapitel gewidmet.

Tiere und Pflanzen sind für Kinder in der Regel von besonderer Faszination – was den Objekten des jungen Forscherdrangs nicht immer gut tut: Die Kleinen reißen Fliegen die Flügel aus, um sie unter dem Mikroskop zu untersuchen, oder sie sammeln Schnecken, die sie dann in einem Plastikbehälter auf dem Kinderzimmerregal aufbewahren – in der Hoffnung auf Zuchterfolge. Jeder, der Kinder hat, wird solchen oder ähnlichen Wissensdurst hin und wieder mit gemischten Gefühlen begleitet haben. In der Hoffnung, dass allzu grausame Experimente unterbleiben, können Eltern das Interesse der Jüngsten mit entsprechenden Büchern unterstützen: Gerade im Bereich Tiere und Natur sind eine Vielzahl von Sachbüchern und Lexika erschienen; einige davon möchte ich im zweiten Abschnitt dieses Kapitels vorstellen, weil nicht alle halten, was sie versprechen.

Danach steht der Mensch im Mittelpunkt: Es geht um Sachbuchreihen, die sich jeweils einer Vielzahl von Wissensthemen rund um den Menschen und seine Beziehung zur Umwelt widmen. Den Abschluss machen Sachbücher zu geschichtlichen Themen sowie Reiseführer für Kinder:

- Sachbücher für Kindergartenkinder
- Der Natur auf der Spur
- Für Hosentasche oder Rucksack
- Der Mensch in seiner Welt
- Abenteuer Geschichte
- Reisefieber

Sachbücher für Kindergartenkinder

Merchandising wird immer populärer, und die unterschiedlichen Medien sind heute mehr denn je miteinander verwoben. Und so tanzt selbst die gute alte WDR-Maus auf vielen Hochzeiten. Zum dreißigjährigen Geburtstag vor zwei Jahren wurde nicht nur ordentlich gefeiert, sondern auch ein großes Maus-Geburtstagsbuch präsentiert – mit allem, was Mausfans vom Bildschirm her kennen. Lach- und Sachgeschichten, Spiele, Zaubertricks und ganz viel Spaß, und das alles auf bekannt hohem Niveau. So erfährt der kleine Leser, wie Buntstifte hergestellt werden und Hamster leben, Käpt'n Blaubär erzählt von einer abenteuerlichen

Flucht aus dem orangenen Ozean, Tiger und Bär backen die Geburtstagstorte, und der kleine Eisbär Lars findet einen neuen Freund.

Eine drehbare Filmrolle zeigt die Verwandlung des kleinen blauen Elefanten in die Maus, Klappen verbergen Überraschungen und lassen auch die Jüngsten mit Freude zu diesem Buch greifen. Das alles findet sich in einem großformatigen Pappbilderbuch mit Ringbuchfassung, von dessen orangefarbenem Cover die Maus mit beweglichen Wackelaugen grüßt.

Auch hier ist gelungen, wofür *Die Sendung mit der Maus* schon seit drei Jahrzehnten steht: Wissen auf unterhaltsame Weise für die Jüngsten zu präsentieren – und damit auch die Eltern zu begeistern.

📖 *Die Maus, Ravensburger Buchverlag, Ravensburg 2001, 24 S., 14,95 Euro, ab 3 Jahren*

Wieso? Weshalb? Warum? – Welche Mutter, welcher Vater kennt diese Fragen nicht, die auftauchen, sobald die Kinder sprechen lernen – und dann für die nächsten zehn Jahre nicht enden wollen. Auf so manche dieser Fragen finden selbst gewiefte Eltern keine Antwort und wünschen sich Bilder, Bücher und Informationen, die helfen, komplizierte Zusammenhänge auch für Kinderaugen sichtbar zu machen.

Für Schulkinder gibt es mittlerweile eine unübersehbare Zahl von Sachbüchern; für Kindergartenkinder hingegen ist deutlich weniger auf dem Markt. Und das, was zu haben ist, ist entweder langweilig oder eben noch viel zu schwierig. Ravensburger hat sich diesem Problem angenommen und es auf ungemein unterhaltsame Weise gelöst.

Vor mittlerweile fünf Jahren kam die Reihe *Wieso? Weshalb? Warum?* auf den Markt, die erste Auflage war nach sechs Wochen vergriffen. Inzwischen gibt es die vier ersten Bände zu den Themen Feuerwehr, Bauernhof, Tierkinder und menschlicher Körper wieder. Dazu noch weitere 21 Bände zu den unterschiedlichsten Themen, zum Beispiel Computer, Geld, Indianer.

Die Texte, die die ganz Kleinen noch nicht vollständig verstehen, werden unterstützt von vierfarbigen Illustrationen, die eine Menge Geheimnisse in sich bergen. Ein Mix-Max zeigt die verschiedenen Stationen der Rettung durch die Feuerwehr. Der menschliche Körper kann aufgeklappt werden, um das Baby im dicken Bauch einer Schwangeren oder auch die Funktion von Niere, Blase und Leber zu entdecken. Gefühle wie Wut, Neid und Angst werden mit Hilfe von Klappbildern ebenso eindrucksvoll thematisiert wie der Gang zur Toilette oder der Aufbau eines Skeletts. Spaß machen diese Bücher nicht nur Kindern im Alter von drei bis etwa sieben Jahren, sondern auch den Eltern, die selbst so ganz nebenbei manch Neues erfahren oder längst Vergessenes wieder erinnern.

Von der Reihe *Wieso? Weshalb? Warum?* sind mittlerweile 25 Titel sowie ein Sonderband (Erste Technik) erhältlich, außerdem seit Frühjahr 2003 vier Malbücher. Nachfolgend sind die jüngsten Titel aufgeführt:

- 🕮 *Unsere Religionen, Ravensburger Buchverlag, Ravensburg 2003, 16 S., 12,95 Euro, ab 4 Jahren*
- 🕮 *Alles über die Polizei, Ravensburger Buchverlag, Ravensburg 2003, 16 S., 12,95 Euro, ab 4 Jahren*
- 🕮 *Alles über Pferde und Ponys, Ravensburger Buchverlag, Ravensburg 2003, 16 S., 12,95 Euro, ab 4 Jahren*

Natur entdecken

Naturbücher gibt es in allen Variationen, vom großen und relativ teuren Lexikon, das sich als Geburtstagsgeschenk für das Patenkind anbietet, bis hin zum kleinen Nachschlagewerk für die Hosentasche. »Es gibt eine ungebrochene Nachfrage nach Naturthemen«, stellt Sabine Zürn, Redaktionsleiterin der Abteilung Kindersachbuch/Kinderbeschäftigung bei Ravensburger, in diesem Zusammenhang fest. Und das sowohl nach Pappbilderbüchern als auch nach Sach- und Beschäftigungsbüchern. Und es sind ganz offensichtlich nicht nur die Familien, die nach diesen Büchern greifen: »Kindergärten und Grundschulen ordern auch aus diesem Bereich«, so Zürn, »denn dort ist die vielseitige Beschäftigung mit der Natur mit allen Sinnen ein ganz zentraler Förder- und Lernbereich.« Also, auf in die Natur!

Mit einer Sachbuchreihe rund ums Tier für die Kleinsten kam vor drei Jahren der Berliner Tivola Verlag auf den Markt. In *Susi Stachel ist ein Igel* oder *Paul Puschel ist ein Eichhörnchen* sammelt Ballonfahrer Oscar Informationen über die genannten Tiere, um sie an den ängstlichen Tierforscher Balthasar Pumpernickel weiterzugeben. Der hat seine Kenntnisse nämlich nur aus dicken Büchern, weil er Angst vor Tieren hat. Innerhalb der Sachbuchreihe gibt es Tierbücher, die sich jeweils nur einer Art widmen, und so genannte Biotop-Bücher, die die gemeinsame Lebensumwelt einer ganzen Reihe von Tieren behandeln.

Das Besondere an dieser ausgesprochen witzig und informativ gemachten Reihe ist ihre Entstehung: Bevor Ballonfahrer Oscar sich im Buch auf den Weg machte, um Balthasar Pumpernickel zur Hand zu gehen, hat er das schon ausgesprochen erfolgreich auf CD-ROM getan.

Die Oscar-CD-ROMs gehören zu den besten im Kinder-Edutainment-Bereich und sind mehrfach mit Software-Preisen ausgezeichnet worden. Im Verlag entstand die Idee, die eingeführten Charaktere auch als Buch bekannt zu machen – mit Erfolg. Und wie bei den CD-ROMs haben auch Erwachsene mit den Büchern ihren Spaß, wenn ironische Bemerkungen die trockene Sachkunde etwas anreichern.

📖 *Rotraut Greune und Heike Burghardt: Gerda Grunz ist eine Sau, Tivola Verlag, Berlin 2000, 32 S., 9,95 Euro, ab 4 Jahren (weitere Titel mit gleicher Ausstattung, Umfang und Preis: Bruno Bello ist ein Hund, Vera Wolle ist ein Schaf, Hotte von Hüh ist ein Pferd, Lothar Länglich ist ein Regenwurm, Tina Tatze ist eine Katze, Luis Löffel ist ein Hase, Susi Stachel ist ein Igel, Paul Puschel ist ein Eichhörnchen)*

🕮 *Rotraut Greune und Heike Burghardt: Oscar entdeckt die Tiere der Wiese (… der Berge, … des Teiches), Tivola, Berlin 2000 ff., 32 S., 9,95 Euro, ab 4 Jahren*

🕮 *Rotraut Greune und Heike Burghardt: Bestimmungsbücher zu Wald und Strand, Tivola, Berlin 2003, je 14 S., 4,95 Euro, ab 4 Jahren*

🕮 *Oscar CD-Roms, ebenfalls von Rotraut Greune und Heike Burghardt: Oscar der Ballonfahrer, Oscar und die Geheimnisse des Waldes, Oscar entdeckt den Bauernhof, Oscar taucht unter, Oscar und die Abenteuer der Wiese, Oscar fliegt in die Berge, Tivola, Berlin, je 24,95 Euro, 4 – 10 Jahre (weitere Titel sind bereits angekündigt – fragen Sie in den Buchandlungen danach)*

Mein großes Buch der Tiere und Pflanzen aus der Edition Bücherbär lädt zum Entdecken von Tieren und ihren Lebensräumen ein – im wahrsten Sinne des Wortes, da es zwar am Anfang eine Liste der behandelten Lebensräume, aber kein klassisches Inhaltsverzeichnis mit Seitenangaben gibt. Und so muss der Leser das Buch tatsächlich durchblättern, um sich zurechtzufinden. Das allerdings macht richtig Spaß. Zu jedem Thema von *Heckenlandschaft und Wiesen* über *Laub- und Mischwälder* bis hin zum *Mittelmeer* wird eine großformatige Doppelseite mit einem Bild des jeweiligen Lebensraumes präsentiert, auf dem vom Käfer bis zum Wildschwein und von der Binse bis zum Flohkraut jeweils bis zu 50 Tiere und Pflanzen dargestellt sind. Eine Aufklappseite liefert die Tier- und Pflanzennamen und eine kurze Beschreibung des jeweiligen Lebensraumes. Auf der folgenden Doppelseite werden einige Details vertieft, bevor es dann mit dem nächsten Lebensraum weitergeht. Allzu tief steigt man nicht ins Thema ein, findet aber eine umfassende Übersicht mit vielen bunten und schönen Zeichnungen. Ein Buch, das vor allem zum Betrachten und Vorlesen verführt.

🕮 *Mein großes Buch der Tiere und Pflanzen, Arena Verlag, Würzburg 2001, 96 S., 16,50 Euro, ab 6 Jahren*

Aus einer eher ungewöhnlichen Perspektive betrachten Christine Faltermayr und Burckhard Mönter die Natur in ihrer Umgebung: *Was ist da unten los? Das Leben im Boden und unter der Erde* widmet sich einem Lebensraum, der im Regelfall im wahrsten Sinne des Wortes mit den Füßen getreten wird. Kinder werden darauf aufmerksam gemacht, dass der Boden vielen Tieren als Kinderzimmer oder Vorratsstube dient. Biologische und ökologische Zusammenhänge werden spannend erklärt, der Leser begleitet einen Tag lang einen Regenwurm und erhält Bastelanleitungen für ein Blatt-Kino, einen Mini-Brunnen, einen Komposthaufen und Bodenproben-Bestimmungen.

Dieses Buch lädt Jung und Alt ein zu einer Expedition in die Tiefe und macht uns auf anschauliche Weise klar: Der Boden, auf dem wir stehen, ist die Grundlage für alle Lebenskreisläufe auf unserer Erde!

🕮 *Christine Faltermayr und Burckhard Mönter: Was ist da unten los? Das Leben im Boden und unter der Erde, kbv Luzern, Aarau 2001, 32 S., 13,80 Euro, ab 8 Jahren*

Wer nicht das besondere, sondern das ganz »normale« Tiersachbuch sucht, der wird bei Arena fündig: *Das große Arena Tierlexikon* wendet sich an Kinder und Erwachsene. Als Geschenkbuch geeignet, verdient der aufwändig illustrierte Band einen Ehrenplatz in jedem Bücherregal.

Inhaltlich besteht das Lexikon aus drei Teilen: In »Tiere und ihre Lebensräume« werden acht große Lebensräume und ihre Bewohner von »Eis und Tundra« über »Gebirge« und »Regenwald« bis hin zum »Bauernhof« vorgestellt. Diesem umfangreichsten Teil des Buches folgt auf knapp dreißig Seiten eine Klassifizierung der wichtigsten Tiere aller fünf Kontinente, wobei es zu jedem beschriebenen Tier eine Abbildung und Angaben zu »Klasse«, »Ordnung«, »Familie«, »Gattung« und »Art« gibt. Hinweise auf Größe, Verbreitungsgebiet oder Lebensweise fehlen leider. Zu guter Letzt gibt es noch einen reinen Lexikon-Teil, der nochmals in die Stichworte »Wasser«, »Vögel«, »Reptilien und

Amphibien«, »Insekten«, »Ökologie« und – das ist eine besonders schöne Idee – ein »Lexikon berühmter Tiere« untergliedert ist. Hier begegnet man den »Helden« Moby Dick und Bambi, Shir Khan aus dem Dschungelbuch und der sprechenden Grille aus Pinocchio.

📖 *Das große Arena Tierlexikon, Arena Verlag, Würzburg 2001, 380 S., 25,50 Euro, ab 8 Jahren*

Rainer Trust und Jutta Nymphius laden ihre jugendlichen Leser zum Mitmachen ein, auf dem Programm steht eine Entdeckungsreise der besonderen Art: *Stadtsafari* hört sich im ersten Moment vielleicht nicht gerade aufregend an, denn schließlich stellt man sich unter einer Safari gemeinhin die Beobachtung von Löwen und Zebras, Elefanten und Giraffen vor. Doch die Entdeckung, dass Städte nicht nur aus Beton und Asphalt bestehen und sich eine ganze Reihe von Tieren und Pflanzen, an denen die meisten Menschen gedankenlos vorübergehen, hier einen Lebensraum erobert haben, ist durchaus spannend.

Wie sich das für eine richtige Safari gehört, beginnen die Autoren mit der Zusammenstellung der Ausrüstung: Lupe und Pinzette, Fernglas und Lineal gehören in den Rucksack. Und dann kann's losgehen. Bäche, Teiche und Weiher, Hecken, Haine und Alleen, Friedhöfe, Parks und Brachflächen werden nach und nach unter die Lupe genommen. Und in jedem Kapitel gibt es ein »Experiment«: Ein »Mini-Teich« oder eine »Mini-Wildnis«, ein »Waldboden-Terrarium« oder eine »Benjeshecke« können nach Anleitung angelegt werden. Und wer dann immer noch nicht genug hat: Der Biologe Rainer Trust steht für Lesungen und Naturexkursionen mit Kindern zur Verfügung (Kontakt über den Verlag).

📖 *Rainer Trust und Jutta Nymphius: Stadtsafari, kbv Luzern, Aarau 2001, 48 S., 15,80 Euro, ab 9 Jahren*

Auch wenn Naturbücher im Kindersachbuchprogramm des Verlages keinen eigenen Schwerpunkt bilden, wird Ravensburger auch in Zukunft nicht auf sie verzichten. Der Erfolg gibt den Programmmachern recht: *Der große Ravensburger Naturführer*, der vor zwei Jahren auf den Markt kam, hat sich nach Angaben des Verlages ausgezeichnet verkauft und im Handel etabliert. Der Band umfasst die Kapitel »Vögel«, »Insekten«, »Wildblumen«, »Bäume« und »Pflanzen und Tiere im Garten« und überzeugt durch seine systematische Darstellung und die detailgenauen Illustrationen, so dass er sich durchaus auch zum Einsatz in Grundschulklassen eignet. Da macht es Spaß, sich gemeinsam mit dem Nachwuchs noch einmal mit Bienen und Ameisen, Eulen und Störchen zu beschäftigen.

Neu herausgekommen ist in diesem Frühjahr *Das große Buch der Natur – Tiere, Pflanzen, Lebensräume*, ein üppig illustriertes Nachschlagewerk, in dem die Kinder rund 600 Tieren und Pflanzen rund um den Globus begegnen. Kurze Texte vermitteln das Wesentliche: typische Merkmale, Lebensgewohnheiten, Fortpflanzung und Ernährung.

🕮 *Der große Ravensburger Naturführer, Ravensburger Buchverlag, Ravensburg 2002, 160 S., 14,95 Euro, ab 10 Jahren*

🕮 *Das große Buch der Natur – Tiere, Pflanzen, Lebensräume, Ravensburger Buchverlag, Ravensburg 2003, 96 S., 12,95 Euro, ab 10 Jahren*

Ein außergewöhnliches und in dieser Weise wohl bislang einzigartiges Buch hat Ravensburger im letzten Jahr vorgelegt: Für *Natur macht erfinderisch – Das große Ravensburger Buch der Bionik* konnte mit Werner Nachtigall einer der führenden Wissenschaftler dieser relativ jungen Disziplin gewonnen werden. Grob gesagt resultiert die Bionik aus der Idee, dass die Technik bei einem genauen Blick auf die Natur umweltverträgliche Lösungen für technische Probleme finden kann. Zum Beispiel haben die Menschen sich Konstruktionen für das Flugzeug beim Vogel, für die Baggerschaufel beim Maulwurf oder für die Dachziegel beim Tannenzapfen abgeschaut. Die Wissenschaft nennt das »Bionik«, die Verbindung aus Biologie und Technik.

Inzwischen versuchen Bioniker zum Beispiel schusssichere Westen für Polizisten aus Spinnenseide herzustellen, die wesentlich leichter und dabei gleichzeitig belastbarer ist, als alle anderen in Frage kommenden Materialien. In diesem Buch erfahren die Kids, dass nicht nur Tiere ihre Behausungen mit Lehm bauen, wie der Wärmeschutz von Tieren funktioniert und dass Präriehunde klimatisierte Höhlen bewohnen. In elf Kapiteln geht Nachtigall auf bionische Lösungen zu Problemen wie »Werkzeuge«, »Verpacken und Reinigen« oder »Fliegen und Segeln« ein, die auf beeindruckende Weise zeigen, dass die Menschen von der Natur noch eine Menge lernen können. Ein besonderes Naturbuch, das die Bionik einem breiteren und jüngeren Publikum bekannt machen kann und soll.

📖 *Werner Nachtigall: Natur macht erfinderisch – Das große Ravensburger Buch der Bionik, Ravensburger Buchverlag, Ravensburg 2002, 128 S., 19,95 Euro, ab 10 Jahren*

Aus dem Rahmen fällt auch der von Una Jacobs im Ellermann Verlag erschienene Band *Bioplanet Erde – Spielplatz der Evolution*, der in Zusammenarbeit mit dem Münchner Museum »Mensch und Natur« entstanden ist. Es ist ein Parforceritt von der Frühzeit der Erde bis zur Gegenwart, der trotz der Fülle an Informationen niemals textlastig wird. Die eindrucksvollen Illustrationen machen nicht nur Kindern Spaß, auch mancher Erwachsene kann da auf entspannende Weise seine Kenntnisse über erste Lebensformen wie Archäen und Bakterien, über die Entstehung der Artenvielfalt, über Erbsubstanz und Gentechnik auffrischen.

📖 *Una Jacobs: Bioplanet Erde, Ellermann Verlag, Hamburg 1999, 92 S., 17,90 Euro, ab 10 Jahren*

Surfen – doch diemal nicht im Internet, sondern im Lexikon: Mit dem *Visuellen Lexikon der Umwelt* legt Gerstenberg die erste Eigenentwicklung aus der Reihe der visuellen Lexika (Geschichte, Technik, Kunst, Naturwissenschaften, alte Kulturen, Pflanzen und Tiere, Erde und Leben) vor. Rund drei Jahre lang haben Autor und Redaktion an diesem Werk gearbeitet. Das Ergebnis kann sich sehen lassen: Dieses Lexikon ist ein wahrer Augen- und Leseschmaus für alle Altersgruppen. In acht großen Kapiteln werden nahezu 200 Einzelthemen abgehandelt. Und jede Seite lädt durch die am Seitenrand angegebenen Verweise zum »Surfen« durch das Buch ein. Wer einmal mit dem Blättern beginnt, weiß hinterher eine ganze Menge mehr über das Ökosystem Erde. Auch die Kritiker waren überzeugt: Im vergangenen Jahr hat dieses Lexikon zu Recht den Jugendliteraturpreis in der Sparte Sachbuch erhalten.

📖 *Bernd Schuh: Das visuelle Lexikon der Umwelt, Gerstenberg Verlag, Hildesheim 2. Auflage 2003, 448 S., 35,– Euro*

Für Hosentasche und Rucksack

Tiere und Pflanzen lassen sich am besten in ihrer natürlichen Umgebung beobachten. Und da braucht man im Fall des Falles unbedingt einen Führer oder Ratgeber, der weiterhilft, wenn ein besonders schöner Vogel vorbeiflattert oder ein Baum unbekannt ist. Benötigt werden dann Bücher, die ohne Probleme in den Rucksack passen und sich zum schnellen Nachschlagen für unterwegs eignen. Mit *Der Natur auf der Spur* von Hans Jürgen Press hat Ravensburger schon 1964 (!) gezeigt, wie ein solcher Führer, der auch von Kindern genutzt wird, aussehen kann. Inzwischen gibt es eine Reihe von Nachfolgern: Als reine Bestimmungsbücher kommt die Serie *Wir entdecken und bestimmen* seit den Siebziger Jahren in unveränderter Aufmachung daher. Farbige und realitätsnahe Illustrationen machen das Bestimmen leicht, egal ob es sich um Wildpflanzen oder Bäume, Vögel oder Gesteine handelt.

Moderner und anspruchsvoller ist der neue *Ensslin Naturführer* aufgemacht. Egal ob's in den Wald, an den Fluss, ins Gebirge oder an den Teich geht, im ersten Kapitel wird in allen vier Titeln der Ausflug zunächst einmal generalstabsmäßig vorbereitet, Material und notwendige Ausrüstung erläutert und auf Besonderheiten der jeweiligen Umgebung eingegangen. Es folgen Kapitel zu den Themen »Beobachten und entdecken«, »Spielen und basteln« und »Tiere erkennen«, die kaum Wünsche offen lassen. Fotos, Illustrationen und Comics ergänzen die kurzen, aber inhaltlich gut ausgewählten Texte, die die Naturführer zu einem unterhaltsamen und hilfreichen Begleiter auf Ausflügen machen. Eine Fortsetzung der Reihe ist derzeit leider nicht in Planung.

Wem selbst diese handlichen Bücher zum Mitnehmen noch zu schwer sind, findet bei arsEdition eine Alternative: Der Verlag hat kleine handliche Naturfächer zu 27 Themen im Programm, die auf jeweils 48 Seiten Informationen rund um Blumen, Hunde, Katzen, Insekten, Mineralien, Pilze, Reptilien, Vögel u. a. liefern. Beliebte Standardthemen wie beispielsweise *Vögel in Garten und Wald* haben sich bereits 60 000 Mal verkauft. Jedem Objekt – ob Tier, Pflanze, Stein oder Planet – wird eine Seite mit einer genauen Illustration und kurzen Beschreibung gewidmet. So hat der jugendliche Entdecker die Möglichkeit, direkt vor Ort zu erkennen, ob ein Kiefernzapfen von einem Eichhörnchen oder einer Waldmaus bearbeitet wurde. Das klassische Bestimmungsbuch können die Naturfächer jedoch nicht ersetzen – dafür sind die Erklärungen zu knapp. Neugierige wissen aber nach einer ersten Zuordnung, unter welchem Stichwort in der heimatlichen Bibliothek weitergesucht werden kann. Und weniger Wissbegierigen reicht wahrscheinlich schon der Name des unbekannten Objekts.

🕮 *Wir entdecken und bestimmen Tierspuren (… Wildpflanzen, … das Leben im Wald, … Bäume, … Vögel, … die Meeresküste, … Gesteine), Ravensburger Buchverlag, Ravensburg, je 80 S., 4,50 – 4,95 Euro, ab 8 Jahren*

🕮 *Ensslin Naturführer: Im Wald, Am Fluss, Im Gebirge, Am Teich, Ensslin Verlag, Würzburg 2001, je 96 S., 7,95 Euro, ab 8 Jahren*

🕮 *Naturfächer zu 27 verschiedenen Naturthemen, arsEdition, München 1999 – 2003, je 48 S., 3,95 Euro, von 9 – 99 Jahren*

Die Welt um uns herum

Warum Sterne auf- und untergehen, warum Flugzeuge fliegen und warum wir bei Verletzungen bluten – das sind Fragen, die Kinder immer wieder stellen. Fragen, bei denen die meisten Erwachsenen dann doch zu einem Lexikon oder Fachbuch greifen, um dem Nachwuchs die Zusammenhänge zu erklären. Kindgerecht ist das nicht immer, was dort steht – und verständlich schon gar nicht. Weshalb da nicht gleich zu Sachbüchern greifen, in denen die Themen speziell für Kinder aufbereitet werden: Empfehlenswert sind hier die gerade erschienenen *Entdeckerbücher* von Kosmos – vier Bände, in denen auf die Bereiche *Erde und Weltall, Wissenschaft und Technik, Pflanzen und Tiere* und *Ich und mein Körper* eingegangen wird. Überzeugend ist diese neue Sachbuchreihe nicht nur wegen ihrer gut illustrierten Sacherklärungen, sondern vor allem aufgrund der geschickten Zusammenstellung von Wissensinformationen, literarischen Geschichten, Worterklärungen, Bastelanleitungen und Tipps für kleine Entdecker. Jede Doppelseite steht für sich und bietet auf den ersten Blick ein buntes Bild. Fotos, Illustrationen und Erklärungen, Tipps und Bildunterschriften sind locker verteilt und laden zum Querlesen ein. Die Anregungen und Informationen stehen nebeneinander und kommen dadurch den »zappenden« Lesegewohnheiten von Kindern entgegen.

Das klingt auf den ersten Blick abschreckend, gefällt den Kindern aber sehr gut, da sie viele, auch erstaunliche Informationen präsentiert bekommen. Den Abschluss eines jeden Bandes bildet eine Doppelseite mit einem Wissensquiz, das anregt, noch einmal nachzuschlagen, wenn man nicht alle Fragen gleich beantworten kann.

📖 *Die Kosmos Entdeckerbücher: Erde und Weltall, Wissenschaft und Technik, Pflanzen und Tiere, Ich und mein Körper, Kosmos Verlag, Stuttgart 2002, je 96 S., 9,90 EUR, ab 8 Jahren*

In der im November 2001 bei rororo begonnenen Reihe *Science & Fun* geht es um Themen, die Kids ab etwa zehn Jahren brennend interessieren: Da finden sich unterhaltsame Expeditionen in die Welt des Mikroskopierens, aufregende Geschichten um die Parasiten, die auf der menschlichen Haut zu Hause sind, und freche Fragen, Lügen und Legenden für clevere Kids. Sie erfahren, warum Krokodile Tränen vergießen und dass Faultiere tatsächlich ziemlich faul sind. Das sind tolle Bücher für Kinder, die gerade ein Quiz vorbereiten oder Freunde und Verwandte mit überraschendem Wissen beeindrucken wollen. Eine Reihe, die glücklicherweise inzwischen eine Vielzahl von Bänden umfasst, die allesamt in Inhalt und Gestaltung überzeugen. Diese Bücher sind selbst für Lesemuffel geeignet, weil sie Wissen vermitteln, das man unmittelbar umsetzen kann. Die Krönung eines jeden Bandes ist ein Bastelgimmick aus Pappe, gestaltet von der Papieringenieurin Antje von Stemm.

Titel aus der Reihe Science & Fun: rororo Rotfuchs, Reinbek bei Hamburg 2001 – 2003:

📖 *Jörg Blech: Mensch & Co – Aufregende Geschichten von Lebewesen, die auf uns wohnen, 128 S., 9,90 Euro, ab 8 Jahren*

📖 *Gerald Bosch: Expedition Mikroskop, 160 S., 9,90 Euro, ab 10 Jahren*

📖 *Christoph Drösser: Stimmt's?, 128 S., 9,90 Euro, ab 8 Jahren*

📖 *Rudolf Kippenhahn: Streng geheim! (über Geheimschriften), 112 S., 12,90 Euro, ab 10 Jahren*

📖 *Gert Kähler: Scifun-City, 160 S., 12,90 Euro, ab 8 Jahren*

📖 *Dieter Neubauer: Wasser-Spiele, 160 S., 12,90 Euro, ab 8 Jahren*

📖 *Rainer Schultheis: Donner-Wetter, 128 S., 12,90 Euro, ab 8 Jahren*

Ob es sich um den Menschen, die Natur oder die Weltgeschichte handelt, um Astronomie oder Archäologie: Die Reihe *Young Oxford* aus dem Verlag Beltz & Gelberg fasziniert immer. Es ist eine anspruchsvolle, mit aufwändigen Fotos und Zeichnungen illustrierte Reihe, die sich vor allem an junge Erwachsene wendet. Seit einiger Zeit ist nun ein Ableger für das jüngere Publikum auch auf Deutsch zu haben: Die Reise-Titel widmen sich jeweils einem bestimmten Lebensumfeld oder einem Kontinent, durch den sie dann mit großartigen Fotos und kundigem Sachwissen führen.

Für die Reise in die Wüste wird der junge Leser erst einmal mit den notwendigen Mitteln zum Überleben wie Kompass, Kocher und Filter ausgestattet. Dann wird eine Reiseroute festgelegt. Jeweils auf einer Doppelseite wird ein Thema vertieft: Ob es um »Menschen in der Wüste« oder den »Grand Canyon« geht, um »Echsen« oder »Kakteen«, immer sind die Seiten wie ein Ausflug aufgemacht, vermitteln das Gefühl, mitten drin zu sein. Das sind Bücher zum Staunen, Lesen, Schauen, Blättern …

Titel aus der Reihe Young Oxford, Beltz & Gelberg, Weinheim 2001 – 2003, je 48 S., je 12,90 Euro, ab 10 Jahren:

- *Stuart Clark: Reise zu den Sternen*
- *Tim Knight: Reise in den Regenwald*
- *Tim Knight: Reise nach Afrika*
- *John Brown: Reise in die Wüste*
- *Linda Pitkin: Reise in die Tiefsee*

Wie sahen Fußballschuhe vor zweihundert Jahren aus, seit wann gibt es Stollen am Schuh und welche Taktiken sind besonders erfolgversprechend? In dem Band *Fußball* aus der Reihe *Sehen – Staunen – Wissen* wird die Geschichte dieses Volkssportes von den ersten Bolzplätzen bis zu den großen Ereignissen in den modernen Arenen erzählt. Fotos, Zeichnungen und Graphiken vervollständigen das Buch, das auf unterhaltsame und kurzweilige Weise Informationen rund um das Thema Fußball vermittelt. Die Texte sind kurz und knapp gehalten und jeweils den Fotos und Abbildungen zugeordnet.

Doch Fußball ist bei weitem nicht das einzige Thema der Reihe: Die 116 Titel, die in dieser Reihe seit 1988 als Lizenzübernahmen von Dorling Kindersley bei Gerstenberg erschienen sind, lesen sich fast wie ein Lexikon. *Sehen – Staunen – Wissen* ist eine Sachbuchreihe, die zu den meisten Themen, die Jugendliche interessieren, Titel im Programm hat.

Die Bände eignen sich besonders für Kinder, die sich schnell in ein Thema einlesen wollen, ohne mit allzu langen Texten konfrontiert zu werden. Modernen Rezeptionsgewohnheiten kommt diese Sachbuchreihe somit entgegen, ohne dabei auf anspruchsvolle Inhalte zu verzichten. Diese Bücher sind durchaus auch geeignet, sich auf ein Referat oder einen Vortrag in der Schule vorzubereiten.

📖 *Sehen – Staunen – Wissen, 116 Titel zu kulturgeschichtlichen, technischen und naturwissenschaftlichen Themen, Gerstenberg Verlag, Hildesheim 1988 – 2003, je 64 S., 12,90 Euro, je nach Thema ab 10 oder 12 Jahren*

Irgendwann im Alter zwischen zehn und fünfzehn Jahren sitzen viele Jugendliche in ihrem Zimmer, nagen am Bleistift und entwerfen Gedichte oder Geschichten rund um Liebe, Leid und Leben. Und was passiert mit den Texten dann? Die meisten landen vermutlich im Papierkorb – oder im Tagebuch, das später einmal mit sentimentalen Weißt-du-noch-Gefühlen aufgeschlagen wird. Doch manch einer der jungen Autoren nimmt seine ersten Schreibversuche ernst, weil sie einen Wunsch ausdrücken: das Schreiben zum Beruf zu machen – als Schriftsteller, Journalist oder Drehbuchautor.

In ihrer *Wörterwerkstatt* wendet sich die Autorin und Journalistin Sylvia Englert an eben diese Jugendlichen. Vermutlich hat sie selbst als junge Frau erlebt, wie es ist, wenn die Hilfestellungen aus dem Deutschunterricht nicht mehr ausreichen, wenn einem keiner zeigt, wie man einen Text humorvoll oder spannend schreibt. Genau das macht Sylvia Englert: Sie gibt Tipps, wie eine Geschichte aufgebaut wird und wie Spannung,

Stil und Sprache verbessert werden können. Die Autorin beantwortet Fragen rund um das Thema Schreiben mit Beispielen aus der Praxis, zitiert Autoren und trifft mit ihrer lockeren und unprätenziösen Sprache den Ton von Jugendlichen, ohne sich anzubiedern.

Sie nimmt ihre Leser ernst und macht ihnen Mut, es mit dem Schreiben zu versuchen, ohne die Schwierigkeiten zu verschweigen, die auf Schreibende zukommen.

Nachdem zunächst einmal die »vier Geheimnisse guter Autoren« verraten werden – sie lesen viel, sie schreiben viel, sie beobachten, und sie haben ihr Genre gefunden – widmet Englert sich Stil und Sprache, erläutert die einzelnen Textformen und gibt Tipps zum Schreiben als Beruf. Fördermöglichkeiten und Stipendien werden in diesem Zusammenhang ebenso aufgezählt wie die Mittel und Wege, diese Angebote zu nutzen. Adressen und Fachliteratur ergänzen den praktischen und auch für Erwachsene lesenswerten Ratgeber.

In ihrem zweiten Buch, in dem Sylvia Englert sich wieder an Jugendliche wendet, erzählt sie von der täglichen Arbeit eines Redakteurs; sie beschreibt, wie eine Radiosendung entsteht und mit welchen Problemen ein Fernsehmoderator zu kämpfen hat.

Einer kurzen Einführung in die Geschichte der Medien von den ersten Rauchzeichen der Indianer über Gutenbergs Druckkunst bis zum Internet folgen zunächst Kapitel über die einzelnen Genres: Printmedien und Agenturen, Radiomacher, Fernsehsender und die Welt hinter dem Internet werden anhand von praktischen Beispielen vorgestellt. Im Anschluss geht es um die Selbstwahrnehmung von Journalisten und Medienmachern, die mit Interviews gestützt wird – und um die Fremdwahrnehmung. So berichtet Peter Kollewe, der zu DDR-Zeiten als Journalist beim »Neuen Deutschland« arbeitete, wie sich Pressefreiheit in einem sozialistischen System darstellte, und Online-Journalisten, Producer und Schülerzeitungsredakteure erzählen von ihrer Arbeit, den guten und den schlechten Zeiten.

Bei Englert tauchen Journalisten als Helden und als Schurken auf. Sie erzählt vom Kampf um die Pressefreiheit in verschiedenen Ländern und Systemen, von wahren Geschichten und gefälschten Bildern. Jugendliche Leser erfahren, wie sie selbst Schülerzeitungen gestalten oder Internetauftritte vorbereiten können und bekommen Tipps für den Einstieg in die Medienbranche. Das alles spickt die Autorin mit kleinen Anekdoten und großen Geschichten aus der Medienbranche, so dass die Leser ein differenziertes Bild von dieser (Berufs-)Welt bekommen. Die *Medienmacher* stellen betroffene Personen vor und bieten gleichzeitig eine unterhaltsam erzählte Geschichte der Medienwelt, die aktuell allerdings um das Kapitel »Kirch & Co.« erweitert werden sollte.

Auch erwachsene Leser finden hier viele Ereignisse aus den vergangenen Jahren wieder, die Englert für ihre jugendlichen Leser in einen verständlichen Rahmen einordnet. Adressen, wo man sich für ein Praktikum bewerben kann, ein Glossar mit Fachbegriffen und Buchtipps ergänzen dieses Buch, das sich schon durch seine lockere, aber gut recherchierte Schreibe von vielen anderen Angeboten zu diesem Thema abhebt: Die *Medienmacher* lesen sich nicht wie ein dröges Fachbuch, sondern eher wie ein spannender, mit vielen Informationen gespickter Roman.

📖 *Sylvia Englert: Wörterwerkstatt – Tipps für Jugendliche, die gern schreiben. Ellermann Verlag, Hamburg 2001, 256 S., 12,90 Euro, ab 12 Jahren*

📖 *Sylvia Englert: Medienmacher – Nachrichten, Soaps und Online-Magazine, Ellermann Verlag, Hamburg 2002, 190 S., 12,– Euro, ab 13 Jahren*

Abenteuer Geschichte

Sachbücher zu historischen und kulturgeschichtlichen Themen gibt es viele – oft als Lizenzausgaben englischer oder französischer Titel. Denn in diesen Ländern wird Wissenschaft für Kinder oft viel selbstverständlicher in greifbare und verständliche Texte gepackt als bei uns.

Dass das nicht immer so ist, zeigt der Patmos Verlag mit der Reihe *Von uns und unserer Welt*: Unter dem Titel *Reise in das alte Ägypten* haben Christa Holtei und Udo Kruse-Schulz einen Band über das Leben in Ägypten vorgelegt, in dem über Geschichte und Kultur, Kunst und Geographie, Feste und Mode berichtet wird. Die *Reise in das alte Ägypten* erinnert fast an ein Bilderbuch: Die Texte werden von vielen Zeichnungen unterstützt und aufgelockert und sind selten länger als eine Seite. Und wer sich so richtig auf die Zeit einlassen will, für den haben die Autoren Tipps parat, wie eine ägyptische Wasseruhr gefertigt und ein Vollkorn-Fladenbrot gebacken wird oder man sich als Ägypterin schminkt. Ein Buch zum Blättern, Lesen, Anschauen, Basteln und wieder Lesen. Weitere Bände in dieser Reihe liegen bereits vor.

📖 *Christa Holtei und Udo Kruse-Schulz: Reise in das alte Ägypten, Patmos Verlag, Düsseldorf 2002, 64 S., 15,90 Euro, ab 8 Jahren*

📖 *Christa Holtei und Udo Kruse-Schulz: Reise in das alte Griechenland, Patmos Verlag, Düsseldorf 2002, 60 S., 15,90 Euro, ab 9 Jahren*

📖 *Claudia Schnieper und Roland Warzecha: Reise in das alte Rom, Patmos Verlag, Düsseldorf 2002, 64 S., 15,90 Euro, ab 8 Jahren*

Ganz anders treten die Bücher von David Macauly auf: Auch hier handelt es sich um großformatige Bände, die mit vielen Bildern bestückt sind. Doch Macauly verzichtet ganz auf Farbe und liefert Schwarzweiß-Zeichnungen, die fast wie die Skizzen eines Architekten wirken.

Nicht ohne Grund – Macauly ist Architekt. Und so schreibt er auch über Architektur, ohne dabei den historischen Hintergrund aus dem Blick zu verlieren. Er berichtet von einem fiktiven Pyramidenbau samt Tempel- und Gräberbereich. Alles orientiert sich jedoch weitgehend an heute noch existierenden Pyramiden-

und Tempelruinen. Das gilt auch für sein Burgenbuch. Die Burg von Lord Kevin gibt es in Wirklichkeit nicht, doch der Grundriss, der Bauvorgang und die äußere Erscheinung entsprechen Burgen, die in der Zeit zwischen 1277 und 1305 errichtet wurden. Macauly beginnt mit seinen Geschichten unvermittelt, es gibt kein orientierendes Inhaltsverzeichnis. Und so sind diese Bücher auch tatsächlich als informative und intensive Lektüre zu dem jeweiligen Thema gedacht. Die Sprache ist knapp und klar, für poetische Schnörkel kann der Autor sich nicht erwärmen. Kinder, die stark an Ausschmückungen und vielen Details interessiert sind, werden diese Bücher nicht begeistern. Aber sie sind die ideale Lektüre für all jene, die an sachlichen Informationen Spaß haben (Taschenbuchausgaben gibt es bei dtv junior).

📖 *David Macauly: Wo die Pyramiden stehen, Patmos Verlag, Düsseldorf 2001, 80 S., 16,– Euro, ab 10 Jahren*

📖 *David Macauly: Eine Stadt wie Rom, Patmos Verlag, Düsseldorf 2001, 80 S., 16,– Euro, ab 10 Jahren*

📖 *David Macauly: Es stand einst eine Burg, Patmos Verlag, Düsseldorf 2001, 80 S., 16,– Euro, ab 10 Jahren*

📖 *David Macauly: Sie bauten eine Kathedrale, Patmos Verlag, Düsseldorf 2003, 80 S., 16,– Euro, ab 10 Jahren*

All jenen, denen die Macauly-Bücher zu spröde sind, die aber dennoch Spaß an Geschichte haben, möchte ich die Bücher aus der Loewe-Reihe *Helden – Mythen – Abenteuer* ans Herz legen. In dieser Reihe wird Geschichte sozusagen personifiziert, wird die Welt des sagenhaften Griechenland durch die Augen des Odysseus und die Welt der Antike durch die Augen Alexander des Großen betrachtet. Die Autoren vereinfachen Geschichte und präsentieren sie in Romanform, ohne auf wichtige Inhalte zu verzichten.

Das sind Bücher, die schnell mal abends im Bett gelesen werden können und nebenbei wichtige Informationen über das Leben in der jeweiligen Zeit vermitteln. Sicherlich ist Kindern, die viel, gern und anspruchsvolle Literatur lesen, auch mit zehn Jahren schon die Originalfassung der »Odyssee« zuzumuten. Doch für diejenigen, die sich vor so langen Geschichten grausen und wenig Lust haben, sich auf dieses Abenteuer einzulassen, die aber dennoch etwas über diese Helden erfahren wollen, bietet die Reihe *Helden – Mythen – Abenteuer* eine geeignete Einstiegslektüre:

- *Olivier Tiano: Das alte Ägypten, Loewe Verlag, Bindlach 2003, 128 S., 11,90 Euro, ab 10 Jahren*
- *Marie-Thérèse Davidson: Odysseus, Loewe Verlag, Bindlach 2002, 128 S., 11,90 Euro, ab 10 Jahren*
- *Marie-Thérèse Davidson: Alexander der Große, Loewe Verlag, Bindlach 2003, 128 S., 11,90 Euro, ab 10 Jahren*
- *Philippe Castejon: Die Gründer Roms, Loewe Verlag, Bindlach 2002, 128 S., 11,90 Euro, ab 10 Jahren*

Geschichte wie ein spannender Roman, der in einem Parforceritt von den frühen Menschen bis in die Gegenwart wichtige Zusammenhänge erklärt und dem Leser einen nachvollziehbaren Überblick verschafft: Ich spreche von der *Weltgeschichte* von Manfred Mai, der nach seiner hochgelobten *Deutschen Geschichte* damit wieder ein Buch für Jugendliche und Erwachsene vorlegt, das so ist, wie der Geschichtsunterricht im Idealfall sein sollte: unterhaltsam und spannend, aufregend und informativ. Ganz nebenbei werden Zusammenhänge sichtbar, die zuvor erahnt, aber möglicherweise nicht vollständig verstanden wurden. Beispielsweise die Tatsache, dass sich in Griechenland die Anfänge der Philosophie vor allem deshalb entwickeln konnten, weil durch die in ihren Grundzügen demokratische Staatsverfassung die Menschen dazu angehalten wurden, miteinander zu diskutieren und zu reden und nicht nur die Anordnungen der Obrigkeit zu befolgen.

Wer einen detailreichen und intensiven Einstieg in eine historische Zeit oder ein Thema sucht, der wird mit diesem Buch nicht glücklich werden. Viele Themen, über die dicke Bücher geschrieben wurden, werden auf wenigen Seiten abgehandelt.

Doch die Aufgabe, die Manfred Mai sich mit der *Weltgeschichte* gestellt hat, ist eine ganz andere. Es geht nicht um die ausführliche Erklärung einer bestimmten historischen Epoche, sondern um die Möglichkeit, einen zusammenhängenden Überblick über die Geschichte der Menschheit zu bekommen. Und genau darin liegt die Stärke dieses Buches. Der Leser verliert sich nicht in Jahreszahlen und Herrschernamen, Schlachtengetümmel und Krönungszeremonien. Es werden jeweils nur die wichtigsten Ereignisse genannt und diese dann mit den Folgen verbunden, die sie für das betroffene Volk und die Zukunft hatten.

Manfred Mai schreibt aus der Sicht des Europäers, ja des Deutschen, was er auch in seinem Vorwort einräumt: »Schon ein französischer oder polnischer Autor, um zwei unserer unmittelbaren Nachbarn zu nennen, würde eine andere Perspektive einnehmen, an andere Leser denken und andere Schwerpunkte setzen.« Dennoch, oder gerade auch deshalb, ist es ein Buch geworden, das Freude beim Lesen und Blättern macht – und das immer wieder.

📖 *Manfred Mai: Weltgeschichte, Hanser Verlag, München und Wien 2002, 200 S., 16,90 Euro, ab 12 Jahren*

📖 *Manfred Mai: Deutsche Geschichte, Beltz & Gelberg, Weinheim 1999, 171 S., 14,90 Euro, ab 12 Jahren (unter dem gleichen Titel sind 4 Audio CDs bei der Hörcompany erschienen)*

📖 *Manfred Mai (Hrsg.): Lesebuch zur Deutschen Geschichte, Beltz & Gelberg, Weinheim 2001, 285 S., 14,90 Euro, ab 12 Jahren*

📖 *Manfred Mai: Geschichte der Deutschen Literatur, Beltz & Gelberg 2001, 166 S., 14,90 Euro, ab 12 Jahren (unter dem gleichen Titel sind 4 Audio CDs bei der Hörcompany erschienen)*

Reisefieber

Reisen bildet – dass dieser Satz nicht nur für kulturhungrige Erwachsene, sondern auch für abenteuerlustige Kinder gilt, das weiß jeder, der schon einmal mit Kindern verreist ist. Die klassischen Reiseführer allerdings, die Mama und Papa vor Kirchen, berühmten Bauwerken oder in besonders beeindruckenden Landschaften studieren, interessieren den Nachwuchs dagegen nur selten.

Und dass es bei Reiseführern für Kinder bislang nur ein mageres Angebot gab, ist offensichtlich gleich mehreren Verlagen aufgefallen. Nachdem die bei Universal/Karussell erschienenen Hörkassetten/CDs *Die Reisemaus in Spanien, Die Reisemaus in Italien, Die Reisemaus in Dänemark, Die Reisemaus in der Türkei, Die Reisemaus in Großbritannien, Die Reisemaus in Österreich* und *Die Reisemaus im Skiurlaub* von Angela Lenz sich als großer Erfolg zeigten, sprachen die Mitarbeiter des Thienemann Verlages die Autorin an, um eine Reisemaus-Buchreihe zu konzipieren. Herausgekommen sind bunte, fröhliche und handliche Bilderbücher, in denen die wichtigsten Informationen über ein Reiseland mit lustigen Anekdoten kindgerecht verknüpft wurden.

Nicht die historischen Begebenheiten oder kulturellen Sehenswürdigkeiten des jeweiligen Landes stehen im Mittelpunkt der Bücher, sondern Dinge, die Kinder wirklich interessieren: Strände mit Wasserrutschbahnen, ausgefallene Nudelsorten, lustige Straßenszenen, Bäume, auf denen Orangen wachsen, und ungewöhnliche Gebäude wie der schiefe Turm von Pisa. Anhand von Sprechblasen auf einigen Doppelseiten sowie einer kleinen Vokabelliste im Anhang lernen Kinder zudem spielerisch wichtige Sätze wie »Ein Eis bitte!«, »Willst du mit mir spielen?« oder »Ich habe Hunger!«. Eine Karte gibt einen ersten Überblick über das jeweilige Reiseland.

Diese Bilderbücher vermitteln zwar keine umfassenden Kenntnisse über ein Land, bereiten die Kinder vor einem Urlaub aber auf das fremde Land vor. Die Reisemaus in Plüsch mit ihrem kleinen Wanderrucksack und ihrem Ringelpulli ist ein witziger Reisebegleiter, der bei meinen Kindern inzwischen regelmäßig in den Koffer wandert.

🕮 *Angela Lenz: Die Reisemaus in Italien (... Spanien, ... Dänemark, ... Großbritannien, ... Griechenland, ... der Türkei), Thienemann Verlag, Stuttgart 2002/2003, je 32 S., 7,90 Euro, ab 5 Jahren, dazu gibt's eine Reisemaus aus Plüsch für 6,90 Euro*

Parallel dazu kam der Züricher Verlag bohem press mit seinen Bilderbuchreiseführern für Zuhause und unterwegs auf den Markt. Sie wollen – so wenig wie die Reisemaus – den klassischen Reiseführer nicht ersetzen, eignen sich aber als witziges Mitbringsel, wenn eine Reise bevorsteht, oder auch einfach nur zum Anschauen. Die neun Titel sind von unterschiedlichen Illustratoren gezeichnet, um jeweils dem besonderen Charakter der vorgestellten Stadt entgegenzukommen. Und das ist gelungen: Prag kommt in den Bildern sehr atmosphärisch daher, Paris elegant und Berlin modern-verrucht. Die Reiseführer sind handlich, da die Seiten zusammengeklappt sind und auf die vierfache Größe ausgefaltet werden können. Einfache Texte, praktische Hinweise und ein kindgerechter Stadtplan ergänzen diese Bilderbuchreiseführer.

🕮 *London für Kinder (Paris ..., Rom ..., Prag ..., Madrid ..., Berlin ..., Wien ..., Barcelona für Kinder), bohem press, Zürich 2002/2003, ausklappbare Seiten, je 9,50 Euro, ab 5 Jahren*

Der dritte im Bunde der Kinderreiseführer ist der moses.Verlag mit seinen Spiralblock-Büchern rund um ein Land für Kinder ab acht. Schon die Konzentration auf etwas ältere Kinder macht deutlich, dass es sich hier nicht um ein Bilderbuch handelt, sondern um einen echten, kindgerecht gemachten Reiseführer, aus dem auch die Erwachsenen noch was erfahren können. Mit Hilfe des Mini-Sprachführers lassen sich vielleicht schon am ersten Tag Strandfreundschaften schließen.

Vor Ort können neugierige Kids dann gleich die Umgebung erkunden. Der Reiseblock erklärt Besonderheiten von Flora und Fauna ebenso wie Grundlegendes zu Geschichte und Kunst.

Selbst Tage, an denen eine Besichtigung auf dem Programm steht, können damit auch für den Nachwuchs zu einem echten Abenteuer werden. Die Rubrik »Leute« sorgt dafür, dass die jungen Reisenden auch erfahren, wie die Altersgenossen in anderen Ländern leben, welche Musik sie hören und womit sie sich nach der Schule die Zeit vertreiben. Das Länder-Quiz schließlich erleichtert den Abschiedsschmerz und vertreibt auf der Rückreise die Langeweile.

🕮 *Anita van Saan und Claus Stephan: Spanien für Kinder (Italien …, Frankreich …, Niederlande für Kinder), moses. Verlag, Kempen 2003, Spiralblock, je 112 S., 6,50 Euro, ab 8 Jahren*

Tipps für Leseratten

🕮 *Zora: Mein erstes Buch von den Bäumen, Annette Betz Verlag, Wien 2003, 32 S., 12,90 Euro, ab 3 Jahren*

🕮 *Wie & Woher: Vom Getreidekorn zum Brot (und: Von der Baugrube zum Haus), Coppenrath Verlag, Münster 2003, je 7 Doppelseiten inklusive Umschlag, 7,95 Euro, ab 4 Jahren*

🕮 *Gabriele Staebler: Wilde Kinder – Leoparden (und: Wilde Kinder – Elefanten der Savanne), Der Kinderbuchverlag Berlin, Berlin 2003, 64 S., 16,90 Euro, ab 4 Jahren*

🕮 *Tessloffs erstes Buch … der Insekten und Spinnen (in dieser Reihe sind weitere 9 Titel erschienen), Tessloff Verlag, Nürnberg 2003, je 32 S., 7,90 Euro, ab 5 Jahren*

🕮 *Thea Roß: Waldemars Gartenküche, Coppenrath Verlag, Münster 2003, 48 S., 14,95 Euro, ab 6 Jahren*

🕮 *Erde, Sonne, Mond & Co. (und: Wir erforschen den Bach), Reihe Wissen, Coppenrath Verlag, Münster 2003, je 32 S., 2,50 Euro, ab 8 Jahren*

🕮 *Jean Petit und Cecile Marais: Entdecke Luft- und Raumfahrt, Reihe: Suchen, Finden, Wissen, Oetinger Verlag, Hamburg 2001, 32 S., 10,90 Euro, ab 8 Jahren*

- *Alles was ich wissen will: Bedeutende Erfindungen (in dieser Reihe sind weitere 11 Titel erschienen), Ravensburger Buchverlag, Ravensburg 2003, 64 S., 9,95 Euro, ab 8 Jahren*
- *Sybille Mellenthin: Ensslin Reitertipps – Mein Traumpferd, Endlich im Sattel, Pferdeliebe grenzenlos, Nice-Guide für Pferdemädchen, Arena Verlag, Würzburg 2001, je 96 S., 8,95 Euro, ab 10 Jahren*
- *Bibliothek des Wissens: Auf den Spuren des Lebens – Vom Einzeller zum Menschen, Arena Verlag, Würzburg 2000, 95 S., 14,90 Euro, ab 10 Jahren*
- *Sabine Thor-Wiedemann und Birgit Rieger: Deine Tage sind gute Tage (Ratgeber für Mädchen zum Thema Menstruation), Ravensburger Buchverlag, Ravensburg 2003, 128 S., 9,95 Euro, ab 10 Jahren*
- *Was ist Was? Band 115: Bären, Tessloff Verlag, Nürnberg 2003, 48 S., 8,90 Euro, ab 10 Jahren*
- *Gerhard Staguhn: Die Jagd nach dem kleinsten Baustein der Welt, dtv, München 2003, 240 S. 10,– Euro, ab 12 Jahren*
- *Jean-Jaques Greif: Mozart, C. Bertelsmann Jugendbuch, München 2003, 352 S., 14,90 Euro, ab 12 Jahren*
- *Frank Vermeulen: Der Herr Albert – Ein Roman über Einsteins Gedankenexperimente, Gerstenberg Verlag, Hildesheim 2003, 416 S., 22,– Euro, ab 14 Jahren*
- *Edition »Ich klage an« zu unterschiedlichen Themen wie Asyl, Rassismus, Straßenkinder, Prostitution, Todesstrafe, Drogen, Völkermord, Folter, Fundamentalismus u. a., Elefantenpress, Berlin, jeweils 100 – 144 S., 8,– oder 9,– Euro, ab 14 Jahren*

4

Reisen in die Vergangenheit – historische Romane

Historische Romane bieten in der Regel Abenteuergeschichten, die oft genauso stattgefunden haben könnten, wie sie erzählt werden. Es werden Kriminalfälle oder andere Geheimnisse gelöst, und oft haben die Reisen in die Vergangenheit auch etwas Phantastisches an sich, weil sie von einer Zeit erzählen, die doch mindestens einige Jahrzehnte, vielleicht aber auch Jahrhunderte hinter uns liegt. Und da kommt dem Leser manches so unwahrscheinlich vor, als sei es ganz und gar der Phantasie des Autors entsprungen. Ganz nebenbei vermitteln viele historische Romane, ohne aufdringlich zu werden oder gar oberlehrerhaft zu wirken, einen Eindruck von den Lebensumständen früherer Generationen: Für die Leser wird nachvollziehbar, wie Menschen im Mittelalter gelebt, wovon sie sich ernährt oder welche Tätigkeiten sie ausgeübt haben.

Die gesellschaftliche Stellung unterschiedlicher Gruppen, aber auch von Frauen und Kindern ist ebenso ein Thema wie die Zwänge, die den Menschen durch Sitten und Gebräuche auferlegt waren. Die Helden sind meist Personen, die sich aus irgendeinem Grunde gegen solche Zwänge wehren oder nicht bereit sind, den Platz einzunehmen, der ihnen durch ihre Herkunft zugewiesen ist. Handelt es sich um Mädchen oder Frauen als Heldinnen, so begehren sie oft gegen die vorgegebenen Pflichten auf und wollen für ihr Leben ebenso die Verantwortung übernehmen wie dies die Männer tun.

Ein frühes Beispiel für die Übertragung historischer Stoffe in Kinder- und Jugendromane ist die Trilogie *Die Höhlenkinder* von A. Th. Sonnleitner, die erstmals 1918 im Franck-Kosmos Verlag erschienen ist. Sonnleitner erzählt die Geschichte der Waisenkinder Eva und Peter, die durch eine Naturkatastrophe von der Außenwelt abgeschnitten werden und völlig auf sich selbst gestellt ihr Leben in den Griff bekommen müssen. Ihr Überleben hängt von der Fähigkeit ab, sich in diese Situation einzufinden und im Grunde wie Steinzeitmenschen ohne jegliche Hilfsmittel ihr Leben zu fristen. Sonnleitners Buch ist gewollt pädagogisch aufgebaut und soll den jugendlichen Lesern mit Hilfe der Lebensgeschichte der beiden Waisenkinder die Steinzeit *(Im heimlichen Grund)*, die Bronzezeit *(Im Pfahlbau)* und die Eisenzeit *(Im Steinhaus)* nahe bringen. Auch wenn mir persönlich *Die Höhlenkinder* zu belehrend sind, da der Autor im Grunde ganz gezielt Geschichtsunterricht erteilen will, hat mein Ältester die drei Bände – trotz der manchmal etwas altertümlich anmutenden Sprache – mit Begeisterung gelesen. Und nicht nur er – seine Freunde hat er auch gleich noch damit beglückt. Deutlich wird daran eines: Viele Kinder zwischen acht und zwölf Jahren lieben Geschichten aus der Vergangenheit, sie mögen es, wenn mit Pfeil und Bogen oder Rüstung und Schwert gekämpft wird. Und genau auf diese Begeisterung stellen viele historische Romane auch ab.

Der Übersichtlichkeit halber habe ich die Rezensionen drei Zeiträumen und einem speziellen Genre, der biographischen Literatur, zugeordnet:

- Mittelalter
- Frühe Neuzeit
- Zeitgeschichte
- Historische Persönlichkeiten

Zunächst werden Geschichten aus dem Mittelalter vorgestellt, in denen es – natürlich – um Ritter und Burgen, um Kräuterweiber und Klöster geht. Anschließend folgen Geschichten, die in der frühen Neuzeit angesiedelt sind, und danach Romane, die in der jüngeren Vergangenheit spielen. Hier stehen der Zweite Weltkrieg und seine Ursachen und Folgen im Mittelpunkt. Und hier wird – im Gegensatz zu den Geschichten, die in früherer Zeit spielen – deutlich mehr Wert gelegt auf die Vermittlung von Wissen über die Ereignisse in dieser Zeit und die Folgen, die diese Ereignisse auf unser heutiges Leben noch haben.

Zum Schluss widme ich mich noch zwei Büchern, die nicht nur eine bestimmte Zeit, sondern ausgewählte historische Persönlichkeiten in den Mittelpunkt stellen. Das sind Bücher, die in der Regel für Kinder ab zwölf, eher sogar für junge Erwachsene geeignet sind. Ausgewählt habe ich hier bewusst zwei sehr unterschiedliche Titel: einen historischen Roman über den Seehelden Störtebecker sowie eine Biographie über die Terroristin Ulrike Marie Meinhof.

Mittelalter

Engelhardt hat eigentlich alles, was sich Jungs in der Regel erträumen, wenn sie an das Mittelalter denken: Er ist der älteste Sohn eines Ritters und soll später einmal die Burg seines Vaters erben. Doch für den Jungen, der lieber Flöte spielt statt reitet und für blutige Kämpfe schon gar kein Interesse hat, sieht die Zukunft düster aus.

Als seine Mutter während der Abwesenheit des Vaters im Kindbett stirbt, wird er von seinem Onkel auf die Osterburg geholt. Der Onkel will endlich einen richtigen Ritter aus ihm machen, der jüngere Cousin piesackt ihn, wo er nur kann. Eine aussichtslose Situation! Bis Engelhardt Elias kennen lernt, den Sohn eines jüdischen Pferdehändlers. Mit Elias muss er sich allerdings heimlich treffen, niemals hätte der Onkel den Kontakt zur »Judenbrut« geduldet. Als die jüdische Gemeinde des Ortes ermordet wird, flieht Engelhardt gemeinsam mit seinem Freund, um Verwandte in Köln aufzusuchen.

Vogelfrei von Doris Meißner-Johannknecht ist ein historischer Roman über die Zeit von Rittern und Burgen, über Judenhass und Minnesänger, der einem modernen Roadmovie gleicht. Ganz nebenbei wird deutlich, dass man seinen Weg und seine Bestimmung auch finden kann, wenn man sich gegen die Vorstellungen der Erwachsenen und der Gesellschaft durchsetzen muss. Genau das gelingt Engelhardt: Am Ende seiner Flucht weiß der Rittersohn, dass seine Erfüllung die Musik ist und nicht der Kampf mit dem Schwert.

📖 *Doris Meißner-Johannknecht: Vogelfrei, Oetinger Verlag, Hamburg 2003, 160 S., 9,90 Euro, ab 12 Jahren*

Elskes Bestimmung ist es, als Todesjungfrau den Wolferkönig auf seiner letzten Reise zu begleiten und mit ihm gemeinsam in Flammen aufzugehen. So jedenfalls will es die Sitte der Kvänerics. Doch Elske kann fliehen, da statt ihrer die Großmutter Mirkele mit langen dunklen Haaren die Hütte des toten Königs betritt und sie schließlich in Brand steckt. Elske beginnt in der weit entfernten Handelstadt Trastad ein neues Leben als Dienstmädchen. Dank ihrer Sprachfertigkeit macht sie sich schnell unentbehrlich, da sie den Gesprächen durchreisender Händler folgen kann und auf diese Weise sogar etwas über die geheime Formel des Schwarzpulvers erfährt.

Doch dann scheint sich von einem Tag auf den anderen alles zu ändern: Elske wird der Prinzessin Beriel, die vor ihrem Bruder aus ihrem Land fliehen musste, als Magd zugeteilt. Beriel ist herrschsüchtig, kämpferisch und wütend über ihre Vertreibung. Und sie ist keineswegs bereit, sich an die Gepflogenheiten der Handelsstadt zu halten. Im Gegenteil: Während ihre Umgebung davon ausgeht, dass sie sich in der Stadt einen Ehemann suchen will, plant Beriel ihre Rückkehr in die Heimat, um den ihr zustehenden Thron zu besteigen. Elske ist fasziniert von der jungen Frau, die sich von ihrer Umgebung nicht kleinkriegen lässt. Sie steht ihr in manch schwieriger Situation zur Seite, schwört ihr die Treue und begleitet sie schließlich in die ferne Heimat. Cynthia Voigt erzählt in *Elske – Die Vertraute der Königin* die Geschichte zweier ungleicher Frauen, die aber beide ein für ihre Zeit ungewöhnliches Selbstbewusstsein besitzen und ihren eigenen Weg gehen, auch wenn der mit vielen Schwierigkeiten verbunden ist. Voigt gelingt es, den Figuren ihres Romans über die äußeren spannenden Ereignisse hinweg Leben einzuhauchen, so dass es den Lesern leicht fällt, sich mit diesen ungewöhnlichen Frauen zu identifizieren.

📖 *Cynthia Voigt: Elske – Die Vertraute der Königin, Sauerländer Verlag, Düsseldorf 2002, 294 S., 15,90 Euro, ab 12 Jahren*

Schwäbisch Hall im Frühjahr 1450: Die freie Reichsstadt ist durch ihre Salzquelle zu Wohlstand und Ansehen gekommen. Jodokus Andreas Zeuner, genannt Jos, verdient als Knecht eines angesehenen Salzsieders den Lebensunterhalt für sich, seine Mutter und seine beiden Schwestern. Und wenn es in der Salzsiederei nichts zu tun gibt, hilft er bei den Flößern aus, wo er sich mit dem Flößer Stefan angefreundet hat. In seiner freien Zeit besucht Jos Sarah, die als Magd bei einem Adligen angestellt ist. Für Sarah und Jos ist klar – sie wollen die Zukunft gemeinsam verbringen, wenn Jos erst einmal genug für eine eigene Familie verdient. Für Jos scheint das Leben in Ordnung zu sein, bis ein Junker ermordet und ausgerechnet Stefan, der ein ausgezeichneter Schwimmer war, ertrunken aus dem Wasser gezogen wird. Es gibt eindeutige Hinweise, dass Stefan ermordet wurde. Und dann überschlagen sich die Ereignisse: Das Bettelmädchen Anna bittet Jos, ihre verschwundenen Brüder zu suchen, und Rebekka, die Tochter des Henkers, spricht ihn mehrfach an. Und auch wenn es eigentlich strengstens verboten ist, sich mit der Familie des Henkers einzulassen, weil man sonst wie ein Aussätziger behandelt wird, verliert Jos mehr und mehr die Angst vor Rebekka. Im Gegenteil: Er lernt sie als Freundin schätzen, die ihm auch in schwierigen Situationen zur Seite steht. Gemeinsam machen sie sich auf die Suche nach Stefans Mörder und nach den verschwundenen Bettelkindern. Der Weg führt nach Gnadental, in das nahe gelegene Kloster, in dem Sarah arbeitet, seit sie vor den Zudringlichkeiten ihres adligen Dienstherren floh.

Mit ihrem ersten Jugendbuch *Das Jahr der Verschwörer* legte Ulrike Schweikert einen detailreichen, genau recherchierten historischen Roman rund um eine der wichtigsten mittelalterlichen Handelswaren, das Salz, vor. Sie schildert das Leben und die Eigenheiten dieser Zeit, macht deutlich, dass die Menschen sich streng an die gesellschaftlichen Regeln hielten – jedenfalls dann, wenn andere anwesend waren: So selbstverständlich der Henker und seine Familie im Licht des Tages gemieden werden, so selbstverständlich werden sein Wissen um Wundheilung und um Krankheiten in Anspruch genommen, wenn die Nacht hereingebrochen ist. Neben der durch den Kriminalfall aufgebauten Spannung gelingt es Schweikert, das lebendige Portrait eines jungen Menschen zu zeichnen, der nicht nur in einer außergewöhnlichen Situation steckt, sondern auch mit den verwirrenden Gefühlen eines Pubertierenden zurechtkommen muss. Ein Buch, das für Jungen und Mädchen gleichermaßen geeignet ist.

📖 *Ulrike Schweikert: Das Jahr der Verschwörer, Arena Verlag, Würzburg 2003, 283 S., 16,50 Euro, ab 12 Jahren*

Gerichtstag im Jahre des Herrn 1347: Der Stuttgarter Kaufmann Schimmelfeldt und sein Sohn Christoph werden aus der Stadt verbannt. Der Vater soll Gewichte gefälscht und dadurch seine Kunden betrogen haben. Die Hand des Henkers ruht auf beider Schulter – sie sind vogelfrei. Der verurteilte Gewürzhändler kann seinem Sohn noch versichern, dass er mit den gefälschten Gewichten nichts zu tun hatte. Und dass das Unglück begann, nachdem er auf einer seiner Kaufmannsreisen in Straßburg von einer geheimnisvollen Formel gehört hatte, deren Bedeutung er nicht kenne: fünfundsiebzig – fünfzehn – zehn. Dann stirbt Johann Heinrich Christoph Schimmelfeldt an den Folgen der Folter. Der fünfzehnjährige Sohn macht sich auf den Weg nach

Straßburg, um die am Tod des Vaters Schuldigen zu finden. Er weiß nicht, wer den Vater verleumdet hat, weiß nicht, wo er mit seiner Suche beginnen und wovon er in dieser Zeit leben soll. Unterwegs findet er Anschluss an eine Gruppe von Gauklern, in Straßburg schlüpft er bei einem jüdischen Kaufmann unter, der seinen Vater schätzte und Christoph helfen will. Doch schon bald befindet sich der Junge wieder auf der Flucht: Die Pest zieht durch die Lande, und die Juden werden als Brunnenvergifter verfolgt, gehetzt und gemordet.

Günther Bentele ist mit *Schwarzer Valentinstag* ein realistischer historischer Kriminalroman gelungen, der Erwachsene wie jugendliche Leser gleichermaßen begeistern wird. Mittelalterliche Geschichte wird lebendig dargestellt, ohne dass der Autor auch nur eine Zeile lang belehrend ist. Eine spannende Lektüre, die sich auch unterrichtsbegleitend einsetzen lässt, um Schülern den Alltag im 14. Jahrhundert anschaulich zu machen.

🕮 *Günther Bentele: Schwarzer Valentinstag, Thienemann Verlag, Stuttgart 1999, 320 S., 14,90 Euro, ab 13 Jahren*

Einen ganz andere Weg wählte Bentele für seinen jüngsten Roman *Blutiges Pergament*: Diesmal wechselt er von Kapitel zu Kapitel die Zeit – und wieder ist es eine Geschichte, in der es um einen Kriminalfall geht. Und zwar sowohl in der Gegenwart als auch in der Vergangenheit: Jana und ihr Freund Jakob entdecken in einer Bibliothek auf einem siebenhundert Jahre alten Testament einen Blutfleck und unterhalten sich laut darüber. Doch was zunächst nur wie eine zufällige Entdeckung erscheint, nimmt plötzlich eine ernste Wendung. Jakob bekommt Drohanrufe, und Janas Vater verschwindet spurlos. Und nun fangen die beiden an, den Ungereimtheiten nachzuspüren.

Die Geschichte dieses modernen Kriminalfalls wird verwoben mit der Suche nach einem verschollenen Buch aus der Hand Kaiser Friedrich des Zweiten, nach dem der Bischof von Passau im Jahre 1307 fahnden lässt. Im Grunde erzählt Bentele nicht einen, sondern zwei Kriminalfälle, die auch nur an einem

Punkt in Verbindung miteinander stehen: Der Blutfleck taucht in der Vergangenheit ebenso auf wie in der Gegenwart. Eine Geschichte, die viel über die Bedeutung von Büchern, über Macht und Intrigen im 14. Jahrhundert wie in der Gegenwart erzählt – spannend geschrieben und gut recherchiert.

🕮 *Günther Bentele: Blutiges Pergament, Thienemann Verlag, Stuttgart 2002, 352 S., 18,– Euro, ab 13 Jahren*

Frühe Neuzeit

Für Nathan ist die »Company of Boys« eine echte Chance: Nach dem Selbstmord des Vaters, der den frühen Tod seiner Frau nicht verwinden konnte, ist die Schauspielerei für den Jungen das Wichtigste auf der Welt. Wenn er auf der Bühne steht, kann er vergessen, wie einsam er eigentlich ist, die Schauspielerkollegen werden nach und nach zu seiner Ersatzfamilie. Als der Regisseur Arby ihn für eine Shakespeare-Aufführung im neu renovierten Londoner Theater »Globe« auswählt, ist er überglücklich. Nathan soll den Puck im »Sommernachtstraum« spielen. Gemeinsam mit anderen Jugendlichen bereitet er sich auf seine Rolle vor – und taucht völlig in dieses neue Leben ein.

Bis er eines Tages in einer für ihn unbekannten Umgebung erwacht und ein fremder Junge ihn begrüßt: »Gütiger Gott, ich dachte schon, du hättest die Pest.« Nathan ist wie erstarrt, die Pest ist schließlich schon seit paar Jahrhunderten nicht mehr aufgetreten – und die Umgebung sieht auch nicht gerade aus wie ein Zimmer im London des 21. Jahrhunderts: Nathan findet sich im Jahre 1599 wieder. Und er soll den Puck im »Sommernachtstraum« spielen, an der Seite des Autors William Shakespeare. Nach dem ersten Entsetzen und der Hilflosigkeit, weil er weder weiß wie noch warum er in die Vergangenheit geraten ist, findet Natan sich relativ schnell in dieser neuen Situation zurecht. Schließlich kann er im 16. Jahrhundert das tun, was ihm am

Herzen liegt: Nathan spielt Theater und freundet sich mit Shakespeare an, empfindet ihn bald sogar als eine Art Ersatzvater. Nathan ist glücklich, so glücklich wie er es seit dem Tod des Vaters nicht mehr war. Und so erstaunt es nicht, dass Nathan gar nicht erfreut ist, als er eines Tages wieder im 21. Jahrhundert aufwacht. Es dauert eine Weile, bis der Junge begreift, dass sein Aufenthalt in der Vergangenheit nicht nur für ihn von großer Bedeutung war. *Pucks Traum* ist eine magische Reise in das elisabethanische England, die einen wunderbaren Einblick in die Welt des Theaters zu Shakespeares Zeiten gibt. Ein historischer Abenteuerroman, der auch Kinder begeistern wird, die mit Schauspielerei nichts am Hut haben.

🕮 *Susan Cooper: Pucks Traum, Ravensburger TB, Ravensburg 2002, 224 S., 5,95 Euro, ab 10 Jahren*

Um Schauspielerei und historische Theaterpersönlichkeiten geht es auch in *Daphne Wildermuth – Die Tochter des Jakobiners.* In diesem Fall steigt der Leser jedoch direkt in das Jahr 1793 ein: Begeistert von den Idealen der Französischen Revolution rufen die deutschen Jakobiner in Mainz die Republik aus. Voller Stolz trägt die vierzehnjährige Daphne ihre rote Jakobinermütze und meldet sich auch umgehend, als für ein Bürgertheater Schauspieler gesucht werden. Denn neben ihrer Begeisterung für die Republik sehnt sie sich vor allem danach, auf einer Theaterbühne zu stehen.

Den Ferdinand in Schillers »Egmont« kann sie allerdings nur wenige Male spielen – dann wird das Theater zerstört und die Revolution in Mainz blutig niedergeschlagen. Daphnes Vater schickt die Tochter zu einem Kollegen nach Frankfurt, in der Hoffnung, dass sie dort fürs Erste sicher ist. Von Frankfurt aus reist Daphne weiter Richtung Weimar zu ihren Verwandten. Doch bei ihrer strengen Großmutter und dem bornierten Onkel, der überzeugter Monarchist ist, hält die junge Jakobinerin es auch nicht allzu lange aus – das Theater geht ihr nicht aus dem Sinn: Mitten in der Nacht läuft sie davon, um sich einer armseligen Wanderbühne anzuschließen. Für Daphne beginnt eine faszinierende, aber auch schwierige Reise, auf der sie zwar nicht lernt, wie man sich auf einer Bühne bewegt, aber sie begreift, dass das Leben so manche Überraschung bereithält. Daphne streckt Goethe die Zunge raus und überredet nach einer Reihe von Misserfolgen schließlich den berühmten Schauspieler Iffland, ihr Unterricht zu geben. Der Roman ist eine kurzweilige Reise in das Deutschland der Fürsten- und Herzogtümer – mit einer Heldin, an deren freiheitsliebender Gesinnung der allgemein vorherrschende Untertanengeist abprallt.

🕮 *Dörte Damm: Daphne Wildermuth – Die Tochter des Jakobiners, Ueberreuter Verlag, Wien 2003, 276 S., 19,90 Euro, ab 12 Jahren*

Jane Peck ist ebenso ein wildes Kind wie Daphne Wildermuth: Die Elfjährige strolcht mit dem Sohn der Haushälterin durch die Gegend, wirft Pferdeäpfel auf vorbeifahrende Kutschen und spuckt wie ein Junge. Dass die Hände nicht immer gewaschen, die Kleider nicht immer ganz sauber und ihr Benehmen nicht immer das Feinste ist, stört weder Jane noch ihren Vater. Bis Jane beim Zielwerfen mit faulen Äpfeln ausgerechnet Sally Biddles blassrosa Kleid trifft. Sally Biddle ist zwei Jahre älter als Jane und der Inbegriff einer jungen Dame – oder zumindest dessen, was man in Philadelphia zur Mitte des 19. Jahrhunderts für eine solche hielt. Sally beschimpft Jane, verletzt sie tief und macht sie auf das schmutzige Kleid, ihren schmutzigen Freund und ihr so gar nicht damenhaftes Benehmen aufmerksam.

Und als dann auch noch der gut aussehende und von Jane heftig verehrte Arzt William ihr erklärt, dass eine junge Dame auch ein entsprechendes Verhalten an den Tag legen müsse, steht für die Elfjährige fest, dass sie auf die »Schule für junge Damen« will. Auch wenn ihr Vater das für vollkommen überflüssig hält, lernt Jane sticken und nähen, schweigend am Tisch zu sitzen und den Tee auf die richtige Weise einzugießen. Fortan bestimmt dieses »damenhafte« Benehmen ihr Verhalten – und steht ihr gehörig im Weg, als sie als Sechzehnjährige ihrem Verlobten William in die Wildnis folgt. Um zwischen Waldläufern und Chinook-Indianern zu überleben, wirft Jane gezwungenermaßen das »gute Benehmen einer jungen Dame« über Bord und entwickelt sich zu einer praktisch denkenden und handelnden jungen Frau, die am Ende schließlich weiß, für wen ihr Herz tatsächlich schlägt.

Boston Jane ist einerseits historische Abenteuergeschichte, andererseits Entwicklungsroman: Eine junge Frau setzt sich nach langem Kampf gegen die gesellschaftlichen Fesseln zur Wehr, die sie doch über Jahre hinweg verinnerlicht hat. Der Tag, an dem der faule Apfel das Kleid von Sally Biddle trifft, kennzeichnet für Jane das Ende ihrer Kindheit und ihrer Unschuld. Sie spürt, dass sie eine Außenseiterin ist und in der Gesellschaft von Philadelphia nur dann Fuß fassen kann, wenn sie sich an deren Spielregeln hält. Mit Humor und distanzierter Ironie beschreibt Jennifer L. Holm diese Spielregeln, die von einem Mädchen vor allem Fügsamkeit verlangen. Sie schildert Janes Versuche, zu einer perfekten jungen Dame zu werden. Und sie macht deutlich, dass man immer die Wahl hat, sich zwischen den gesellschaftlichen Erwartungen und den eigenen Wünschen zu entscheiden. Und wer genau wissen will, welchen Weg Jane schließlich einschlägt, der darf sich auf den gerade erschienenen zweiten Band freuen: *Boston Jane und der unheimliche Fremde.*

🕮 *Jennifer L. Holm: Boston Jane, Cecilie Dressler Verlag, Hamburg 2002, 272 S., 12,90 Euro, ab 12 Jahren*

Zeitgeschichte

Die 1936 in Israel geborene Autorin Ruth Almog kommt immer wieder auf das Thema ihres Lebens zurück – auf die Flucht der Eltern aus Hitler-Deutschland und die Versuche, in der Fremde eine Heimat zu finden: Am 1. April 1933 verweigerten die Nazis

Ruth Almogs Mutter den Eintritt in das Krankenhaus in Hamburg-Eppendorf, in dem die Jüdin damals arbeitete. An der Klinik ihres Vaters hing ein Schild, auf dem stand: »Geh nicht zu jüdischen Ärzten.« Die Mutter erkannte, was zu diesem Zeitpunkt viele Betroffene noch nicht sehen wollten: »Das ist das Ende für Juden in diesem Land, lass uns heiraten und nach Palästina auswandern.«

In Israel angekommen, lernten die beiden orthodoxen Juden Hebräisch, züchteten Bienen und verdienten sich ihren Lebensunterhalt mit der Herstellung und dem Verkauf von Honig. Drei Jahre später wurde ihre Tochter Ruth geboren, im Elternhaus wurde deutsch gesprochen. Diese Sprache kommt der 66-Jährigen immer noch leicht von den Lippen, auch wenn sie bei manchen Worten überlegen muss und das Englische zu Hilfe nimmt. Geschrieben hat sie niemals auf Deutsch, immer nur auf Hebräisch. Denn auch wenn Deutsch die Sprache der Eltern ist, so ist es zugleich die Sprache der Täter. In ihrem jüngsten, ins Deutsche übersetzten Buch *Meine Reise mit Alex* erzählt Ruth Almog die Geschichte eines Jugendlichen: Es ist die von Vera Loos und Naomi Nir-Bleimling leider etwas hölzern übersetzte Geschichte des zehnjährigen Erwin, der nach der Reichspogromnacht und der Verhaftung des Vaters gemeinsam mit seinem vierjährigen Bruder Alex von seiner Mutter in Worms in den Zug gesetzt wird, um in Straßburg bei Verwandten Unterschlupf zu suchen.

Nach einer aufregenden Zugfahrt finden die beiden Onkel und Tante und werden dort auch aufgenommen, die Eltern kommen nach. Doch als die Deutschen ins Elsaß einmarschieren, beginnt die eigentliche Flucht. Die Familie wird getrennt, die Eltern werden deportiert. Und die Mutter nimmt Erwin das Versprechen ab, dass er sich immer um den kleinen, inzwischen verstummten Bruder kümmern werde. Ruth Almog beschreibt, wie Erwin unter extremen Umständen zu einem jungen Mann heranwächst, der eigentlich gar keine Lust hat, sich um den sensiblen, kränklichen Bruder zu kümmern. Aber das Versprechen gilt: Und so holt Erwin Alex nach dem Krieg zu sich und beginnt mit ihm in Israel ein neues Leben. *Meine Reise mit Alex* ist als Nebenprodukt einer umfassenden Recherche der Autorin zur Lebensgeschichte einer israelischen Freundin entstanden, die während des Zweiten Weltkrieges von Belgien über Frankreich nach Israel floh. Doch nachdem Ruth Almog die Geschichte auf Bitten ihrer Freundin niedergeschrieben hatte, wollte diese nicht mehr, dass sie veröffentlicht wird. Also nahm die Autorin das Material und schrieb eine fiktive Geschichte. Nach der Veröffentlichung in Israel kam eine junge Leserin auf Ruth Almog zu und wollte mehr über die Geschichte von Alex und Erwin wissen: Sie war überzeugt davon, dass es die Lebensgeschichte ihres inzwischen verstorbenen Großvaters sei.

Dieses Erlebnis macht deutlich, was die Erzählungen und Romane von Ruth Almog auszeichnet: Es sind Geschichten, die zwischen Dichtung und Wahrheit angesiedelt sind, Schilderungen, deren Hintergründe so gründlich ausgearbeitet sind, dass sie im wahren Leben das eine oder andere Vorbild haben, ohne sich konkret an reale Personen zu halten. Die Journalistin recherchiert, die Autorin schreibt. Und Ruth Almog lacht: »Das ist schon immer so gewesen. Menschen interessieren mich, und erzählen mir immer gleich ihre Geschichten. Und die bieten dann reichlich Stoff für meine Romane.«

📖 *Ruth Almog: Meine Reise mit Alex, Sauerländer Verlag, Düsseldorf 2002, 155 S., 12,90 Euro, ab 10 Jahren*

Clara ist genervt: Wieder einmal muss sie ihren elfjährigen Bruder mitnehmen, um sich für Lebensmittelkarten anzustellen. Dabei ist das für Juden in Prag zu Beginn der Vierzigerjahre kein Zuckerschlecken mehr. Es ist üblich, dass sie auf der Straße beschimpft oder angerempelt werden – wenn nicht noch Schlimmeres passiert. Doch das alles kann Clara nichts anhaben, so lange sie noch mit ihrer Familie zusammen ist. Das allerdings ändert sich, als die Familie nach Theresienstadt transportiert und dort getrennt wird: Clara kommt in der Mädchenbaracke unter,

Peter bei den Jungen. Die Eltern sehen sie nur noch, wenn sie Essen holen. Kathy Kacer beschreibt in *Die Kinder aus Theresienstadt* jedoch nicht nur eine Welt von Trauer und Angst. Sie beschreibt auch, wie sich Menschen in außergewöhnlichen Situationen zurechtfinden, wie selbst an Orten von Qual, Krankheit und Trauer Hoffnung, Mut und Zuversicht wachsen.

Die Kinder gehen in Theresienstadt in eine selbst organisierte Schule. Und sie studieren mit viel Freude und Engagement die Oper Brundibar ein, um sie den Eltern und anderen Bewohnern des Gettos vorzuführen. Bis sie merken, dass ihre Oper missbraucht werden soll, um einer Delegation des Roten Kreuzes zu beweisen, dass es den Menschen in Theresienstadt doch ausgezeichnet geht. Clara und ihre Freunde hoffen, diesen Plan zu durchkreuzen und der Außenwelt ein Zeichen geben zu können. Obwohl das nicht gelingt und immer wieder Rollen in der Oper neu besetzt werden müssen, weil Kinder gestorben sind oder deportiert wurden, hilft das Theater Clara und den anderen Kindern, das Grauen zu ertragen.

📖 *Kathy Kacer: Die Kinder aus Theresienstadt, Ravensburger Buchverlag (TB), Ravensburg 2003, 224 S., 6,95 Euro, ab 12 Jahren*

Ralf Isau, der mit seinen teilweise preisgekrönten Jugend-Romanen eine wachsende Fangemeinde erreicht, bleibt auch in seinem vier Bände umfassenden Werk *Der Kreis der Dämmerung* der Grundstruktur seiner bisherigen Romane treu: Es geht um die Rettung einer Welt. Während seine Helden bislang allerdings aus der realen in eine fantastische Welt aufbrachen, findet Bedrohung und Rettung im *Kreis der Dämmerung* auf ein und derselben Ebene statt: David Camden ist ein so genanntes Jahrhundertkind. Geboren am 1. Januar 1900 ist er mit ganz besonderen Gaben ausgestattet. Er kann Farben verändern und Bedrohungen spüren, bevor seine Umgebung diese überhaupt wahrnimmt.

Und damit trägt David eine Last, der er sich erst im Laufe der Jahre stellen kann – Jahrhundertkinder werden immer dann geboren, wenn das Schicksal der Menschheit an einem seidenen Faden hängt.

Und das war im 20. Jahrhundert bekanntlich mehrfach der Fall. In Isaus Roman ist *Der Kreis der Dämmerung* – ein Geheimbund, der sich einem teuflischen Plan verschrieben hat – dafür verantwortlich: zwölf Mitglieder, die die Menschheit durch heimtückische Manipulationen ins Verderben treiben wollen. Nur der innere Zirkel soll überleben, um ein neues, reines Menschengeschlecht zu begründen. David Camden ist der einzige, der diesem Treiben Einhalt gebieten kann – und der dadurch auch immer wieder den Angriffen des »Kreises« ausgesetzt ist.

Die Story klingt reichlich abgehoben – doch Isau schafft es, den Leser mit aufregenden und actionreichen Szenen und exakten Recherchen in den Bann zu ziehen. Hat David im ersten Band nur nach und nach seine Bestimmung entdeckt, so akzeptiert er im Laufe des zweiten Bandes, dass sein Leben niemals in solch geordneten Bahnen verlaufen wird wie das eines gewöhnlichen Menschen.

1929 reist er mit seiner Frau Rebekka zunächst in seine alte Heimat Japan, später nach Deutschland, um von hier aus die Drahtzieher des Zweiten Weltkrieges zu bekämpfen: Isau führt in seinem Roman die tatsächlichen Ereignisse des Zweiten Weltkrieges zum großen Teil auf die Ränkeschmiede des »Kreises der Dämmerung« zurück. David begegnet Franz von Papen, Hermann Göring und Kurt von Schleicher, erfährt von Intrigen und falschen Beschuldigungen, verkehrt mit dem Papst und sieht die Atombombe auf Hiroshima fallen. Isau gelingt es, seine fiktiven Ideen mit den realen Ereignissen unseres Jahrhunderts so zu verbinden, dass nach der Lektüre mancher Leser wohl nicht mehr wissen wird, was er im Geschichtsbuch und was in dem Roman gelesen hat. Dabei vergisst Isau niemals, dass seine Hauptfigur auch eine persönliche Entwicklung erlebt. Ein toller Schmöker mit Anspruch, von dem man sich gleich alle vier Bände besorgen sollte.

📖 *Ralf Isau: Der Kreis der Dämmerung I – IV, Thienemann Verlag, Stuttgart 2000, Einzelbände jeweils 18,– Euro, alle Bände in einer Kassette 49,– Euro, ab 14 Jahren*

So genannte »Jahrhundertromane« gab es in den vergangenen Jahren eine ganze Reihe – es waren mehr oder weniger gelungene Versuche, in einem großen Wurf die Geschichte des letzten Jahrhunderts noch einmal aufzuarbeiten. Dabei bilden die Jugendbuchautoren keine Ausnahme: Sie wählten vermehrt den großen historischen Bogen, um Abenteuer-, Familien- oder auch Fantasy-Geschichten einen äußeren Rahmen zu geben. Die Lebenswirklichkeit einer Zeit lässt sich allerdings nur schwer über die Aneinanderreihung von Daten und Ereignissen begreifen. Dazu braucht man die persönlichen Geschichten der Menschen, die in dieser Zeit lebten. Solche Geschichten bietet Waldtraut Lewin in ihrer Trilogie *Ein Haus in Berlin* ihren Lesern. Sie versucht nicht, eine Zeitspanne von mehr als hundert Jahren in ihrer Gänze zu erzählen, sondern wählt drei Zeitpunkte und behandelt dann jeweils nur wenige Wochen. Gemeinsam ist allen drei Teilen, dass eine jugendliche Heldin eine entscheidende Veränderung in ihrem Leben erfährt, die mit historischen Ereignissen verbunden ist.

Der erste Band *Luise, Hinterhof Nord* führt in das Jahr 1890: Die sechzehnjährige Luise lebt mit ihrer Familie, dem arbeitslosen Vater, der trinkenden Mutter und den drei jüngeren Schwestern in zwei kleinen Zimmern. Sie hat nur einen Traum: der Armut entkommen, indem sie in das »Vorderhaus« einheiratet. Die Chancen stehen gut, ihr Freund Bertram wohnt mit seinen Eltern in der Beletage. Um das gemeinsame Glück müssen die beiden allerdings hart kämpfen, da Luises Eltern die »semitischen Emporkömmlinge« aus dem Vorderhaus ablehnen und auch Bertrams Eltern von der Liaison des Sohnes mit »einer aus dem Hinterhaus« alles andere als begeistert sind.

Band zwei – *Paulas Katze* – führt die Leser in das Jahr 1935. Im Mittelpunkt steht diesmal Katharina, genannt Katze, die wie

Luise im Hinterhaus wohnt und sich in einen Jungen aus dem Vorderhaus verliebt. Und damit gerät Katze in einen unlösbaren Konflikt: Sie liebt ihre jüdische Tante Paula und zugleich den Hitlerjungen Gerolf. Über Wochen hinweg lebt sie in zwei Welten, die sie streng voneinander trennt. Bis ein gut gewahrtes Familiengeheimnis sie schließlich zwingt, sich zu entscheiden.

Im dritten Band *Mauersegler* widmet sich Lewin dem Jahr 1989: Vorderhaus und Hinterhaus waren seit 1961 durch die Mauer voneinander getrennt. Auf der einen Seite westliche Freiheit, auf der anderen Seite DDR-Alltag. Und auf einmal ist nichts mehr, wie es vorher war. Fassungslos steht Karol vor den Trümmern ihres bisherigen Lebens und muss lernen, mit den Lügen der Vergangenheit, die ihre Familie ihr das ganze Leben hindurch auftischte, zu leben.

Luise, Katharina und Karol sind drei lebenshungrige und starke junge Frauen, die ihre eigenen Wünsche auch gegen die äußeren Widerstände der Geschichte durchsetzen. Dennoch gelingt es Waldtraut Lewin, die drei Mädchen nicht zu unnahbaren Heldinnen zu machen. Sie sind verletzlich und verletzt und finden ihren Weg nur, indem sie lernen, mit ihren Verletzungen umzugehen. Das *Haus in Berlin* macht Details aus der deutschen Geschichte nicht nur für »junge« Erwachsene auf mitreißende Weise verständlich, wobei *Paulas Katze* am stärksten in den Bann zieht.

📖 *Waldtraut Lewin: Ein Haus in Berlin – Trilogie: Luise, Hinterhof Nord (1890/243 S.); Paulas Katze (1935/282 S.); Mauersegler (1989/217 S.), Ravensburger TB, Ravensburg 2002, 5,95–6,95 Euro, für junge Erwachsene*

Historische Persönlichkeiten

Der frühere Spiegel-Mitarbeiter Jürgen Bruhn hat seinen auf historischen Tatsachen basierenden Roman *Störtebecker* auf der

Grundlage umfangreicher Recherchen geschrieben – da spürt man deutlich den Journalisten. Und so erzählt Bruhn auch nicht aus der Perspektive des Helden, sondern aus dem Blickwinkel des Beobachters am Rande, so, als hätte er die Kaperfahrten des sagenumwobenen Robin Hood der Meere als Mäuschen miterlebt. Herausgekommen ist ein distanzierter, aber dennoch spannender Abenteuerbericht über eine Zeit, in der die »Pfeffersäcke« der Hanse ihre Macht rücksichtslos zunächst im Sinne der kapernden Vitalienbrüder ausspielten, um sie anschließend zu bekämpfen. Dabei bleibt neben der historisch korrekten Darstellung der zeitgenössischen Lebensumstände auch Platz für die sozialkritischen Ideen Störtebeckers, der mit seinen Männern eine neue, privilegienfreie Gesellschaft anstrebte. Und so ist *Störtebecker* nicht nur ein Roman über die Abenteuer der Freibeuter, sondern vor allem eine Geschichte über die Hoffnung auf ein besseres Leben geworden: der utopische Entwurf einer freien und gleichen Gesellschaft, wie sie der englische Theologe und Philosoph John Wiclif träumte und wie sie Ende des 14. Jahrhunderts auch für Phantasten denkbar gewesen ist.

📖 *Jürgen Bruhn: Störtebecker, Rotbuch TB, Hamburg 2003, 288 S., 9,90 Euro, ab 12 Jahren*

Mit Anfang dreißig hat sie vieles erreicht, von dem andere ein Leben lang träumen: Sie wohnt mit ihrem Mann und ihren beiden Töchtern in einer großzügigen Villa in Blankenese, verkehrt in der Schickeria der linken Party-Szene in Hamburg und auf Sylt und gilt als renommierte Journalistin, deren politische Kommentare und Fernsehfilme Aufsehen erregen.

Ulrike Marie Meinhof hatte es geschafft. Zufrieden war sie dennoch nicht, konnte sich mit der politischen und gesellschaftlichen Akzeptanz der herrschenden Verhältnisse in der noch jungen Bundesrepublik nicht abfinden. Nach der gewaltsamen Befreiung von Andreas Baader tauchte sie ab in den Untergrund, verließ ihre Kinder und widmete sich ganz dem bewaffneten Kampf gegen den Staat. Alois Prinz, der schon Hannah Arendt und Hermann Hesse in einfühlsamen Biographien portraitierte, beschäftigt sich in seinem jüngsten Buch mit der »Stimme der RAF« in den Siebzigerjahren. Er erzählt von einem jungen Mädchen, das früh die Eltern verlor und sich nach einem langen inneren Kampf radikal einer Ideologie unterordnete, die für Mitleid und Nächstenliebe keinen Platz mehr bot. Aus der überzeugten Christin wurde zunächst eine Pazifistin, die schließlich ihr Leben dem Terror anheimgab. Verstehen, warum Ulrike Marie Meinhof diesen radikalen Schritt ging, die Kinder lieber in einem palästinensischen Waisenhaus als unter der Obhut des Vaters gesehen hätte und Freunde und Menschen aufgab, die ihr einstmals viel bedeutet hatten, kann man auch nach der Lektüre nicht.

Der Autor selbst räumt ein, dass er irgendwann aufgeben musste, Ulrike Meinhof verstehen zu wollen: »Ich wäre ihr gern noch näher gekommen, hätte sie gern besser verstanden. Aber irgendwann hatte ich das Gefühl, als ob sie immer undeutlicher wird.« Der Versuch, diese Undeutlichkeit durch weitere Recherchen und Materialstudien auszugleichen, musste scheitern, bleiben doch die Lebensentscheidungen eines Menschen in ihrer letzten Konsequenz für Außenstehende nicht nachvollziehbar. Wie viel mehr gilt das für Menschen, die sich für Gewalt und gegen alle Werte entschieden haben, die für den »Normalmenschen« wichtig sind.

Diese Biographie ist ein durchweg beeindruckendes Buch, das ohne Sentimentalität spannend und einfühlsam einen Lebensweg nachzeichnet, der Deutschland vor rund 30 Jahren in heimliche Bewunderung und zum Teil aggressive Ablehnung gespalten hat. *Lieber wütend als traurig* ist ein Buch, das politisch interessierten jungen Menschen von heute die Geschichte der RAF und des »Deutschen Herbstes« nahe bringt, ohne belehrend oder wertend zu sein. Und ein Buch, das auch manchen Erwachsenen noch einmal eindrucksvoll an die bewegten Zeiten der RAF erinnert.

- *Alois Prinz: Lieber wütend als traurig – Die Lebensgeschichte der Ulrike Marie Meinhof, Beltz & Gelberg, Weinheim, Basel, Berlin 2003, 328 S., 19,– Euro, für junge Erwachsene (vom gleichen Autor im gleichen Verlag erschienen: Beruf Philosophin oder die Liebe zur Welt – Die Lebensgeschichte der Hannah Arendt; Und jedem Anfang wohnt ein Zauber inne – Die Lebensgeschichte des Hermann Hesse)*

In der Reihe »Biographien« sind bei Beltz & Gelberg darüber hinaus die Lebensgeschichten der folgenden Persönlichkeiten erschienen: Helen Keller, Nelson Mandela, Wilhelm Busch, Che Guevara, Madame Curie und ihre Schwestern, Maria Sybilla Merian, Eileen Gray, Erich Kästner, Anne Frank, Paula Modersohn-Becker, Dietrich Bonhoeffer, Georg Christoph Lichtenberg

Tipps für Leseratten

- *Erich Ballinger: Der Gletschermann – Ein Steinzeit-Krimi, Ueberreuter Verlag, Wien 2003, 176 S., 10,90 Euro, ab 10 Jahren*
- *Geraldine McCaughrean: Der Drachenflieger – ein historischer Abenteuerroman, Beltz & Gelberg, Weinheim, Basel, Berlin 2003, 284 S., 12,90 Euro, ab 11 Jahren*
- *Joan Aiken: Geh, zügle den Sturm (Geh, sattle das Meer; Geh, zähme den Berg), Oetinger Verlag, Hamburg 2003, 256/208/240 S., je 7,90 Euro, ab 12 Jahren*
- *Michael Cadnum: Im Zeichen des Kreuzes, Ravensburger Buchverlag, Ravensburg 2001, 251 S., 13,95 Euro, ab 12 Jahren*
- *Dörte Damm: Die Els und ich – Zwei Mädchen in den Wirren des Dreißigjährigen Krieges, Ueberreuter Verlag, Wien 2002, 252 S., 14,90 Euro, ab 12 Jahren*
- *Thomas Einfeldt: Störtebeckers Kinder (zwei Bände), Ueberreuter Verlag, Wien 2001, je 288 S., 14,90 Euro, ab 12 Jahren*

- 🕮 *Josef Holub: Der Russländer, Oetinger Verlag, Hamburg 2002, 192 S., 9,90 Euro, ab 12 Jahren*
- 🕮 *Mirjam Pressler: Malka Mai, Beltz & Gelberg, Weinheim 2001, 328 S., 14,90 Euro, ab 12 Jahren*
- 🕮 *Virginia Frances Schwartz: Der Weg nach Norden, Ravensburger TB, Ravensburg 2003, 224 S., 6,95 Euro, ab 12 Jahren*
- 🕮 *Sigrid Heuck: Meister Joachims Geheimnis, Thienemann Verlag, Stuttgart, 224 S., 13,– Euro, ab 13 Jahren*
- 🕮 *Helga Hegewisch: Lauf, Lilly lauf!, Fischer TB, Frankfurt 2001, 315 S., 9,90 Euro, ab 13 Jahren (Band 2: Lilly und Engelchen, Fischer TB, Frankfurt 2002, 319 S., 9,90 Euro, ab 13 Jahren)*
- 🕮 *Rainer M. Schröder: Das Geheimnis des Kartenmachers, Arena Verlag, Würzburg 2003, 428 S., 17,50 Euro, Jugendbuch*
- 🕮 *Nava Semel: Die Braut meines Bruders, Beltz & Gelberg, Weinheim, Basel, Berlin 2003, 344 S., 14,90 Euro, Jugendbuch*
- 🕮 *Paul Maar: Kartoffelkäferzeiten, Oetinger Verlag, Hamburg 2003, 272 S., 12,90 Euro, Jugendbuch*
- 🕮 *Hannes Binder nach Lisa Tetzner: Die Schwarzen Brüder – Roman in Bildern, Sauerländer Verlag, Düsseldorf 2002, 144 S., 19,90 Euro, für jedes Alter*

5

Voll aus dem Leben – »Alltags«-Romane

Viele Jugendliche träumen sich gern in Fantasy-Geschichten hinein, lesen spannende Abenteuergeschichten, aufregende Krimis oder einfühlsame Tiergeschichten. Unabhängig davon, wo die eigenen Interessen gerade liegen, stets werden sie zum Helden der gelesenen Bücher. Sichtbar wird das jedes Jahr an Karneval, wenn sich die Kinder als Pippi Langstrumpf oder Peter Pan, als Harry Potter oder Aragorn aus dem Herrn der Ringe kostümieren. So möchten sie sein, so tapfer und unverletzlich, gescheit und beliebt wie die Stars ihrer Bücher. Im Mittelpunkt stehen immer wieder Helden mit ungewöhnlichen Kräften und Fähigkeiten, die im täglichen Leben so nicht vorkommen.

Doch es gibt auch eine Vielzahl von Büchern, die von einem ganz anderen Abenteuer erzählen, einem Abenteuer, das den Kindern und Jugendlichen jeden Tag selbst begegnet: dem Abenteuer Leben. Bücher, die von der ersten Liebe oder dem Auseinanderbrechen der Familie, von einem Unfall oder auch einfach nur von einer Klasse erzählen, in der alles drunter und drüber geht. Das sind Geschichten, die helfen, das Leben in den verschiedensten Facetten kennen zu lernen. Und möglicherweise machen sie auch deutlich, dass das Leben trotz all der kleinen täglichen Katastrophen Spaß machen kann. Hier erfahren Kinder und Jugendliche, wie man sich in bestimmten Situationen fühlt, sie wissen – bevor sie es selbst erleben – dass die Liebe mit ziemlich merkwürdigen Empfindungen verbunden sein kann, dass schweißnasse Hände und rote Ohren nichts Ungewöhnliches sind. Und sie lernen mit manchem, was auf sie zukommt, besser umzugehen, als wenn sie niemals davon gelesen, niemals davon gehört hätten. Das soll nicht heißen, dass Lesen das reale Leben ersetzen kann – aber es hilft, den Alltag ein wenig durchschaubarer und damit einfacher zu machen: Was zum Beispiel kann man tun, wenn die Eltern sich trennen oder mit ihren pubertierenden Sprösslingen Probleme haben und nicht bereit sind, ihren Nachwuchs selbstständig werden zu lassen.

Unter diesen »lebensnahen« Büchern gibt es immer wieder Romane von solch hoher schriftstellerischer Qualität, dass man sie ohne zu zögern tatsächlich als Jugend*literatur* bezeichnen möchte.

Im Folgenden werden aber auch Bücher vorgestellt, die einfach nur witzig, unterhaltsam und so nebenbei zu lesen sind: »Lesefutter« nennen manche Kritiker solche Bücher boshaft und sind der Meinung, dass man die Kinder von solchen Büchern fern halten sollte. Der Meinung bin ich nicht – denn die Mischung macht das Lesen erst spannend.

Dieses Kapitel, in dem es um Geschichten von Kindern und Jugendlichen geht, die sich so oder so ähnlich jeden Tag irgendwo auf der Welt abspielen, umfasst folgende Themen:

- Abenteuer Freundschaft
- Für Mädchen verboten
- Für Jungen verboten
- Liebesgeschichten
- Erwachsen werden
- Fremde Welten

Im Mittelpunkt der vorgestellten Bücher stehen immer wieder die heimlichen Träume und Wünsche der Titelhelden.

Abenteuer Freundschaft

Ein durchaus modernes Thema, verpackt in einem Kinderbuch: In Zeiten alleinerziehender und berufstätiger Eltern haben wohl viele Kinder schon einmal erlebt, dass ein Versprechen aus mütterlichem oder väterlichem Mund aus Zeitgründen nicht eingehalten werden konnte – andere Pflichten gingen einfach vor. Das bekommt auch Marie zu spüren, die sich auf ein verlängertes Wochenende am Meer freut. Marie war noch nie am Meer. Und nun hat Mama versprochen, dass sie mit der Siebenjährigen gemeinsam eine »Geburtstagsreise« unternehmen wird. Doch Mama sagt kurzfristig ab: Sie muss für eine kranke Kollegin im Büro einspringen und kommt nicht einmal auf den Gedanken, Protest einzulegen. Marie dagegen schon. Das Mädchen fährt allein mit dem Bus in die Stadt, um mit dem Chef ihrer Mutter über den freien Tag zu verhandeln. Versprechen muss man ihrer Meinung nach halten, auch wenn man Chef ist.

In *Marie kann alles* erzählt Monika Feth von Maries abenteuerlichem Ausflug in die Stadt. Dabei trifft sie einen Punker und einen Obdachlosen, ein musizierendes Mädchen mit Hund, einen schnöseligen Versicherungsbeamten und eine Dame aus dem Altersheim.

Gemeinsam macht diese ungleiche Truppe sich auf, den Chef von Maries Mama zu suchen – und werden dabei Freunde. Mit ihrem erfolgreichen Abenteuer ändert sich nicht nur Maries Leben, sondern auch das aller anderen Beteiligten. Eine rührende kleine Erzählung zum Vorlesen und Selberlesen über beginnende Selbstständigkeit und den Mut, sich für seine eigenen Interessen auch dann einzusetzen, wenn die Erwachsenen anderer Meinung sind. Und eine Geschichte, die deutlich macht, dass Vorurteile über Status und Aussehen in den Köpfen von Siebenjährigen noch nicht gegenwärtig sind – Freundschaft und Sympathie sind hier noch unabhängig von Alter, Aussehen und Bankkonto.

🕮 *Monika Feth: Marie kann alles, C.B. Jugendbuchverlag, München 2001, 96 S., 9,– Euro, ab 6 Jahren*

Endlich Sommerferien: Doch für Josefin haben die unterrichtsfreien Wochen nichts besonders Aufregendes an sich. Ihre beste Freundin Janna hat sich mit der wenig sympathischen Klara zusammengetan. Und bis sie endlich ihre Mutter in Stockholm besucht, dauert es noch einige Wochen. Josefin macht sich also auf die langweiligsten Ferien überhaupt gefasst. Bis sie Oskar kennen lernt, den schüchternen Enkel der Nachbarin, der während der Ferien eine Woche bei seiner Großmutter verbringt. Die Erwachsenen stellen die Kinder einander vor, die das reichlich blöde finden.

Doch dann schaut Josefin doch mal bei Oskar vorbei und beschließt, ihn von seiner Schüchternheit zu heilen. Dafür soll er die unterschiedlichsten Mutproben meistern. Umgekehrt erwartet Oskar von Josefin auch eine Tat, bei der sie ihre Angst überwinden muss. Und was zunächst als eine von außen diktierte Bekanntschaft beginnt, entwickelt sich mit der Zeit zu einer richtig guten Freundschaft. Josefin genießt den *Preiselbeersommer mit Oskar* und freut sichmit der Zeit, als er schließlich abreist, dass sie ihn schon bald besuchen kann.

Maja Hjertzell legt mit ihrem Kinderbuch-Debüt eine unspektakuläre und ruhig dahinplätschernde Geschichte vor, die weder von besonders aufregenden Abenteuern, noch von irgendwelchen außergewöhnlichen Situationen erzählt. Spannend ist das, was mit den beiden Kindern passiert, wie sie sich langsam einander nähern und eine Freundschaft heranwächst, die diesen einen Sommer vielleicht sogar überdauert.

Vor den Augen des Lesers ziehen Situationen vorüber, die so oder so ähnlich jeder von uns schon einmal erlebt hat: das Bad im kalten See, die Freundin, die nur stichelt, oder gemeinsame Kicheranfälle. Ein unaufgeregtes, aber einfühlsam geschriebenes Buch, das auch die kleineren Leser begeistert, weil sie hier Gefühle und Situationen wieder erkennen, in denen sie sich selbst schon einmal befunden haben.

📖 *Maja Hjertzell: Preiselbeersommer mit Oskar, Carlsen Verlag, Hamburg 2003, 112 S., 7,90 Euro, ab 8 Jahren*

Um eine geplante Reise ans Meer geht es auch in einer kleinen Erzählung von Jutta Richter, allerdings nicht um eine Ferienreise – im Gegenteil: Neuner landet auf der Straße, weil die Mutter ins Krankenhaus muss und der Stiefvater ihn loswerden will. Der Neunjährige haut ab, weil er Angst vor den Schlägen des Stiefvaters hat und schließt sich dem einige Jahre älteren Straßenjungen Kosmos an, der ihn in die Welt der Obdachlosen einführt. Beide haben sie einen Traum – sie wollen ans Meer. Um diesen Traum zu verwirklichen, ist Neuner bereit, das Wertvollste zu verkaufen, das er besitzt: seinen Schutzengel. Doch ohne diesen scheint er verloren zu sein. Obwohl Kosmos sich zuvor nicht immer besonders kameradschaftlich verhalten hat, macht er sich nun auf, um seinen Freund zu retten. *Hinter dem Bahnhof liegt das Meer* ist eine poetische und dicht geschriebene Geschichte, die von der Sehnsucht nach einer heilen Familie erzählt, von Freundschaft und Verantwortung und von der Möglichkeit, begangene Fehler wieder gut zu machen. Ein nachdenkliches Buch, das mit seiner einfühlsamen Sprache und seiner genauen Beobachtung auch jüngeren Kindern einen neuen Blick auf Straßenkinder ermöglicht. Jutta Richter veröffentlichte schon als Schülerin ihr erstes Buch. Ihr 1998 erschienenes Kinderbuch *Der Hund mit dem gelben Herzen* erhielt mehrere Auszeichnungen und wurde für den Deutschen Jugendliteraturpreis nominiert.

📖 *Jutta Richter: Hinter dem Bahnhof liegt das Meer, Hanser Verlag, München und Wien 2001, 94 S., 9,90 Euro, ab 9 Jahren*

Louis Sachars *Der Fluch des David Ballinger* dreht sich um Mitläufertum, um Gewalt gegen Schwächere und die Möglichkeit, sich aus solchen Konflikten herauszuhalten: Sachar erzählt, was David empfindet, als eine Gruppe vorlauter Jungs einer alten Dame ihren Stock stiehlt, sie beschimpft und demütigt. David hat tatenlos danebengestanden. Die alte Mrs. Bayfield verflucht David, dem nun ein Missgeschick nach dem anderen passiert. Die Lösung für sein Problem findet David erst, als er sich mit ein paar Freunden zusammentut und sich seiner Verantwortung stellt. *Der Fluch des David Ballinger* ist ein hinreißend komischer Jugendroman über Freundschaft und Mut, erste Liebe und Verantwortung. Eine Geschichte, die so viel Charme hat, dass nicht nur Jugendliche beim ersten Schnuppern an ihr hängen bleiben. Sachar, der mit *Löcher* bereits ein furioses Buch vorgelegt hat und dessen Humor alle Altersgruppen erreicht, hat hier einen Jugendroman geschrieben, den selbst Zwölfjährige mehrfach zur Hand nehmen. Vielleicht weil sie sich in der Beschreibung des unsicheren und zweifelnden und von seinem schlechten Gewissen geplagten David Ballinger wieder erkennen. Der weiß nämlich eigentlich genau, was richtig und was falsch ist. Aber – und da geht es ihm genauso wie den meisten Jugendlichen und Erwachsenen im wahren Leben – er tut nicht immer das, was richtig ist. David braucht mehrere Anläufe – und die Unterstützung von guten Freunden.

📖 *Louis Sachar: Der Fluch des David Ballinger, Hanser Verlag, München 2002, 12,90 Euro, ab 11 Jahren*

Ein Paradebeispiel zum Thema Teamgeist und Freundschaft ist Thomas Fuchs' Roman *Die Welt ist ein Fahrrad*: Robert besucht ein Elite-Internat und ist gerade Junioren-Bahnrad-Europameister geworden. Was zählt, ist die Einzelleistung, das Schulteam der Straßenfahrer fristet ein Schattendasein. Nach und nach empfindet Robert aber sein »Einzelkämpfer«-Training als Belastung und wechselt schließlich gegen den Willen der Schulleitung zu den Straßenfahrern. Und dort baut er ein Team auf, für das das gemeinsame Erreichen eines Ziels wichtiger ist als der Sieg. Stefan Wendel, Lektor im Thienemann Verlag, fühlt sich durch das »Fahrrad-Buch«, in dem es eigentlich weniger ums Fahrrad fahren, als vielmehr um die negativen Folgen unserer Ellenbogengesellschaft, um unser Schulsystem und Eliteförderung geht, an den *Club der toten Dichter* erinnert. Und ganz sicher transportiert diese moderne Internatsgeschichte auch etwas vom Gemeinschaftsgeist, der im *Club der toten Dichter* prägend ist.

📖 *Thomas Fuchs: Die Welt ist ein Fahrrad, Thienemann Verlag, Stuttgart 2002, 336 S., 18,– Euro, ab 13 Jahren*

Sobo Swobodnik ist ein wahres Allroundtalent: Der 35-jährige studierte Mineralogie, bis ihm aufging, dass ihn Menschen mehr interessieren als Steine. Und so nahme er verschiedene Brotjobs an und beobachtete die Menschen – beispielsweise als Hotelportier, Zeltwart und Barkeeper. Nach einem Schauspielstudium ist er inzwischen als Theaterregisseur und freiberuflicher Redakteur eines Lokalradios tätig. In diesem Zusammenhang beschäftigt sich »Sobo« vor allem mit Randgruppen, macht politische Sendungen und thematisiert Inhalte, die in der Gesellschaft gern »ausgeblendet« werden. Dabei gelingt es ihm, die schwierigen Themen mit Humor und Witz zu moderieren – an ein moralisierendes »Gutmenschentum« denkt bei ihm so schnell keiner. Und das gilt auch für seine Kinder- und Jugendbücher, die in der Regel nicht gerade mit strahlenden Helden bestückt sind. Welchem Thema Sobo sich auch widmet, er schreibt immer frech, erfindet wunderbare neue Wortgebilde und treibt dennoch sensible Milieustudien.

Meisterhaft ist ihm das in *Und Augen auf* gelungen, einer Geschichte, die unter anderem im zerstörten Sarajewo spielt. Ob es sich um einen Kinderkrimi, eine Liebesgeschichte oder nur ein komisches Abenteuer handelt, eines haben alle seine Helden gemeinsam: Sie sind Außenseiter, sind zu dick und haben Pickel oder stottern. Jedenfalls leiden alle seine Protagonisten – wie das für diese Altersgruppe ja auch in der Realität meist zutrifft – zu Anfang unter mangelndem Selbstbewusstsein und haben Schwierigkeiten, Freunde zu finden. Hermes, den vierzehnjährigen Sohn der Bieberbecks in Sobos wunderbarem Ost-West-Familien-Freundschaftsroman *Alles im Fluss* hat es besonders schlimm getroffen: »Er war breit, fett, plump und stank aus dem Mund. Pickel verwandelten sein ohnehin schon unansehnliches Pfannkuchengesicht in ein Schlachtfeld mit eitrig gespickten Minen.« Und als ob das nicht schon genug wäre, führen die

Medikamente, die ihm der Hausarzt im Rahmen der dringend notwendigen Diät verschreibt, auch noch zu unüberhörbaren und vor allem unsäglich stinkenden Blähungen. Kein Wunder, dass Hermes weder einen Freund noch eine Freundin hat.

Bis in diese Idylle die obdachlose Verwandtschaft aus dem Osten einfällt, deren Hab und Gut mit dem Oderhochwasser dahingegangen ist. Innerhalb kürzester Zeit gerät alles, was bisher so selbstverständlich funktionierte, aus den Fugen. Vater Bieberbeck flirtet heftig mit der schönen Schwägerin, während Mutter Bieberbeck den Avancen des Hausarztes erliegt. Und mitten in diesem Durcheinander findet Hermes doch noch seine erste Liebe.

Ein Buch, das ein Kapitel der jüngsten deutschen Vergangenheit mit Humor und vorlautem Witz verarbeitet. Ein bisschen Romeo und Julia, ein bisschen Schnitzlers Reigen – und das alles verpflanzt mitten in die westdeutsche Provinz. In Interviews und Portraits ist von Sobo immer wieder der Satz zu hören, dass man das, was man schreibe, schon nicht mehr zu leben brauche. Das klingt nach einem auswendig gelernten Spruch, der den Büchern des Mittdreißigers nicht gerecht wird. Denn auch wenn Sobo sicher nichts von dem erlebt hat, was er in seinen Geschichten beschreibt, so muss er doch bei vielen Dingen sehr genau hingeschaut haben. Und den Rest macht eben die Phantasie, ganz so, wie das bei den meisten anderen Schriftstellern auch der Fall ist.

Übrigens – wer einmal die Möglichkeit hat, bei einer Lesung des inzwischen in Berlin lebenden Autors dabei zu sein, der sollte die Gelegenheit nicht auslassen. Denn auf der Bühne kommt das schauspielerische Talent des Autors voll zur Geltung. Viele seiner Werke sind auch auf CD erhältlich, von ihm selbst gesprochen. *Fische im Kopf* und *Spur ins Blaue* zum Beispiel sind Hörbücher zum Immer-wieder-hören (bei Pollux Audio, Altberliner Verlag).

🕮 *Sobo: Alles im Fluss, Altberliner Verlag, Berlin 2000, 260 S., 11,25 Euro, ab 13 Jahren*

Für Mädchen verboten

Unbeschwerte und lustige Unterhaltung für Jungen ab zwölf ist nicht gerade in Massen zu finden – selbst gut informierte Buchhändler zucken da oft mit den Schultern: Für dieses Lesealter werden von den Verlagen – neben Fantasy – fast ausschließlich spannende Abenteuerromane und problemorientierte Literatur angeboten. Entweder geht es um die Aufklärung von Verbrechen, um abenteuerliche Reisen und historische Ereignisse, oder es handelt sich eben um Ratgeber für die Pubertät. Und dann gibt es natürlich noch Sachbücher …

Den vielen Reihen für Mädchen – ob es um Pferde oder die große Liebe geht – stehen nur wenige eigenständige Buchreihen für Jungen gegenüber. Kein Wunder, dass Jungen dann eben auch zu den Mädchenbüchern greifen, in der Regel allerdings heimlich und nur wenn sie eine Schwester haben, die solche Bücher liest (oder eine Mutter, die Rezensentin ist und diese Bücher auf dem Schreibtisch liegen hat). Im Buchladen wird ein pubertierender Junge vermutlich niemals nach Mädchenbüchern fragen, das wäre ja »oberpeinlich«.

Dennoch – einige Reihen für Jungen sind auf dem Markt. Von den *Bert*-Büchern von Anders Jacobsson und Sören Olsson gibt es inzwischen neun lieferbare Titel, die nicht ohne Grund bei ihren Lesern schon Kultcharakter haben. Thematisch kreisen diese Titel in Tagebuchform (!) rund um den pubertären Alltag des Jungen Bert, der seit nunmehr neun Bänden dem »ersten Mal« entgegenfiebert. In seinem neuesten Abenteuer *Bert und die coolen Jungs* gründen Bert und seine Freunde eine Gang: die Becka-Boys. Doch leider sind auch andere auf die Idee gekommen, so dass sich die Becka-Boys mit der Salz-und-Pfeffer-Gang und den gefährlichen Yalla Youngsters auseinander setzen müssen. Zu allem Überfluss ist die angebetete Nadja ständig mit Rasmus zusammen und gibt auch noch zu, diesen Kerl geküsst zu haben. Auf Bert warten eine Menge Anforderungen, denen er sich nicht immer ganz gewachsen fühlt.

📖 *Sören Olsson und Anders Jacobsson: Bert und die coolen Jungs (weitere Titel: Berts gesammelte Katastrophen. Berts haarsträubende Katastrophen, Berts heimliche Katastrophen, Berts hemmungslose Katastrophen, Berts Herzenskatastrophen, Berts intime Katastrophen, Berts jungfräuliche Katastrophen, Berts Megakatastrophen, Berts romantische Katastrophen, Berts vorletzte Katastrophen, Berts allerletzte Katastrophen, Bert und die schlimmen Brüder), Oetinger Verlag, Hamburg, je ca. 160 S., 9,90 Euro, ab 10 bzw. 12 Jahren*

Thienemann hat als Pendant zu der erfolgreichen Mädchenreihe *Freche Mädchen – freche Bücher* eine moderne Jungen-Reihe auf dem Markt gebracht, die Bert & Co. seit drei Jahren heftig Konkurrenz macht. Die Titel laufen unter dem Slogan *Für Mädchen verboten*, was schon fast ein Garantieschein dafür ist, dass auch die Mädels danach greifen.

Wie die Themen der meisten Mädchenreihen, so entstammen die Geschichten in der Jungenreihe dem chaotischen Alltag von pubertierenden Jugendlichen, nur steht in diesem Fall jeweils ein Junge im Mittelpunkt.

Die Probleme werden mit einem sympathischen Augenzwinkern für die vom Schicksal gebeutelten »Helden« angepackt. Und immer wieder steht der Traum vom berühmten »ersten Mal« im Vordergrund, eben all die Kapriolen, die die Fantasie schlägt, wenn man(n) das erste Mal so richtig verliebt ist. Die jungen Helden werden auf der Suche nach Pickelcreme wie auch beim ersten Kuss begleitet.

Neu in diesem Frühjahr sind die Titel *Und Lukas zickt rum*, sowie *Alles Hühner – außer Ruby.*

Lukas soll bei einer Romeo-und-Julia-Aufführung in der Schule mitmachen. Und selbstverständlich ist er der Meinung, dass die Rolle des Romeo ihm geradezu auf den Leib geschnitten ist. Doch – wie so oft im Leben – es kommt anders als geplant: Denn Lukas bekommt die Rolle der Julia und gerät heftig in Erklärungsnot, als er geschminkt und mit einem Vorhang um die

Hüften im Badezimmer erwischt wird. Verwicklungen sind da vorprogrammiert.

In *Alles Hühner – außer Ruby* kommt Tim in arge Bedrängnis: Um die von weitem angebetete Ruby kennen zu lernen, entschließt er sich, Ballettstunden zu nehmen. Erfahren darf das natürlich keiner – sonst wäre er heftigem Gespött im Fußballverein ausgesetzt. Und wer wissen will, wie Ruby die ganze Geschichte erlebt, der kann sich danach das im letzten Jahr erschienene Buch *Alles Machos – außer Tim* zu Gemüte führen.

Literarische Highlights darf man in der Reihe *Für Mädchen verboten* nicht erwarten. Die Bücher sind frech und witzig geschrieben und könnten vermutlich direkt aus der Feder eines Vierzehnjährigen stammen. Hier geht es um Bücher für jugendliche Leser, in denen eben auch genau deren Ton getroffen werden soll. Manchmal wirkt das etwas gewollt, die jugendliche Leserschaft liest diese Bücher aber meiner Erfahrung nach begeistert. Jedenfalls sind die Geschichten sehr viel direkter in Sprache und Ausdruck als die Geschichten aus den vergleichbaren Mädchenreihen.

Wiedererkennungszeichen der Thienemann-Jungenbücher ist eine weiße Comic-Blase mit dem Titel, die dem »Coverboy« in den Mund gelegt ist. Um den Lesegewohnheiten von Jungen ab zwölf Rechnung zu tragen, sind die Bücher mit schwarzweißen Illustrationen ausgestattet. Der Umfang liegt zwischen 128 und 144 S.: alles in allem leichter Lesestoff, vor dem man(n) nicht zurückzuschrecken braucht.

📖 *Thomas Fuchs: Und Lukas zickt rum, Thienemann Verlag, Stuttgart 2003, 144 S., 8,90 Euro, ab 12 Jahren*

📖 *Brinx und Kömmerling: Alles Hühner – außer Ruby, Thienemann Verlag, Stuttgart 2003, 144 S., 8,90 Euro, ab 12 Jahren*

📖 *Brinx und Kömmerling: Alles Machos – außer Tim Thienemann Verlag, Stuttgart 2003, 144 S., 8,90 Euro, ab 12 Jahren (aus der Reihe »Für Mädchen verboten« sind noch zahlreiche andere Titel lieferbar)*

Wenn mein Mann und ich zurzeit unseren ältesten Sohn und seine Freunde beobachten, dann kommt schon mal der Gedanke vom »Club der Misogynen« auf. Christian Bieniek hat offensichtlich ebenfalls bei Jungen in diesem Alter genau hingeschaut – oder er erinnert sich gut an seine eigene Jugend. Mit dem *Mädchenhasserclub* startet er bei Arena eine neue Reihe für Jungen, in der er auf unterhaltsame Weise auf das immer wieder spannende und spannungsreiche Verhältnis von Mädchen und Jungen eingeht. Im ersten Band sind sich Lukas, Robin und Fabrizio einig, dass Mädchen zu den größten Plagen der Menschheit gehören. Klar, dass man sich da zusammentun muss. Also gründen die drei den Mädchenhasserclub und ernennen den gemeinsamen Freund Nathan zum Vorsitzenden. Was sie nicht wissen: Nathan hat ein geradezu unglaubliches Geheimnis – er findet zumindest ein Mädchen ganz toll: die kleine Maria mit der großen Klappe.

Dass ausgerechnet Maria zum Opfer des Mädchenhasserclubs werden soll, macht die Situation für ihn nicht einfacher. Und dann kommt alles ganz anders als erwartet. Bieniek schreibt so witzig, frech und unterhaltsam, wie in seinen Detektivgeschichten. Nur ist er diesmal noch näher an der Realität der jungen Leute dran. Ein Buch, das auch die meisten Jungen, die sonst nicht unbedingt freiwillig zum Buch greifen, gern lesen.

🕮 *Christian Bieniek: Der Mädchenhasserclub, Arena Verlag, Würzburg 2003, 144 S., 8,90 Euro, ab 10 Jahren*

Für Jungen verboten

Während die Buchserien und -reihen, die sich speziell an Jungen wenden, eher die Ausnahme sind, haben Mädchen eine reiche Auswahl. Die Nachfolgerinnen von Nesthäkchen und Co. sind moderner, frecher und vorwitziger als die Kinderbuchheldinnen ihrer Eltern und Großeltern. Im direkten Vergleich jedenfalls.

Bezieht man die jeweiligen Zeitumstände mit ein, dann haben sie vermutlich sehr viel gemeinsam. Diese Mädchen haben ihren eigenen Kopf und stellen die Erwartungen von Eltern und Großeltern immer wieder in Frage. So wie Millie, die inzwischen sechsjährige Heldin der gleichnamigen Serie von Dagmar Chidolue. Die *Millie*-Serie zieht ihren Reiz unter anderem aus der Konfrontation einer »Muster«-Familie mit einem eigenwilligen und phantasievollen Kind, das mit der Konsumwelt der Erwachsenen auf seine ganz eigene Weise umgeht. Für die Kinder ist Millie wie die beste Freundin von nebenan: zickig und liebenswert zugleich, schlagfertig und clever. Millies Reisen nach Mallorca, Italien, England oder Kreta sind chaotisch-liebenswerte Erlebnisse, über die Erwachsene und Kinder gemeinsam lachen. Und nach jedem Buch bleibt am Ende nur zu hoffen, dass dies nicht Millies letztes Reiseabenteuer war.

Dagmar Chidolue verfügt über eine erstaunliche Palette von Darstellungsmöglichkeiten: zarte Poesie und zupackende Schärfe, liebevolles Einfühlungsvermögen und schroff-kritische Ablehnung. Drastische Komik und realistische Schilderungen, bei denen einem das Lachen im Halse stecken bleibt, ergänzen einander auf eindrucksvolle Weise. Kaum zu glauben, dass Dagmar Chidolue Bankerin ist und während ihrer Arbeitszeit beim Frankfurter Bankenverband vor allem mit Zahlen zu tun hat. Zu Hause sitzt sie dann wieder am Schreibtisch und erfindet Geschichten für Kinder und Jugendliche, und das seit mehr als 25 Jahren. In den meisten ihrer Bücher spielen Mädchen oder junge Frauen die Hauptrollen, mal nachdenklich und kämpferisch wie in *Ein Jahr und immer*, mal frech und zickig wie in *Lady Punk* (beide bei Beltz & Gelberg erschienen), für das sie 1986 mit dem Jugendliteraturpreis ausgezeichnet wurde. Gerade ist mit *Millie in New York* ein neuer Band der bestens eingeführten Mädchen-Serie bei Cecilie Dressler erschienen.

🕮 *Dagmar Chidolue: Millie in New York, Cecilie Dressler Verlag, Hamburg 2003, 224 S., 10,90 Euro, ab 6 Jahren (die weiteren Bände: Millie auf Kreta (160 S.), Millie auf Mallorca (144 S.),*

Millie feiert Weihnachten (160 S.), Millie geht zur Schule (168 S.), Millie in Italien (168 S.), Millie in London (176 S.), Millie in Paris (112 S.), alle bei: Cecilie Dressler Verlag, Hamburg 1991 ff., je 10,90 Euro, ab 6 Jahren)

Conni gibt es schon seit 1992 im Carlsen-Programm – und zwar in der Reihe der kleinen Pixi-Bände: *Conni kommt in den Kindergarten* war der erste Band mit einer Geschichte des kleinen blonden Mädchens. Die Kinder fanden Conni offensichtlich klasse, das zeigten die Leserbriefe, die nach mehr Abenteuern des Mädchens mit der roten Schleife im Haar verlangten. Der Verlag reagierte und brachte in fast jedem der folgenden Programme eine Conni-Geschichte; inzwischen gibt es 20 Lesemaus- oder Pixi-Bücher mit Conni. Es folgten Lern- und Bilderbücher. Und nun auch richtige Lesegeschichten für Kinder ab sieben – zunächst mit einem Thema, das die meisten Mädchen begeistert: In *Conni auf dem Reiterhof* plant Conni mit ihrer Freundin Anna einen Urlaub mit Pferden. Doch Anna wird krank, und Conni muss sich allein auf dem Reiterhof zurechtfinden, was ihr zunächst gar nicht behagt. Panische Hilferufe an die Eltern verhallen ungehört. Doch dann sitzt plötzlich ein fremdes Mädchen neben Conni – und von einem Moment auf den nächsten scheint der Urlaub doch noch ganz nett zu werden.

In *Conni und der Liebesbrief* bekommt Anna einen Liebesbrief ohne Absender und zeigt diesen stolz ihrer Freundin. Conni hat noch keinen bekommen, also schreibt sie sich selbst einen anonymen Brief. Und dann taucht noch ein weiterer Brief auf, von dem die Mädchen nicht wissen, woher er kommt.

In *Conni auf Klassenfahrt* geht es schließlich um die ach so normalen, aber eben doch unglaublich aufregenden Abenteuer, die auf eine Kindergruppe zukommen, wenn sie auf Reisen ist. Es geht um Rivalität und Freundschaft, um Eifersucht und Sympathie. Für alle Conni-Fans, die das freche und selbstbewusste Mädchen aus den Pixi- und Bilderbüchern kennen, bieten diese Bücher eine gute Möglichkeit, selbst ins Lesen einzusteigen.

📖 *Julia Boehme: Conni auf dem Reiterhof (Conni und der Liebesbrief, Conni auf Klassenfahrt), Carlsen Verlag, Hamburg 2002/2003, 96 S., 6,90 Euro, ab 7 Jahren*

Sie hat smaragdgrüne Augen, schwarz lackierte Fingernägel und eine Porzellankatze, die eine ganze Klasse in Schach halten kann. Miss Wiss ist Lehrerin – und zugleich Hexe, auch wenn sie diesen Ausdruck gar nicht mag. Sie bezeichnet sich selbst lieber als »Fachfrau für Übersinnliches«, die ihre Kenntnisse auch durchaus anwendet, wenn Schüler nur Blödsinn im Kopf haben, Eltern zu streng sind oder garstige Schulräte auftauchen. Miss Wiss hat immer ein offenes Ohr für ihre Schüler. Sie ist eine moderne, leicht überspannte Fee, die immer Rat weiß, auch wenn alle anderen an der Sankt Barnabas-Schule mit ihrem Latein am Ende sind. So eine Lehrerin wünschen sich wohl die meisten Schüler – und ganz bestimmt die, die die Geschichten von Miss Wiss kennen. Wie gut, dass es davon inzwischen neun Bände gibt. Sie sind die ideale Lektüre für Mädchen, die sich nicht nur für Pferdegeschichten oder Liebesbücher interessieren: spannend, humorvoll und frech.

📖 *Terence Blacker: Gefangen Miss Wiss (weitere Bände: Im Ernst, Miss Wiss; Miss Wiss ganz groß; Miss Wiss kehrt zurück; Miss Wiss liebt Dracula; Miss Wiss live; Miss Wiss Supermodel; Miss Wiss wird Millionärin; Total verrückt Miss Wiss), alle bei: Beltz & Gelberg, Gulliver TB, Weinheim, zwischen 4,45 und 4,90 Euro, ab 8 Jahren*

Ähnlich erfolgreich, witzig und spannend sind die Geschichten der Wilden Hühner, von denen in diesem Frühjahr die fünfte erschienen ist: Diesmal geht es für Sprotte, Frieda, Melanie und Trude um die Liebe, mit der jede der vier auf die eine oder andere Weise zu tun hat. Gemeinsam bestehen sie ihre Abenteuer, halten gegen die Pygmäen – vier Jungs aus ihrer Klasse – zusammen und verbünden sich dennoch regelmäßig mit ihnen. Was für Cornelia Funke zunächst mit einer einzigen Geschichte um eine Mädchenbande begonnen hat, hat sich inzwischen längst verselbstständigt. Die begeisterten Leser der Wilden Hühner forderten die Autorin in Briefen und E-Mails auf, weitere Abenteuer dieser sympathischen Mädchengruppe und ihrer Freunde zu schreiben. Und Cornelia Funke hat nachgegeben und ein Abenteuer nach dem anderen zu Papier gebracht. Inzwischen gibt es einen Fanclub, eine Internetseite (www.wilde-huehner.de) und ein Bandenbuch zu Mitmachen. Ein Ende der Serie ist noch nicht abzusehen, schließlich birgt die Pubertät noch viele Abenteuer für die *Wilden Hühner*, die die Leserinnen unbedingt miterleben möchten (Zu Cornelia Funke siehe auch S. 181 f.).

📖 *Cornelia Funke: Die Wilden Hühner (weitere Bände: Die Wilden Hühner auf Klassenfahrt; Die Wilden Hühner – Fuchsalarm; Die Wilden Hühner und das Glück der Erde; Die Wilden Hühner und die Liebe), alle bei: Cecilie Dressler Verlag, Hamburg 1993 – 2003, je 10,90 Euro, ab 10 Jahren*

📖 *Die Abenteuer der Wilden Hühner sind auch auf MC und/oder CD bei Jumbo erschienen, zwischen 7,70 Euro (1 MC) und 19,50 Euro (3 MC-Paket)*

Liebesgeschichten

Liebesgeschichten können ganz unterschiedlich aussehen, auch wenn sie immer dasselbe Thema haben – meist die erste oder die ganz große Liebe. Im Folgenden möchte ich drei sehr eigenwillige Liebesgeschichten vorstellen, die ihre Leser jeweils auf eine besondere Weise ansprechen.

Mats Berggren erzählt in seinem Jugendroman *Ganz schön blauäugig* die Geschichte eines Sommers und die Geschichte einer ersten Liebe. Es wird ein Sommer, an den sich Sara später nicht gern zurückerinnert. Dabei hat alles so schön begonnen: Im Jugendzentrum trifft sie Johan – und bekommt prompt wacklige Knie. Die Schmetterlinge im Bauch geraten in helle Aufregung.

Der Junge mit den beeindruckend blauen Augen, der neu an ihrer Schule ist, hat es ihr auf den ersten Blick angetan. Von den warnenden Worten der besten Freundin will sie nichts hören. Und als sie dann tatsächlich Johans Freundin wird, hängt für Sara der Himmel voller Geigen. Bis sie eine andere Seite an Johan kennen lernt: Er gehört zu einer Gruppe rechtsradikaler Jugendlicher. Als Johan einen jungen Ausländer krankenhausreif schlägt, geht Sara zur Polizei und wird in der Folge selbst zum Opfer von Johans Hass. Mats Berggren erzählt die Geschichte von Saras Zivilcourage schonungslos, berichtet von nächtlichen Drohungen, von Angst und Verzweiflung des jungen Mädchens, von einer richtigen Entscheidung, die aber selbst von unbeteiligten Klassenkameraden als Verrat empfunden wird. Es ist ein eindringliches Plädoyer für mehr Zivilcourage, das die negativen Folgen für den, der sich traut, nicht verschweigt.

📖 *Mats Berggren: Ganz schön blauäugig, Edition Anrich, Beltz & Gelberg, Weinheim und Basel 2001, 152 S., 9,90 Euro, ab 14 Jahren*

Martina Dierks schreibt Bücher, die man nicht immer klar einer Altersgruppe zuordnen kann. Die Erfahrungen der fünfzehnjährigen, spastisch behinderten Paula in *Romeos Küsse* sind für Jugendliche ebenso interessant wie für Erwachsene. Eindrucksvoll werden die Erlebnisse und Wahrnehmungen des behinderten Mädchens geschildert, das mit ihrem Unmut und ihrer Ungeduld Mutter und Schwester manches Mal gehörig auf die Nerven geht. Paula hat Wünsche, wie sie wohl die meisten Fünfzehnjährigen haben. Sie träumt vom ersten Kuss, will anerkannt und geliebt werden – und sie will auf der Bühne stehen. Doch das scheint für sie ein hoffnungsloser Traum zu sein. Bis sie per Zufall bei den Proben einer Schultheateraufführung in die Rolle von Richard III. schlüpft. Regisseur Rezzo erkennt Paulas Talent – und besetzt die Hauptrolle gegen alle Widerstände mit dem behinderten Mädchen. Und dann trifft Paula auch noch einen Jungen, der ihr Herz heftig zum Klopfen bringt. In *Romeos Küsse* ist alles zu finden, was das Leben einer Fünfzehnjährigen so aufregend und schwierig macht: Es geht um die Abgrenzung von der Mutter, um Schwierigkeiten mit der Schwester, Krach mit den Freunden, um unerwünschte Verehrer, Liebeskummer und Liebesglück. Und das alles in einer anrührenden, aber niemals kitschigen Geschichte, die so ganz nebenbei Verständnis für Außenseiter weckt.

Das Leben mit der eigenen, spastisch behinderten Tochter hat Dierks die realistische und ungeschönte Darstellung dieser schwierigen Situation vermutlich erst ermöglicht, auch wenn die Autorin betont, dass sie keine biographischen oder gar autobiographischen Romane schreibt. Und sie wechselt das Genre mit jedem neuen Buch.

In *Blinky Boots und der dünne Mann* erzählt sie die Geschichte des kleinen Naseweis' Petja. Der zehnjährige Petja ist der Nachzügler in der Familie, ein wenig kurz geraten für sein Alter und reichlich altklug. In den Sommerferien besucht er mit seinen Eltern Karla und Rufus Katz, seine große Schwester, die mit ihrem Mann ein kleines Hotel betreibt. Auf der Hinfahrt »verdient« sich Petja »ein paar verstaubte mit Nieten beschlagene rote Stiefel mit funkelnden Katzenköpfen«, indem er einem chinesischen Ladenbesitzer bei einem Kreuzworträtsel hilft. Und fortan stolpert Petja in den viel zu großen, abgetragenen »blinky boots« durchs Leben, fest davon überzeugt, dass diese Stiefel magische Kräfte haben. Mit den Stiefeln gelingt ihm alles, ohne die Stiefel nichts. Dierks berichtet stets mit liebevoll-ironischem Augenzwinkern von den kleinen Schwächen und den versteckten Stärken ihrer Helden. Frech, manchmal unverschämt, doch immer verständnisvoll nimmt die Autorin ihre Figuren unter die Lupe und deckt manches schnelle Vorurteil auf.

Egal, ob die Autorin sich behinderten Mädchen *(Die Rollstuhlprinzessin)*, einer verrückten Familie *(Der Clan von Lampedusa)*, einer schwierigen Klassengemeinschaft *(Das Wahnsinnsteam)* oder einem entflohenen Asylbewerber *(Rosensommer)* widmet, eines haben alle ihre Bücher gemeinsam – die Leser legen sie erst aus der Hand, wenn sie die letzte Seite gelesen haben.

🕮 *Martina Dierks: Romeos Küsse, Altberliner Verlag, Berlin und München 2000, 304 S., 14,30 Euro, ab 15 Jahren*

🕮 *Martina Dierks: Blinky Boots und der dünne Mann (auch: Blinky Boots – Das Katzentestament), Altberliner Verlag, Berlin und München 2002, je 240 S., 13 Euro, ab 10 Jahren*

Erste Liebe, Leid und die Ablösung vom Elternhaus stehen auch in Mirjam Presslers *Für Isabel war es Liebe* im Mittelpunkt: Die Kunststudentin Isabel fährt mit ihrer Freundin und Lebensgefährtin Conny, einer jungen Ärztin, auf einen Besuch nach Hause. Im Auto erzählt Isabel von einem Sommer vor fünf Jahren. Dem Sommer, in dem sie erfährt, dass ihre Mutter Brustkrebs hat. Ob sie leben oder sterben wird, weiß niemand. Die ganze Familie ist wie erstarrt, die Mutter völlig von ihrer Krankheit und ihrer Angst gefangen. Ausgerechnet in diesem Sommer verliebt sich die siebzehnjährige Isabel das erste Mal: in Daniela, die mit ihr gemeinsam den Leistungskurs Kunst besucht. Daniela verführt die jüngere Isabel, hält sie aber auch immer wieder auf Abstand.

Sinnlich und erotisch schildert Mirjam Pressler »das berühmte erste Mal« – und es gehört zu den besonderen Stärken dieses Buches, mit welcher Klarheit und Selbstverständlichkeit sie von der Liebe zwischen den beiden Mädchen erzählt. Es ist ein bewegender und leidenschaftlicher Entwicklungsroman, der Liebe und Leid, Glück und Unglück gleichermaßen zu Wort kommen lässt. Am Ende verlässt Daniela Isabel, und Isabel trauert noch lange Zeit später – eine Geschichte, die ihre Leser auch nach der Lektüre noch lange beschäftigt.

🕮 *Mirjam Pressler: Für Isabel war es Liebe, Beltz & Gelberg, Weinheim 2002, 328 S. 14,90 Euro, ab 15 Jahren*

Erwachsen werden

Früher wurden Geschichten, die das Abenteuer des Erwachsenwerdens beschrieben haben, meist als Entwicklungsromane geschrieben. Diesen Ausdruck möchte ich im Folgenden nicht verwenden, auch wenn es genau darum geht: die Helden und Heldinnen der folgenden Geschichten haben Grenzen ausgetestet, manchmal sogar überschritten und sind dadurch gereift. Alle diese Geschichten könnten so oder so ähnlich tatsächlich passiert sein.

In den Büchern von Jana Frey sind es tatsächlich fast »wahre Geschichten«. Die 35-jährige geht mit journalistischer Recherche an ihre Themen heran, ob es sich um Inzest zwischen Geschwistern *(Der Kuss meiner Schwester)*, um den Ausbruchversuch einer Fünfzehnjährigen aus der Gemeinschaft der Zeugen Jehovas *(Das eiskalte Paradies)*, um Straßenkinder *(Sackgasse Freiheit)* oder um ein Mädchen mit einer Angstneurose *(Verrückt vor Angst)* handelt. Jana Frey spricht mit ihren Figuren und setzt deren Erfahrungen in einfühlsame und authentische Erzählungen um, die alle einen hoffnungsvollen Blick auf die Zukunft ermöglichen – unabhängig davon, wie verzweifelt die jungen Menschen jeweils auch sind. Und verzweifelt ist Leonie aus *Der verlorene Blick* tatsächlich: Die Sechzehnjährige wird für ihre waldmeistergrünen Augen bewundert und geliebt. Auch von ihrem Freund Frederik. Doch dann kommt es zu einem verhängnisvollen Autounfall. Während ihre Freunde nur Kratzer davontragen, fliegt Leonie kopfüber in die Windschutzscheibe und erwacht Stunden später in einer finsteren Welt: Sie ist blind. Und sie hat keine Lust mehr zu leben. Mit großem Einfühlungsvermögen beschreibt die Autorin Leonies Weigerung, ihr neues Leben anzunehmen. Sie schildert den Kampf von Freunden und Familie, die Leonie ihre alte Lebensfreude wiedergeben wollen. Und sie zeichnet schrittweise den Prozess nach, der es Leonie schließlich ermöglicht, das Leben in der Finsternis zu akzeptieren – ein atemlos spannendes Buch bis zur letzten Seite.

🕮 *Jana Frey: der verlorene Blick, Loewe Verlag, Bindlach 2002, 172 S., 10,– Euro, ab 12 Jahren (weitere Titel der Autorin für diese Altersgruppe: Das eiskalte Paradies (2000), Sackgasse Freiheit (2000), Verrückt vor Angst (2001), Höhenflug abwärts (2003), alle zum gleichen Preis bei Loewe erschienen)*

Fünfundsiebzig Jahre und kein bißchen leise – oder vielleicht doch? Die Schriftstellerin Gudrun Pausewang feierte am 3. März 2003 ihren Ehrentag, ohne dass dies in der Öffentlichkeit groß zur Kenntnis genommen wurde – obwohl es doch gerade ein neues Buch von ihr gibt, in dem sie wieder einmal Zeitgeschichte für Jugendliche erzählt, offen und ehrlich, aber dennoch poetisch: *Und was mach ich?*, fragt sich die vierzehnjährige Nele, nachdem die beiden älteren Brüder sang- und klanglos von zu Hause verschwunden sind. »Ich weiß nicht, wie ich zu diesen Eltern gekommen bin – und sie zu mir.« Nele ist ratlos: Mit den Vorstellungen und Wünschen der Eltern kann sie nichts anfangen, den elterlichen Friseursalon will sie auf keinen Fall übernehmen. Dabei ist Neles Familie eine klassische Durchschnittsfamilie. Die Eltern gehen beide in ihrem Beruf auf und bekommen oft nicht mit, was in ihrer pubertierenden Tochter vorgeht.Und sie haben Angst, möchten das Mädchen am liebsten rund um die Uhr beschützen. Doch Nele revoltiert und findet einen unkonventionellen Ausweg, um dem Erwartungsdruck der Eltern zu entfliehen. Im »Penthouse« eines noch nicht fertigen Neubaus richtet sie sich eine eigene Bude ein, freundet sich mit Obdachlosen und einer Prostituierten an und lebt ein zweites Leben. Bis zu dem Tag, an dem ihr Bruder tödlich verunglückt. Inzwischen aber hat Nele genügend Kraft gesammelt, um ihren eigenen Weg zu gehen.

Wie in den meisten von Gudrun Pausewangs Büchern geht es auch diesmal nicht nur um eine Auseinandersetzung mit gesellschaftlichen Fragestellungen, sondern zugleich um das Aufzeigen von Alternativen. »Ich nehme den jungen Leser ernst, deshalb mute ich ihm viel zu«, so Gudrun Pausewang im Gespräch, »ich zeige ihm keine heile Welt, aber ich fordere ihn auf, mitzuhelfen, dass sie heiler wird.« Das heißt auch, dass Tod und Sterben Thema in ihren Büchern sind. Die Hoffnung auf eine bessere Zukunft wird dennoch nicht aufgegeben.

Bekannt geworden ist die in Böhmen gebürtige Autorin, die sich mit ihrer langjährigen Tätigkeit als Lehrerin in Chile, Venezuela und Kolumbien einen Jugendtraum erfüllte, vor allem durch das erschütternd-realistische Atomkrieg-Szenario *Die letzten Kinder von Schewenborn* (1983) und den in der Folge der Tschernobyl-Katastrophe erschienen Jugendroman über einen angenommenen Supergau in Grafenrheinfeld *Die Wolke* (1987), für den sie neben vielen anderen Auszeichnungen den Jugendliteraturpreis erhielt. Überhaupt scheint die agile alte Dame keinerlei Berührungsängste mit schwierigen Themen zu haben. In ihrem Polit-Thriller *Der Schlund* (1993) geht es um Neo-Nazismus in Deutschland und die Gefahr einer drohenden zweiten faschistischen Diktatur. Das Thema Rechtsradikalismus und Faschismus hat sie in den vergangenen Jahren wiederholt aufgegriffen. 1995 erschien *Die Verräterin*, die Geschichte eines BDM-Mädchens, das einen entflohenen russischen Häftling über Monate hinweg versteckt, und 1997 *Adi – Jugend eines Diktators*, in dem Hitlers Kinder- und Jugendzeit in Linz und Wien anhand historischer Quellen nachgezeichnet wird.

Begonnen hat die schriftstellerische Karriere von Gudrun Pausewang mit einem ganz anderen Sujet, dem sie lange treu geblieben ist – mit Märchen und Sagen: Ihr erstes Märchen *Hinterm Haus der Wassermann* stammt aus dem Jahr 1959 (Neuauflage 1998); *König Midas mit den Eselsohren* und *Die Seejungfrau in der Sardinenbüchse* veröffentlichte sie 1995. Schreiben wird Gudrun Pausewang wohl, so lange sie kann – und das trotz ihres Alters mit einem beeindruckenden Einfühlungsvermögen in die Probleme junger Menschen.

📖 *Gudrun Pausewang: Und was mach ich?, Ravensburger Buchverlag, Ravensburg 2003, 288 S., 12,95 Euro, für junge Erwachsene*

Der Tod eines Familienmitgliedes steht auch in *Fee – Schwestern bleiben wir immer* im Mittelpunkt. Die Geschichte beginnt mit einer Reise. Die siebzehnjährige Claire flieht vor dem Tod der älteren Schwester nach Schottland. Hier will sie sich gemeinsam mit ihrem Freund Jost ablenken und den Tod, die Beerdigung und alles, was damit zusammenhängt, einfach vergessen. Was ihr nicht gelingt: Fee ist immer mit dabei. Claires Gedanken werden beherrscht von der Sehnsucht nach der schwer behinderten Schwester, um deren frühen Tod die Familie schon seit Jahren wusste. Zum Schmerz gesellt sich eine unbändige Wut auf die Mutter, die den Tod ihrer ältesten Tochter einfach so hingenommen hat. Claire liest die Tagebücher ihrer Mutter, die diese seit dem Ausbruch von Fees schwerer Erkrankung geführt hat. Und so wird die Reise nach Schottland gleichzeitig eine Reise in die Vergangenheit: Stück für Stück wird Claire bewusst, dass Liebe auch heißt, einen Menschen gehen zu lassen. Lesenswert ist die Geschichte von Claire und Fee auch, weil Monika Feth ohne sentimental zu werden in jedem Satz deutlich macht, wie wertvoll ein behindertes Leben sein kann. Nach der Lektüre wird man behinderte Menschen mit anderen Augen sehen. Nicht etwa, weil die Autorin den Zeigefinger erhebt, sondern weil wohl jeder bei der Lektüre dieses einfühlsam geschriebenen Buches ganz eng mit Fee auf der Achterbahn der Gefühle unterwegs ist.

📖 *Monika Feth: Fee – Schwestern bleiben wir immer, Bertelsmann, Omnibus TB, München 2002, 192 S., 7,– Euro, ab 14 Jahren*

Fremde Welt

Geschichten, die in einer fremden Umgebung, in einem anderen Land oder gar auf einem anderen Kontinent spielen, transportieren auch immer Informationen über das Leben in einer anderen Kultur. Das macht solche Bücher für Jugendliche häufig spannender als die Geschichten, die sozusagen »um die Ecke« spielen.

Kleine Brüder können eine Plage sein – vor allem, wenn sie in ihrem Zimmer Käfer und Spinnen beherbergen und von giftigen Schlangen träumen. Bennie ist ein solcher Bruder: neun Jahre alt, witzig, charmant und an krabbelndem Ungeziefer weit mehr interessiert als an seinen Geschwistern. Die vierzehnjährige Jo und der ein Jahr ältere Kevin verabscheuen Bennies liebste Mitbewohner, auch wenn sie sein fanatisches Engagement für das Gekrabbel schon wieder gut finden. Und so wird der Club, den sie in einem verfallen Häuschen im neuen Garten gründen, »Bughouse« (Wanzenhaus) genannt. Dazu gehören neben den Geschwistern der schwarze Student Jay und Kevins Schulfreund Dirk.

Die Südafrikanerin Lesley Milne verfolgt in ihrem Jugendroman *Schattenspringer – Eine Freundschaft in Südafrika* zwei Handlungsstränge: Im Nachbarhaus zieht eine neue Familie ein, in deren fünfzehnjährigen Sohn Mike sich Jo auf den ersten Blick verliebt. Doch Mike ist ein Einzelgänger, der keinen an sich ranlässt und immer wieder mit neuen Verletzungen aufwartet. Mal ist er die Treppe heruntergefallen, mal hat er sich irgendwo gestoßen. Kevin bekommt mit, dass Mike große Probleme mit seinem Stiefvater hat. Doch er schweigt – bis Mike von zu Hause ausreißt und erst in letzter Minute gerettet werden kann. In der Nebenhandlung geht es um Jays kleinen Bruder Gab, der sich einer Straßenbande angeschlossen hat und Zeuge eines Mordes wird.

Einfühlsam und lebendig erzählt Milne vom Leben im heutigen Südafrika und vom Ende der Apartheid, das noch längst nicht in allen Köpfen angekommen ist. Während die Familie von Bennie, Jo und Kevin sich zu ihren farbigen Freunden und Nachbarn bekennt, erlebt Dirk zu Hause immer wieder, dass Schwarze für seinen Vater Menschen zweiter Klasse sind. Und auch wenn er mit den anderen befreundet ist, so ist Gab für ihn zunächst einmal ein »Kaffernbalg«, um den es nicht weiter schade ist. Jays Rat, sich selbst ein Bild von den Menschen zu machen und die Vorstellungen des Vaters nicht unreflektiert zu übernehmen, kann Dirk nur nach und nach folgen.

Milne erzählt ohne pädagogischen Eifer von Hass und Verbohrtheit, von Liebe, Freundschaft und Toleranz. Gut und Böse sind nicht klar zugewiesen. Dirk ist nicht nur der rassistische Hetzer, sondern auch ein Jugendlicher, der unglücklich in die Schwester seines besten Freundes verliebt ist und seinen Weg noch längst nicht gefunden hat. Und auch Kevin, aus dessen Sicht erzählt wird, verhält sich Mike gegenüber nicht immer nett. *Schattenspringer – Eine Freundschaft in Südafrika* ist die Geschichte eines Sommers, in dem drei junge Menschen Erfahrungen machen, die sie ein ganzes Stück reifen lassen – voller Mitgefühl, Abenteuerlust und immer spannend erzählt. Ein stilles und stilsicheres Buch für Jugendliche.

🕮 *Lesley Milne: Schattenspringer – Eine Freundschaft in Südafrika, G & G Verlag, Wien 2001, 200 S., 10,– Euro, ab 12 Jahren*

Um einheimische Weiße und Eingeborene geht es auch in Phillip Gwynnes Roman *Wir Goonyas – ihr Nungas*: Gary lebt in einer kleinen australischen Hafenstadt. Das einzig Aufregende in dem verschlafenen Nest sind die Football-Spiele, in der sich die weißen Goonyas und die farbigen Aborigines, die so genannten Nungas treffen. Ansonsten hat Gary mit den Nungas nichts zu tun, bis Dumby in die Mannschaft kommt. Der Aborigine ist eingebildet und eitel, ein richtig guter Football-Spieler – und er ist Gary sympathisch. Nachdem Dumby Gary in einer schwierigen Situation geholfen hat, entwickelt sich ganz vorsichtig eine Freundschaft, zu der Gary sich noch längst nicht richtig bekannt hat, als Dumby bei einem Schusswechsel ums Leben kommt. Zur Beerdigung betritt Gary zum ersten Mal die Siedlung der Aborigines und merkt, dass seine Vorurteile doch ziemlich kindisch sind.

Gwynne ist eine einfühlsame Geschichte über Berührungsängste und Rassismus gelungen, eine alltägliche Geschichte über die alltäglichen Diskriminierungen, die schon damit beginnen, dass eine Bekannte auf der Straße nicht mehr gegrüßt und ein Freund nicht mehr erkannt wird. Gary wird nie mehr zur Seite schauen, wenn Dumbys Schwester Clarence an ihm vorübergeht. Und die Geschichte hat eine Fortsetzung: In *Blacky, Lovely und der ganze Bullshit* verliebt sich Gary, der mit Spitznamen Blacky gerufen wird, in Clarence. Doch beide trauen ihrer Umgebung nicht und treffen sich deshalb nur heimlich. Bis Gary von dem Nunga Lovely zusammengeschlagen wird. In der Folge stellt sich die Frage, ob Gary zur Freundschaft mit Clarence steht, völlig neu. Auch der zweite Band von Gwynne macht neugierig auf mehr.

- 🕮 *Phillip Gwynne: Wir Goonyas, ihr Nungas, Sauerländer Verlag, Aarau und Frankfurt/Main 2001, 286 S., 15,80 Euro, ab 13 Jahren*
- 🕮 *Phillip Gwynne: Blacky, Lovely und der ganze Bullshit, Sauerländer Verlag, Aarau und Frankfurt/Main 2003, 352 S., 14,90 Euro, ab 12 Jahren*

Mitten aus Afrika nach London, um den Tower, den Big Ben und die Königin zu sehen – unter normalen Umständen ist das für ein zwölfjähriges Mädchen aus Nigeria und ihren kleinen Bruder ein aufregendes Abenteuer. Doch als Sade und Femi in London landen, haben sie für die Sehenswürdigkeiten dieser Stadt keinen Blick. Am Tag zuvor wurde die Mutter vor ihren Augen erschossen. Die Attentäter wollten eigentlich den Vater treffen, einen couragierten Journalisten, der in seinen Artikeln trotz aller Drohungen immer wieder die Missstände des totalitären Militärregimes anprangerte. Um seine Kinder zu schützen, setzt er sie noch in der gleichen Nacht ins Flugzeug und schickt sie mit einer Schlepperin zu seinem Bruder nach London. Doch dort kommen die Kinder nicht an: Die Schlepperin lässt sie einfach in einem Lokal in London sitzen, und Papas Bruder ist verschwunden. Die Geschwister werden von der Flüchtlingshilfe aufgegriffen und landen schließlich bei einem älteren Ehepaar, das sich rührend um die Kinder bemüht. Beverley Naidoo gibt ihren beiden Hauptpersonen einen gesicherten sozialen Hintergrund und greift damit ein eher untypisches Asylantenschicksal heraus: Sade und Femi sind nicht in den Slums einer afrikanischen Großstadt aufgewachsen, sondern in einer wohlhabenden Umgebung. Doch obwohl sie schnell merken, dass ihre Gasteltern es gut mit ihnen meinen und es auch keine sprachlichen Barrieren gibt, sind die Kinder so traumatisiert, dass sie sich neuen Menschen nicht öffnen können. Sie haben nur noch einen Wunsch: die Öffentlichkeit auf das Schicksal des Vaters aufmerksam zu machen. Ein Buch, das – auch wenn es in England spielt – den Blick auf die mehr als 200 000 minderjährigen Flüchtlinge in Deutschland lenkt, von denen etwa 10 000 ohne Angehörige in der Fremde leben. Alles in allem ein Buch, das sein politisch korrektes Anliegen sprachlich und inhaltlich überzeugend darlegt. Vom Verlag wird *Die andere Wahrheit* den Buchhändlern mit vollem Recht nicht nur für die Jugendbuch-, sondern auch für die Belletristik-Abteilung empfohlen.

📖 *Beverley Naidoo: Die andere Wahrheit, Klopp Verlag, Hamburg 2002, 336 S., 16,90 Euro, ab 14 Jahren*

Um Liebe, Freundschaft und die Anerkennung von Traditionen geht es auch in Bali Rais erstem Roman *Bloß (k)eine Heirat*: Der mit seiner Familie in England lebende Inder Manny weiß schon seit seiner Kindheit, dass er mit 17 eine Inderin heiraten soll. Der Vater wird ihm die Braut aussuchen. Doch Manny weiß auch eines ganz genau: Er will niemals so leben wie sein Vater oder seine Brüder und wehrt sich mit allen ihm zur Verfügung stehenden Mitteln gegen die drohende Heirat. Die Familie macht kurzen Prozess und lässt Manny bei einer Reise in die Heimat einfach im väterlichen Dorf unter der Obhut seines Onkels zurück.

Die Situation scheint aussichtslos zu sein, bis ein weiterer, weit gereister Onkel auftaucht, der von der Familie sonst immer totgeschwiegen wird: Jag hat sich in seiner Jugend ebenfalls gegen die Tradition entschieden, hat nicht die für ihn vorgesehene Braut geheiratet, sondern das Dorf verlassen, um zu studieren. Inzwischen arbeitet er im australischen Landwirtschaftsministerium, reist viel in der Welt herum und hat Frau und Kind, von denen die Familie nichts weiß. Manny sieht, dass es vielleicht doch möglich ist, seinen eigenen Weg zu gehen, auch wenn man dafür die Familie aufgeben muss. Jag hilft Manny, zurück nach England zu kommen. Und er ist vor allem eine moralische Stütze, wenn der Jugendliche an seiner eigenen Kraft und Durchsetzungsfähigkeit zweifelt. Ein gut und spannend geschriebener Jugendroman, der sich ausnahmsweise einmal nicht mit den Problemen von Mädchen aus anderen Kulturkreisen beschäftigt, sondern zeigt, dass auch für Jungen die Traditionen zu einer Belastung werden können.

📖 *Bali Rai: Bloß (k)eine Heirat, Sauerländer Verlag, Aarau und Frankfurt/Main 2003, 288 S., 14,90 Euro, für junge Erwachsene*

Tipps für Leseratten

- 📖 *Angela Nanetti: Mein Großvater war ein Kirschbaum, Fischer TB, Frankfurt/Main 2003, 156 S., 5,90 Euro, ab 6 Jahren (beim Patmos Verlag ist die Geschichte als gebundene Ausgabe und als Hörbuch erschienen)*
- 📖 *Patricia Schröder: Timo setzt sich durch, Fischer Schatzinsel, TB, Frankfurt am Main 2003, 111 S., 5,90 Euro, ab 8 Jahren*
- 📖 *Elisabeth Zöller: Die fünf Nervensägen (vier Bände), Fischer Schatzinsel, Frankfurt am Main 1999 ff., 4,90–9,90 Euro, ab 8 Jahren*
- 📖 *Klaus Kordon: Paula Kussmaul lässt nicht locker, Beltz & Gelberg, Weinheim 2001, 152 S., 9,90 Euro, ab 9 Jahren*
- 📖 *Klaus Kordon: Paula Kussmaul und Kater Knutschfleck, Beltz & Gelberg, Weinheim 2003, 152 S., 9,90 Euro, ab 9 Jahren*

- *Georgia Byng: Molly Moon, Hanser Verlag, München 2003, 352 S., 14,90 Euro, ab 10 Jahren*
- *Paula Fox: Paul ohne Jakob, Sauerländer Verlag, Aarau und Frankfurt am Main 2001, 105 S. 11,80 Euro, ab 10 Jahren*
- *Martha Heesen: Dringend und wichtig!, Fischer Schatzinsel, Frankfurt am Main 2003, 128 S., 9,90 Euro, ab 10 Jahren*
- *Henning Mankell: Der Hund, der unterwegs zu einem Stern war (191 S.); Die Schatten wachsen in der Dämmerung (203 S.); Der Junge, der im Schnee schlief (239 S.); Die Reise ans Ende der Welt (239 S.), alle bei dtv junior, München 2001/2002, 6,50 – 7,00 Euro, ab 10 Jahren; zu dieser beeindruckenden Serie sind Audio CDs bei Universal Music erschienen*
- *Nina Schindler: Jennys Pferdesommer, Gerstenberg Verlag, Hildesheim 2003, 160 S., 11,50 Euro, ab 10 Jahren*
- *Christian Bienek: 15, Jungfrau, Schlampe, Fischer Schatzinsel, Frankfurt/Main 2002, 224 S., 12,90 Euro, ab 12 Jahren*
- *Michael Morpurgo: Folge dem Weg der Schwalbe, Carlsen Verlag, Hamburg 2003, 128 S., 11,50 Euro, ab 12 Jahren*
- *Michael Ollivier: Liebe, Quark und Schokotorte, Sauerländer Verlag, Aarau und Frankfurt am Main 2003, 136 S., 12,90 Euro, ab 12 Jahren*
- *Helmut Sakowski: Raoul Habenicht gegen den Rest der Welt, Thienemann Verlag, Stuttgart 2001, 141 S., 9,90 Euro, ab 12 Jahren*
- *Hanna Jansen: Über tausend Hügel wandere ich mit dir, Thienemann Verlag, Stuttgart 2002, 368 S., 19,90 Euro, Jugendbuch*

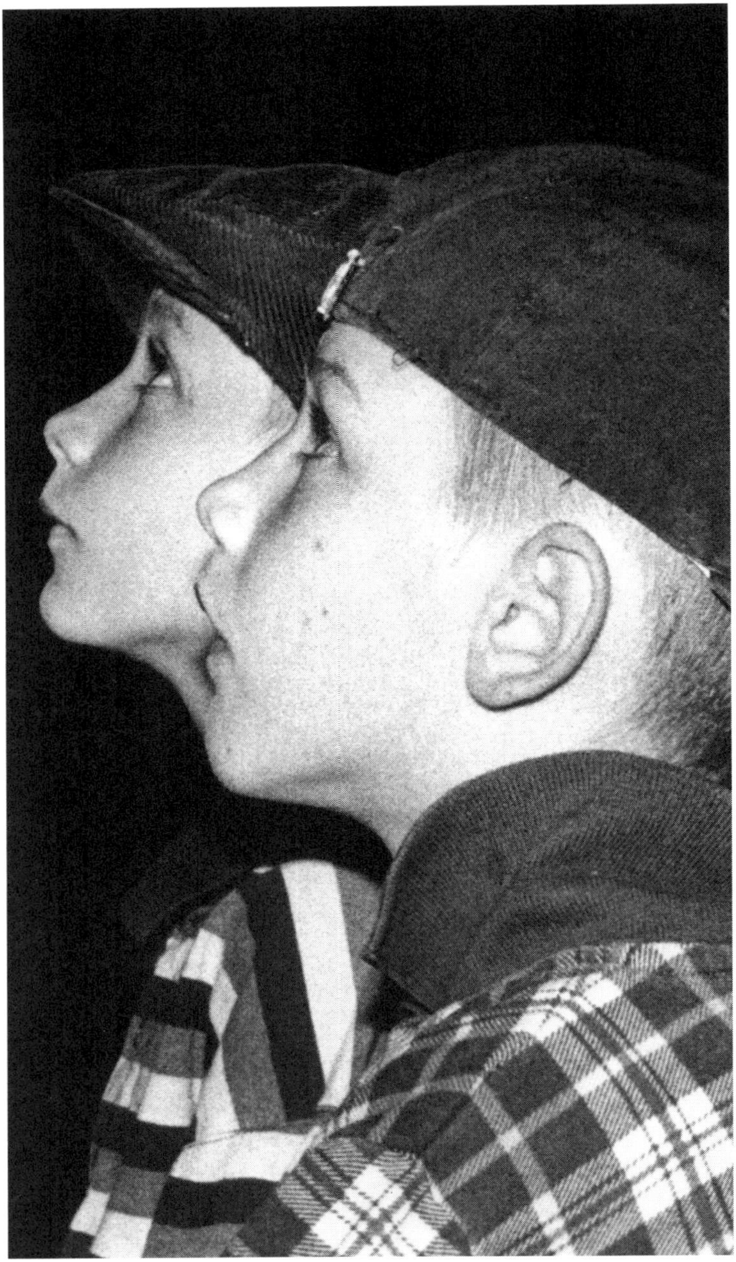

6

Von fiesen Gaunern und tapferen Detektiven – Krimis

Ob als Buch, als Computer- oder Hörspiel, als Fernseh- oder Kinofilm: Verbrecherjagden faszinieren Jungs und Mädchen gleichermaßen – und so ist oft schon allein das Genre der Garant für einen kommerziellen Erfolg. Kein Wunder, dass es die Geschichten um Diebe, Mörder und Spione auch für alle Altersklassen gibt, und das schon lange. Schließlich sind *Emil und die Detektive* regelmäßig auf der Musicalbühne zu sehen, lösen Enid Blytons *Die fünf Freunde* und Hitchcocks *Die drei ???* ihre Fälle schon seit über zwei Jahrzehnten. Doch nicht nur die Klassiker verkaufen sich gut, es gibt auch eine ganze Reihe von Neuerscheinungen, in denen moderne Kids mit Kriminalfällen durchaus unterschiedlicher Machart konfrontiert werden: von der humorigen Gangsterkomödie bis zum atemberaubenden Psychothriller. Darunter befinden sich neuerdings auch Bücher, die geeignet sind, den Geschichts- oder Erdkundeunterricht mit spannender Lektüre zu ergänzen.

Ich habe die vorgestellten Titel fünf Kategorien zugewiesen:

- Ratekrimis
- Kinder als Täter
- Kinder als Ermittler
- Kinder als Opfer
- Serienhelden

Zunächst werden Ratekrimis besprochen. Das sind Geschichten, in denen der Leser selbst zum Detektiv wird und an der Lösung der Fälle unmittelbaren Anteil hat, indem er mitkombiniert. Dabei muss auf jeden noch so kleinen Hinweis geachtet werden. Solche Geschichten bieten sich auch für Kinder an, die selbst keine allzu eifrigen Leser sind, vor allem, weil die Ratekrimis jeweils auf wenigen Seiten einen Fall präsentieren, der dann zu lösen ist. Auf diese Weise können Ratekrimis für manches Kind zum Ausgangspunkt einer Karriere als Krimileser werden. Ein Klassenkamerad meines ältesten Sohnes, der freiwillig kein Buch in die Hand genommen hat, bekam zu seinem neunten Geburtstag einen der Ratekrimis von Kommissar Hell geschenkt. Er hat das Buch nicht in einem Zug, aber doch innerhalb von vier Wochen gelesen – und sich nach dem nächsten Band erkundigt.

Nach den Ratekrimis, die sich auch für lange Auto- oder Zugfahrten eignen, geht es um Geschichten, in denen Kinder zu Tätern werden. Und im Anschluss um die vermutlich beliebtesten Titel im Genre Krimi – um Kinder als Ermittler, wobei sich hier meist mehrere Kinder zusammenschließen, um einen Fall gemeinsam zu lösen. Danach stelle ich drei Titel vor, die nicht in die klassischen Kategorien passen. Es handelt sich um Romane, in denen Kinder oder Jugendliche zum Opfer eines Verbrechens werden oder in Verdacht geraten, selbst an einem Verbrechen beteiligt zu sein. Den Kinderdetektiven, die als Serienhelden auftreten, ist der abschließende Abschnitt gewidmet.

Ratekrimis

Fox und sein Techno-Hund Robydog sitzen mächtig in der Klemme. Dank einer alten Postkarte von Fox' Onkel kennen sie das Versteck, in dem der »Berg des Lichts«, der größte Diamant der Welt, verborgen ist. Doch um an das Versteck zu gelangen, müssen sie acht Steine aufspüren. Der Erzfeind Katz sucht auch nach dem Diamant und scheut keinen noch so fiesen Trick, um schneller als Fox zu sein. Deshalb braucht Fox unbedingt die Hilfe der Leser. Am Computer können die Leser mit der beigefügten CD-ROM Fox doch noch zu dem ersehnten Diamant verhelfen. Buch und CD-Rom (und Werkbuch) ergänzen sich gut, indem Verknüpfungen zwischen beiden Medien zur Lösung des Rätsels beitragen. Auf der CD-ROM werden die witzigen und bunten Illustrationen des Bilderbuches fortgesetzt. Eine Kombinationsgeschichte, die nicht nur siebenjährigen Kindern Spaß macht.

🕮 *Stephan Brülhart: Der Fall Fox – Das Geheimnis um den Berg des Lichts, Bajazzoverlag, Zürich 2001, 48 S., mit CD-Rom (für Mac & Windows) und Werkbuch, 64 S., alles im farbigen Schuber, 35,– Euro, ab 7 Jahren*

arsEdition setzt auch bei Krimis auf Sachbücher: Die Leser begeben sich als *Detektiv im alten Ägypten* oder als *Detektiv im Reich der Azteken* auf die Suche nach dem Schatz des Pharao oder enttarnen einen Spion in Tenochtitlan. In den gut gezeichneten und gründlich recherchierten Geschichten erfahren die Leser viel Wissenswertes aus der jeweiligen historischen Epoche. Dabei geht es ebenso um den Alltag in früherer Zeit wie um Entdeckungen und Erkenntnisse, die die moderne Wissenschaft geliefert hat. Richtig spannend wird es dann in dem beigefügten Booklet, in dem ein Kriminalfall auf seine Lösung wartet, die nur dann möglich ist, wenn zuvor das dazugehörige Buch auch aufmerksam gelesen wurde. Diese Bücher machen Geschichte auf ganz eigene Weise erfahrbar und sorgen durch den Kriminalfall für zusätzliche Spannung. Die vielen Illustrationen machen das Ganze zu einem kurzweiligen Vergnügen.

🕮 *Philip Ardagh und Colin King: Detektiv im Reich der Azteken (weitere Titel: Detektiv im alten Ägypten, Detektiv im alten Griechenland, Detektiv im alten Rom), arsEdition, München 2002/2003, je 48 S. + Booklet mit 32 S., 12,90 Euro, ab 9 Jahren*

Um Gemälde aus unterschiedlichen Epochen geht es in *Kunstfälschern auf der Spur* von Anna Nilson. Aus einem kleinen Stadtmuseum wurden 30 Gemälde gestohlen und durch Fälschungen ersetzt. Vier Fälscherbanden mit jeweils vier Mitgliedern waren am Werk. Die Aufgabe des Lesers besteht nun darin, die Fälschungen zu erkennen und den jeweiligen Fälscher herauszufinden. Dazu müssen die Originale mit den gefälschten Versionen verglichen werden. Mit der Zahl der Fehler und einer im Bild versteckten Signatur ist die Fälschung dann jeweils dem Urheber zuzuordnen. Dem Buch ist eine Lupe beigefügt, um die verhältnismäßig klein gedruckten »Originale« aus dem Museumskatalog, der ganz nebenbei das Bild erklärt, genau betrachten zu können.

Wer es schafft, alle Fehler zu finden, bevor er auf den letzten beiden Seiten seine Lösung überprüft, der hat sich jedes dieser Gemälde sehr genau angesehen. Die jungen Detektive kennen anschließend Bilder von Botticelli und Bruegel, Vermeer, Watteau und Turner besser als so mancher Museumsbesucher. Eine originelle und intelligente Idee, Kids im Alter von etwa zehn Jahren auf unterhaltsame Weise an die Malerei heranzuführen. Allerdings werden nur Kinder, die auch Spaß am Raten haben, konsequent bei der Sache bleiben.

🕮 *Anna Nilson: Kunstfälschern auf der Spur, arsEdition, München 2002, 48 S., 17,90 Euro, ab 9 Jahren*

Als kleines Mitbringsel oder zur Beschäftigung während langer Autofahrten bieten sich die Hefte aus dem *Club der Rätseldetektive* an, in denen die Leser jeweils 13 Rätsel lösen dürfen. Detektiv-Ausweis, Detektiv-Orden und Fallkarte sind jedem Heft beigefügt.

Ähnlich funktionieren auch die Kommissar-Hell-Krimis von Rainer Crummenerl. *Schnell wie Kommissar Hell*, ein witzig und spannend gemachter Krimiband zum Miträtseln, war sein erster Erfolg. Seitdem geht der jungenhafte Kommissar mit den Inlineskatern weiter auf Verbrecherjagd: *Kommissar Hell und der*

Millionenraub und *Kommissar Hell – Fluchtweg ausgeschlossen* sind weitere spannende Geschichten.

📖 *div. Autoren: Club der Rätseldetektive (15 Bände), Loewe Verlag, Bindlach 2000 – 2003, 4,50 – 10,00 Euro, verschiedene Altersgruppen*

📖 *Rainer Crummenerl: Schnell wie Kommissar Hell (Kommissar Hell und der Millionenraub, Kommissar Hell – Fluchtweg ausgeschlossen), je 20-22 Ratekrimis, arsEdition, München 2000 – 2002, je 9,90 EUR, ab 10 Jahren*

Kinder als Täter

Immer häufiger finden sich in unter den Kinder- und Jugendkrimis auch Geschichten, in denen Kinder straffällig werden und damit auf die eine oder andere Weise klarkommen müssen.

Von einem kleinen Dieb wider Willen erzählt Renate Welsh in *Vor Taschendieben wird gewarnt*. Percy entstammt einer Familie von erfolgreichen Taschendiebinnen – der männliche Nachwuchs wird, sobald er erwachsen ist, aus der Familie verstoßen. Das aber weiß Percy nicht, er wundert sich nur, dass er ausschließlich von Tanten und Großtanten, Cousinen und Großmüttern umgeben ist. Sein Problem: Er will nicht stehlen und stellt sich deshalb so ungeschickt an, dass er sogar von der Schule für Taschendiebe fliegt. Stattdessen führt er lieber die Hunde alter Damen spazieren und ist überhaupt ein ausgesprochen liebenswerter Kerl.

Vor Taschendieben wird gewarnt ist kein Kinderkrimi im klassischen Sinne, sondern erzählt von einem Jungen, der andere Ideen und Vorstellungen für sein weiteres Leben hat als seine Familie. Welsh erzählt humorvoll und mit viel Esprit von Percys Emanzipation, die schließlich die gesamte Familie verändert – eine Krimikomödie und zugleich ein modernes Märchen mit Happyend. Auch wenn die Altersempfehlung des Verlages bei zehn Jahren liegt, so eignet sich dieser Titel durchaus auch für Kinder, die ein bis zwei Jahre jünger sind.

📖 *Renate Welsch: Vor Taschendieben wird gewarnt, Ellermann Verlag, Hamburg 2002, 160 S., 9,90 Euro, ab 10 Jahren*

Deutlich schwerere Kost bietet Achim Brögers *Flammen im Kopf*. In diesem Buch begleitet der Leser fünf Jugendliche auf ihrer Flucht vor der Polizei: Hannah, Nick, Britt, Julian und Philipp stecken den Holzstapel für das Osterfeuer der Nachbargemeinde in Brand. Das haben schon ihre Eltern und Großeltern jedes Jahr versucht, und das haben auch die Jugendlichen der Nachbargemeinde bei ihnen immer wieder getan. Doch dieses Jahr geht etwas schief. In dem brennenden Holzhaufen sitzt ein Junge als Wachposten, der nun mit lebensgefährlichen Verletzungen ins Krankenhaus eingeliefert wird. Unversehens wird aus einem Jugendstreich eine Angelegenheit mit ernsten Folgen. Die fünf Brandstifter nehmen Reißaus – vor ihren Eltern, vor der Polizei und vor den Jugendlichen des Nachbardorfes, die ihnen einen Denkzettel verpassen wollen.

Achim Bröger beschreibt diese Flucht eindringlich, er erzählt von den Ängsten der Jugendlichen und von aufkommender Eifersucht. Zum Schluss sind die »Täter« froh, als sie endlich in den Händen der Polizei und später wieder in den Armen der Eltern landen.

📖 *Achim Bröger: Flammen im Kopf, Thienemann Verlag, Stuttgart 2002, 176 S., 9,90 Euro, ab 12 Jahren*

Auch Jürgen Banscherus erzählt in seinem Roman *Novemberschnee* eine Fluchtgeschichte. Und auch in diesem Fall hat alles harmlos begonnen. Lina, Tom und Jurij sitzen in einem alten Schuppen und träumen von Australien. Wenn sie eine Bank überfallen würden, könnten sie sich den Trip leisten. So spielen sie den Banküberfall in Gedanken durch, bemalen Wasserpistolen und kaufen sich Skimützen. Bis einer der Drei Ernst macht und auch seine Freunde in die Geschichte reinzieht. Lina berichtet in der Rückschau ihrem Anwalt, wie alles begann und wie die Situation auf der Flucht schließlich eskalierte. Am Ende steht eine Fünfzehnjährige wegen Raub und Mord vor Gericht, wo doch alles nur ein Spiel sein sollte. *Novemberschnee* ist ein mitreißender Psycho-Krimi, und es ist die Geschichte von drei jungen Menschen, deren Freundschaft auf dramatische Weise zerbricht.

Vom gleichen Autor, aber poetischer, ist *Die Stille zwischen den Sternen*: Als Jonas im Krankenhaus zu sich kommt, weiß er nicht, wie er dahin geraten ist. Er kann nicht mehr sprechen und erinnert sich nicht, was nachts auf dem Katzenberg passiert ist. Er weiß auch nicht, woher das viele Geld stammt, das man bei ihm gefunden hat. Fragen über Fragen: War er Täter? War er Opfer? Und wird er je wieder sprechen lernen? Schreibend macht sich Jonas daran, die Lücke in seiner Erinnerung zu füllen. Als er einen Mann sieht, der ihm bekannt vorkommt, wird ihm schlagartig alles klar – ein spannender Krimi und zugleich eine zarte Liebesgeschichte um die Suche nach Klarheit, wie wir sie bestenfalls irgendwo dort oben in der kosmischen Kälte zwischen den Sternen vermuten.

📖 *Jürgen Banscherus: Novemberschnee, Arena Verlag, Würzburg 2002, 144 S., 11,90 Euro, ab 12 Jahren*

📖 *Jürgen Banscherus: Die Stille zwischen den Sternen, Oetinger Verlag, Hamburg 2001, 188 S., 10,90 Euro, ab 12 Jahren*

In *Cengiz & Locke* geht es um einen Einbruch, einen Mord und um die Hilflosigkeit von Jungen, die am Rande der Gesellschaft stehen. Zoran Drvenkar zeichnet eine einfühlsame Milieustudie von Berliner Jugendlichen aus unterschiedlichen sozialen Schichten, indem er die Ereignisse weniger Tage aus wechselnden Perspektiven erzählt. Seine Sprache ist fragmentarisch, brutal und in keiner Weise glatt gebügelt. *Cengiz & Locke* ist keine nette Lektüre, sondern ein ehrlicher und manchmal wütender Bericht, der von Freundschaft und Loyalität, von Verrat und Gewalt erzählt. Und der einen lebendigen Eindruck davon vermittelt, wie es in sozial schwierigen Verhältnissen heutzutage zugeht. Dieses Buch überzeugt durch seine Kompromisslosigkeit – es ist allerdings nur für Jugendliche geeignet, die sich auf eine nicht ganz unkomplizierte Lektüre einlassen wollen. In diesem Fall ist dann aber Lesegenuss pur angesagt.

🕮 *Zoran Drvenkar: Cengiz & Locke, Carlsen Verlag, Hamburg 2002, 336 S., 16,50 Euro, ab 13 Jahren*

Kinder als Ermittler

Salamander im Netz ist ein Krimi der besonderen Art: Der dreizehnjährige Ned aus Australien sitzt in seiner Freizeit am liebsten am Computer oder beschäftigt sich mit seinen Echsen. Er surft stundenlang im Internet, und über Reptilien könnte er Vorträge halten. Mit seiner Mutter hat er den üblichen Zoff. Als Ned während eines längeren USA-Aufenthaltes gemeinsam mit seinem neuen Freund Rocky mitbekommt, wie ein Tierhändler eine Bärin tötet und die Jungen verkauft, beschließen die beiden, diesem Schurken das Handwerk zu legen. Doch zunächst müssen sie ermitteln, wer überhaupt hinter dem Tierhandel steckt. Die Recherchen sind aufwändig – und der Erfolg stellt sich erst ein, als sie über das Internet Unterstützung aus Australien, Frankreich und Jamaica bekommen.

Mit *Salamander im Netz* hat Elisabeth Honey einen witzigen und spannenden Kinderkrimi vorgelegt, in dem auch das »Zubehör« dem Alltag heutiger Jugendlicher entspricht: Ermittelt wird nicht mehr mit Lupe und Fernglas, sondern per Mausklick. Die Jugendlichen kennen einander teilweise gar nicht und kommunizieren ausschließlich per E-Mail. Und sie erreichen ihr Ziel nur, indem sie Kontakte rund um den Globus knüpfen.

Das ist aber nur die eine Seite dieses einfühlsamen Jugendbuches. Mindestens ebenso spannend wie die Krimihandlung ist die Geschichte zwischen Ned und seiner Mutter Janet. Die beiden leben allein, der Vater hat sie wegen einer jüngeren Frau verlassen. Janet ist Wissenschaftlerin und arbeitet rund um die Uhr.

Und Ned muss sich oft damit abfinden, dass er nach der Schule allein ist, sich sein Essen selbst aufwärmen muss und auch keiner seine Hausaufgaben nachsieht – folgerichtig werden die dann auch nicht gemacht. Wenn die Mutter nach Hause kommt, sitzt Ned immer noch vor dem Fernseher, ist kaum ansprechbar und ärgert sich: über sich selbst, über seine Mutter, über alles. Eine Situation, wie sie alltäglicher nicht sein könnte.

Doch eines Abends schleudert Neds Mutter die Bratpfanne auf das Fernsehgerät, das nach einem lauten Knall nur noch zischt und raucht. Ned bekommt es mit der Angst zu tun: Seine Mutter hat einen Nervenzusammenbruch. Und Ned wird klar, dass er sich um sie kümmern muss. Jetzt liegt es an ihm, ob er und seine Mutter zusammen bleiben, ob sie weiterhin eine Familie sein werden oder ob Ned zu seinem Vater geschickt wird. Neds Angst um seine Mutter und deren langsame, schrittweise Genesung bleiben bei allen noch so aufregenden Abenteuern rund um den Kriminalfall präsent und machen aus *Salamander im Netz* einen Jugendroman, der weit über die üblichen Kinderkrimis hinausgeht.

Die Geschichte ist fast wie eine Collage aufgebaut – und auch hier kommt Honey den Rezeptionsgewohnheiten von Jugendlichen entgegen: Es gibt einfach gedruckte Passagen, in denen die Geschichte in der dritten Person erzählt wird. Es gibt fett und kursiv gedruckte Passagen mit den Gedanken von Ned, und es gibt die in einer eigenen Schrifttype gedruckten E-Mails, die zwischen Ned, seiner Cousine und den anderen Spurensuchern hin und her geschickt werden. Auf den ersten Blick irritiert dieses unruhige Schriftbild. Doch Honey macht daraus einen lebendigen Gedankenaustausch der handelnden Personen, deren unterschiedliche Sprechgewohnheiten sich im Schriftbild widerspiegeln.

📖 *Elisabeth Honey: Salamander im Netz, Beltz & Gelberg, Weinheim 2002, 312 S., 12,90 Euro, ab 11 Jahren*

Die schwarze Schatulle ist das erste Buch, das die israelische Krimi-Autorin Batya Gur für eine jüngere Zielgruppe geschrieben hat. Sie bleibt dabei dem Genre Krimi, in dem sie sich mit dem *Lied der Könige* und *So habe ich mir das nicht vorgestellt* (beide bei Goldmann erschienen) international einen Namen machte, auch in ihrem jüngsten Werk treu.

Shabi hat einige Rätsel zu lösen: Sein Freund Benji will auf einmal nicht mehr reden. Seine schwarze Zeichenschatulle verschwindet, und er verliebt sich ausgerechnet in Joli, die mit Nimrod, dem unbestrittenen Helden der Schule zusammen ist. Doch dann entwickelt sich alles ganz anders, als der Dreizehnjährige Shabi sich das in seinen kühnsten Träumen vorgestellt hat.

Batya Gur schreibt einfühlsam von den Ängsten des Jungen, von den zaghaften Versuchen, Vertrauen zu schenken, und von der Aufklärung der Diebstähle: ein spannender Kriminalfall, eine zarte Liebesgeschichte und ein anrührender Freundschaftsroman, der ganz nebenbei auch etwas vom Leben im heutigen Jerusalem vermittelt.

🕮 *Batya Gur: Die schwarze Schatulle, Hanser Verlag, München 2000, 208 S., 12,90 Euro, ab 11 Jahren*

Deutlich dramatischer geht es in Tim Wynne-Jones *Brandspuren* zu: Der fünfzehnjährige Jim leidet unter dem mysteriösen Verschwinden seines Vaters und will sich nicht mit der These von dessen angeblichem Selbstmord abfinden, obwohl doch seine ganze Umgebung daran glaubt. Bis er Ruth-Rose, die verrückte Stieftochter des Pastors trifft. Ruth-Rose ist sich sicher, dass Pastor Fischer etwas mit dem Verschwinden von Jims Vater zu tun hat. Es wird allerdings nie klar, ob es nur Ruth-Roses krankhafte Phantasien sind, oder ob der Pastor tatsächlich in die Geschichte verwickelt ist. Bis Ruth-Rose und Jim einer Vergangenheit auf die Spur kommen, die die Gegenwart in einem völlig neuen Licht zeigt.

Brandspuren erzählt von zwei Verbrechen: einem physischen an Jims Vater und einem psychischen an der sensiblen und emotional angegriffenen Ruth-Rose, die manches Mal wie eine Verrückte reagiert, nur um dann wieder rationaler und überlegter zu handeln, als das der doch als normal geltende Jim tut. Das alles ist zu einem psychologischen Jugendkrimi verwoben, der seine Leser bis zur letzten Seite in Atem hält.

🕮 *Tim Wynne-Jones: Brandspuren, Hanser Verlag, München 2001, 240 S., 14,90 Euro, ab 13 Jahren*

Auch in Christina Koenigs *Mord oder was?* machen sich Jugendliche allein auf den Weg: Tom und Jenny fahren nach Venedig, um einen mysteriösen Todesfall aufzuklären, in den der neue Wunschvater von Tom verwickelt zu sein scheint. Dabei wissen die beiden am Anfang gar nicht, ob es überhaupt ein Verbrechen gegeben hat – es ist eher eine diffuse Ahnung und eine gehörige Portion Abenteuerlust, die sie auf die Reise schickt. Bis sie plötzlich mitten in einer lebensbedrohlichen Situationen stecken: *Mord oder was?* greift die aktuelle Diskussion um die Stammzellenforschung auf.

Leider wirkt die Sprache des Romans bisweilen bemüht: Gleich im ersten Satz kippt Tom »den letzten Rest Cola in seinen Schlund«, es ist von »amüsiert liebevollen Blicken« die Rede und von einer »Dämmerung, die sich heraufquält«. Abgesehen von diesen Unzulänglichkeiten ist es ein Buch, das Spannung ohne Reue garantiert – Happyend inbegriffen.

🕮 *Christina Koenig: Mord oder was?, Altberliner Verlag, Berlin 2002, 232 S., 12,50 Euro, ab 14 Jahren*

»Der große Sprung« sollte sie heißen – die Geschichte der gemeinsamen Suche eines Polizisten und eines Jugendlichen nach einem verschwundenen Mädchen. Doch wie so oft beim Schreiben entwickelte sich die Story ganz anders: In *Durch die Nacht, unbeirrt* stellt Friedrich Ani den sechzehnjährigen Mingo in den Mittelpunkt, die Polizei spielt keine Rolle mehr. Der Junge begibt sich allein auf die Suche nach seiner Freundin Isa, die zu einer Verabredung nicht erschienen ist. Freunde, Lehrer und Eltern erklären ihn für verrückt, zumal er von Isas Eltern die Auskunft erhält, dass das Mädchen im Krankenhaus sei. Doch Mingo lässt nicht nach. Parallel entwickelt Ani die Geschichte um die Begegnung des Polizeireporters Andras Kettelbach mit dem Jugendlichen.

Anis Roman merkt man den Drehbuchautor deutlich an: Er zeichnet sprechende Bilder, konstruiert szenische Abläufe und fesselt den Leser damit von der ersten bis zur letzten Seite. Auch wenn von Anfang an klar ist, wie es ausgeht, bleibt spannend, wie sich die Beziehung zu Isa und die Freundschaft zu dem viele Jahre älteren Andras entwickelt, wie Mingo aufgrund der aufwühlenden Ereignisse quasi im Zeitraffertempo erwachsen wird und sich seinen Eltern auf neue Weise nähern kann. Abenteuerliches und Nachdenkliches verbinden sich mit der exakten Beobachtungsgabe des früheren Polizeireporters. Ani erweist sich mit seinem ersten Jugendroman als Grenzgänger, dessen Buch Jugendliche und Erwachsene gleichermaßen in Bann zu ziehen vermag.

Zur Jugendliteratur fand der Autor nicht von allein: Während der Feierlichkeiten zum fünfjährigen Bestehen der Kinderbuchabteilung des Hanser Verlages fragte Verlagschef Michael Krüger den Autor, ob er nicht Lust hätte, mal ein Jugendbuch zu schreiben. »Und ich folgte dem Ruf des Verlegers«, erinnert sich Ani lächelnd, »da sagt man nicht Nein.« Für ihn bestand die besondere Herausforderung darin, eine Figur zu schaffen, die am Schluss auch positiv dasteht: »Sonst haben meine Figuren eher etwas Gebrochenes«, beschreibt Ani diesen Unterschied zu seinen früheren Werken. »Mingo dagegen hat viel Kraft und Lebensmut, und am Ende hat man das Gefühl, dass er seinen eigenen Weg geht.« Und das, obwohl er nicht gerade auf Rosen gebettet ist: Der Vater ist arbeitslos, die Mutter jobbt in einem Supermarkt. Die Familie lebt mehr schlecht als recht in einem sozialen Wohnprojekt am Rande Münchens. Kaum einer der dort ansässigen Jugendlichen hat die Frauenkirche jemals gesehen, sie ist für die Kids so weit entfernt wie der Pariser Eiffelturm. Und so ist Mingo mit seiner Alkohol- und Drogenabstinenz und seinen Träumen von Gerechtigkeit und Wahrheit ein Außenseiter.

Der Ausflug in die Welt der Jugendliteratur hat dem Münchner Schriftsteller offensichtlich Spaß gemacht – sein zweites Jugendbuch *Wie Licht schmeckt* ist im vergangenen Jahr bei Hanser erschienen.

🕮 *Friedrich Ani: Durch die Nacht, unbeirrt, Hanser Verlag, München 2000, 280 S., 12,90 Euro, ab 14 Jahren*

Kinder als Opfer

Hilmer Eriksson bekommt die rassistischen Vorurteile seiner Umwelt in Mats Wahls *Der Unsichtbare* deutlich zu spüren. Dabei ist er weder farbig noch Ausländer. Doch Hilmer hat sich für einen jungen Türken eingesetzt, der von einer Schulkameradin geschlagen wurde. Und nun ist Hilmer verschwunden. Mats Wahl erzählt die Geschichte des gewalttätigen Übergriffs auf den Jungen wie einen Krimi: Kriminalkommissar Harald Fors taucht in Hilmers Klasse auf, um Freunde und Lehrer nach dem Jungen zu befragen. Nach und nach setzen sich die Ereignisse des Tatabends wie ein Puzzle aus lauter Einzelteilen zusammen. Scheinbare Nebensächlichkeiten werden zu Indizien – und diese zur Gewissheit für sinnlosen Hass und eine sinnlose Tat, bei der Hilmer sein Leben verliert. Zusätzliche Dramatik bekommt die Geschichte durch einen erzählerischen Trick: Wahl berichtet sowohl aus der Perspektive des Kriminalkommissars als auch aus der Perspektive Hilmers, der als »Unsichtbarer« die Suche des Polizisten nach seinem geschundenen Körper begleitet. Ein spannender Kriminalfall – und ein Buch, das den Leser fassungslos und wütend über sinnlose und zerstörerische Gewalt zurücklässt.

🕮 *Mats Wahl: Der Unsichtbare, Hanser Verlag, München 2001, 192 S., 12,90 Euro, ab 12 Jahren*

Matt Donaghy ist einer, der immer einen Scherz auf den Lippen hat, jeden Blödsinn mitmacht und den Mund auch mal ein wenig zu voll nimmt. Bei seinen Freunden und Klassenkameraden hat ihm das den Spitznamen »Big Mouth« eingebracht. Alles läuft im Grunde ganz normal, bis eines Tages das Gerücht entsteht, Matt wolle ein Attentat auf die Schule verüben. Matt kann über diesen Verdacht nur lachen – doch es gibt anonyme Zeugen, die schwören, er habe damit gedroht. Matt wird vor den Direktor geladen, muss bei der Polizei erscheinen und wird von zwei FBI-Agenten verhört. Die Schulkameraden meiden ihn und halten ihn für schuldig. Matts Welt gerät zunehmend aus den Fugen. Er braucht Hilfe – und erhält sie von jemandem, von dem er sie niemals erwartet hätte. Ausgerechnet »Ugly Girl«, das große sportliche Mädchen aus der Parallelklasse, das keine Freunde hat und von allen nur mit einer Mischung aus Respekt und Verachtung betrachtet wird, stellt sich auf seine Seite. Sie kann sich nicht vorstellen, dass Matt so einen Blödsinn ernsthaft gesagt haben soll. Und sie steht zu ihm, auch wenn alle anderen die Nase rümpfen. Gemeinsam versuchen sie, den Verdacht zu enthärten und Beweise zu finden, dass Matt Opfer einer gezielten Kampagne wurde.

Unter Verdacht – Die Geschichte von Big Mouth und Ugly Girl ist der erste Jugendroman der bekannten amerikanischen Schriftstellerin Joyce Carol Oates. Einfühlsam und literarisch anspruchsvoll zeichnet sie die Geschichte einer Verleumdung nach, in der das Opfer mehr und mehr in die Isolation gerät. Gleichzeitig ist *Verdacht* auch eine zarte Liebesgeschichte zwischen zwei Außenseitern, die zeigt, dass die Mehrheit nicht immer Recht hat. Und es ist eine Geschichte über die wechselnden Gefühle, denen Heranwachsende ausgesetzt sind – manch ein Leser wird sich darin wieder erkennen. Joyce Carol Oates hat einen ambitionierten und spannenden Roman für lesehungrige Jugendliche geschrieben.

🕮 *Joyce Carol Oates: Unter Verdacht – Die Geschichte von Big Mouth & Ugly Girl, Hanser Verlag, München 2003, 288 S., 15,90 Euro, ab 13 Jahren*

Robert Cormier gilt als Meister der Psychothriller für Jugendliche – und das mit Recht. Seine Romane sind nicht nur brillant geschrieben – sie jagen dem Leser auch immer mal wieder einen Schauer über den Rücken, so doppeldeutig und zwielichtig sind seine Fälle, so eiskalt seziert er die Gefühle seiner Täter.

In seinem letzten Buch *Das Verhör*, das kurz vor seinem Tod im November 2000 fertig wurde und jetzt auf Deutsch erschienen ist, ist die Täterschaft des Verdächtigen ausgesprochen fragwürdig. Der zwölfjährige Jason ist der Letzte, der die siebenjährige Alicia gesehen hat, bevor sie erschlagen wurde. Ein Alibi für den Zeitpunkt des Mordes hat er nicht. Und so gerät Jason unversehens ins Zentrum der Ermittlungen und wird von der örtlichen Polizei als mutmaßlicher Täter eingestuft. Doch es gibt kein Geständnis und auch kein Motiv. Also fordert man den Verhörspezialisten Trent an, dessen einzige Aufgabe es ist, dem Jungen innerhalb von drei Stunden ein Geständnis zu entlocken. Zweifel an der Schuld des Jungen lässt er nicht zu, schließlich wurde ihm für den Erfolg seiner Mission eine entsprechende Belohnung zugesagt, die Beförderung scheint in erreichbarer Nähe zu sein. Also zieht Trent seinen Job durch – und das ist der hauptsächliche Inhalt dieses Buches. Es geht um das Verhör, um die psychologischen Tricks, mit denen Jason immer mehr in die Enge getrieben wird, bis er eine Tat gesteht, die er nicht begangen hat. Cormier beschreibt eindringlich, wie Trent nach und nach alle Register zieht und sein schlechtes Gewissen immer wieder in den Hintergrund drängt. Und er zeigt, wie ein gutmütiger Junge unter dem psychischen Druck des Profis langsam aber sicher zusammenbricht. Im Verhör werden Jason und Trent zu einem Team, das Unterschiedliches will, doch schicksalhaft aneinander gebunden ist. Am Ende ist beider Leben zerstört. Ein Psychothriller der Extraklasse, der den früheren Werken des Autors in nichts nachsteht. In diesem Fall sollte die Altersempfehlung allerdings ernst genommen werden – Cormiers Bücher sind für Kinder unter 14 Jahren nicht geeignet. Doch andererseits ist keiner zu alt für diese Bücher.

Das gilt auch für sein vorletztes Werk *Zärtlichkeit*, in dem Cormier die Geschichte eines Jungen nachzeichnet, der als Kind Katzen getötet und als Jugendlicher Menschen ermordet hat. Im Gefängnis landet der Junge schließlich wegen einer Tat, die er niemals begangen hat.

📖 *Robert Cormier: Das Verhör, C. Bertelsmann Jugendbuchverlag, München 2003, 158 S., 11,90 Euro, ab 14 Jahren*

📖 *Robert Cormier: Zärtlichkeit, cbt, München 2003, 220 S., 7,– Euro, ab 14 Jahren*

Serienhelden

Eigentlich gibt es sie nicht wirklich. Und doch kennen die Kids diese Jungs und Mädchen oft besser als die Nachbarn in der Schulbank. Sie sind die heimlichen Helden und Heldinnen, mit ihnen wird gelacht und geweint, gebangt und gelitten, ihre Triumphe werden gefeiert und ihre Niederlagen tapfer weggesteckt. Manche sagen und tun stets das Richtige, sehen gut aus und haben eine Menge Freunde, andere jedoch haben dauernd Krach mit ihrer Mutter, sind genau an den falschen Stellen zu gut gepolstert und bekommen am Tag vor dem Date mit einem netten Jungen einen dicken Eiter-Pickel auf der Nase: die Serienhelden.

Spricht man von Detektivgeschichten für Kinder, dann kommt man an einem Namen nicht vorbei: Seit über 30 Jahren gehören die unter der Schirmherrschaft von Alfred Hitchcock ins Leben gerufenen Fälle der *Drei ???* zu den Klassikern unter den Krimis für Kinder und Jugendliche. Die schwarzen Bände mit dem Konterfei von Alfred Hitchcock auf dem Cover stehen in unzähligen Kinderzimmern und dürften vielen der heutigen Eltern aus ihrer eigenen Kindheit bekannt sein. Greift man nach einem neuen Fall der *Drei ???*, hat man das Gefühl, die Zeit sei stehen geblieben. Auch wenn sie in den letzten drei Jahrzehnten um etwa zwei Jahre älter geworden sind, charakterlich verändert haben sich die drei Helden Justus, Peter und Bob nicht: Justus, der als pummeliges Superhirn in den ersten Bänden so manche Hänselei über sich ergehen lassen musste, hat seine Gewichtsprobleme zwar inzwischen im Griff. Seinem scharfen Verstand und seinem fotografischen Gedächtnis entgeht aber noch immer kein Hinweis auf mögliche Täter. Peter ist immer noch sportlich und hat seine legendäre Dietrichsammlung erweitert. Und Bob fahndet noch immer in Archiven und Bibliotheken nach hilfreichem Material. Klar, dass inzwischen modernere Untersuchungsmethoden angewendet werden und die drei jugendlichen Detektive in einem zeitgemäßen Umfeld ermitteln.

Die Atmosphäre in den Büchern ist aber noch immer die gleiche wie zu meiner Kindheit: Onkel Titus, Tante Mathilde und Inspektor Cotta machen noch immer ihre mehr oder weniger passenden Bemerkungen. Kein Wunder, dass *Die drei ???* inzwischen schon Kult sind und auch von erwachsenen Fans immer mal wieder gelesen werden. Der Erfolg der Reihe hat den Verlag davon überzeugt, sich auch für jüngere Leser zu engagieren: Seit vier Jahren gibt es deshalb zusätzlich zu den *Drei ??? Die drei ??? Kids* für Leser ab acht Jahren.

- 🕮 *Ulf Blanck: Die drei ??? Kids, 15 Bände, Franck-Kosmos-Verlag, Stuttgart 1999 – 2003, je 128 S., 6,90 Euro, ab 8 Jahren*
- 🕮 *verschiedene Autoren: Die drei ???, 34 Einzelbände, Franck-Kosmos-Verlag, Stuttgart, je 128 S., 7,90 Euro, ab 10 Jahren*
- 🕮 *Außerdem gibt es beim Franck-Kosmos-Verlag Fächer mit Fällen der »Drei ???« zum Selberlösen (4 Stück, je 5,50 Euro), Kids Hörbücher (4 Stück, je 9,90 Euro) und CD-ROMs (5 Stück, je 24,90 Euro)*

Eine Krimireihe für jüngere Kinder, die von der ersten Zeile an überzeugend ist, stammt aus der Feder von Patricia Schröder. Es sind die Geschichten rund um Josie: Immer wenn das rothaarige Mädchen in die Nähe eines Verbrechens gerät, verwandelt sie sich in ein Tier. Nur in dieser Gestalt kann sie den Fall lösen. Und sie muss immer wieder aufs Neue herausfinden, wie sie sich wieder zurückverwandeln kann. Das ist gar nicht so einfach, zumal Josie in ihrem ersten Fall von der Verwandlung in einen Vogel selbst überrascht wird und zunächst auch nicht weiß, was das zu bedeuten hat. Gut, dass ihr ihre Freunde Latze und Jannik immer im rechten Augenblick zur Seite stehen und auch dafür sorgen, dass Josie nie in Gefahr kommt.

Eine unterhaltsame Krimiserie, die trotz ihrer Spannung unglaublich komisch ist und auch beim Vorlesen Vergnügen macht. Patricia Schröders Einfall mit den Tierverwandlungen verspricht nach Kriminalfällen um Vögel, Katzen, Hunde und Pferde auch für künftige Folgen noch eine Menge Spaß.

🕮 *Patricia Schröder: Josie und die falschen Vögel (... und der Katzenschreck, ... und das Fußballfieber, ... und das Rätsel auf dem Reiterhof), arsEdition, München 2002/2003, je 96 S., 8,50 Euro, ab 8 Jahren*

In der bei Loewe erscheinenden Reihe *Tatort Geschichte* begeben sich die Leser stets auf eine Zeitreise in die Vergangenheit. Die Fälle spielen im alten Rom, in Ägypten und im Mittelalter: Es geht um einen Raub in einem Kloster, eine Hochstaplerbande zur Zeit Kaiser Barbarossas, einen Wettbetrug im Circus Maximus oder eine Verschwörung um den Sold von Varus' Legionen. Glossar, Zeittafel und jeweils ein kurzes Kapitel zu einem ausgewählten Thema der Zeit (z.B. »Das Leben im Römischen Kaiserreich«) verdeutlichen auf unterhaltsame Weise historische Zusammenhänge.

Die Bücher dieser Reihe sind informativ und anregend, aber ohne literarische Ambitionen geschrieben – eine nette Lektüre für zwischendurch – gerade das Richtige für ansonsten lesefaule Kinder.

🕮 *Reihe »Tatort Geschichte«: Anschlag auf Pompeji, Falsches Spiel in der Arena, Der Geheimbund der Skorpione, Gefahr für den Kaiser, Der Mönch ohne Gesicht, Rettet den Pharao!, Die Spur führt zum Aquädukt, Verrat am Bischofshof, je 128 bzw. 144 S., Loewe Verlag, Bindlach 2002/2003, 7,90 Euro, ab 10 Jahren*

Verhältnismäßig neu unter diesen Serienhelden, die stets im Dreier-, Vierer- oder Fünferpack und gern auch mit Hund auftreten, ist *Interpaul*, der gemeinsam mit Tante Martha, Onkel Yves und seiner Freundin Loubia Taschendiebe auf der Flucht verfolgt, Mörder im Geländewagen stellt oder Licht in den Nebel über Schottland bringt. Humorvoll und spannend erzählt sind alle Fälle, auch wenn sie sich stilistisch deutlich voneinander unterscheiden. Kein Wunder, denn die Abenteuer von Interpaul stammen nicht aus einer Feder, sondern wurden von den französischen Schriftstellern Stéphanie Benson, André Marois, Hervé Mestron und Maud Tabachnik erdacht, die in diesen Büchern zeigen, dass sie sich durchaus auch auf ein jugendliches Lesepublikum einstellen können – etwas für Kinder, die Spaß am Krimi haben, sich mit anspruchsvoll geschriebenen Titeln, aber nicht unbedingt mit psychisch schwerer Kost auseinander setzen wollen.

📖 *Reihe »Interpaul ermittelt«: André Marois: Mörder im Geländewagen, 112 S.; Stéphanie Benson: Das Geheimnis des Spinnennetzes, 112 S.; Hervé Mestron: Taschendiebe auf der Flucht, 96 S.; Maud Tabachnik: Nebel über Schottland, 96 S.; rororo, Reinbek bei Hamburg 2002, 6,90 Euro, ab 10 Jahren*

Simone Klages schickt ihre jungen Kriminalisten an ihren nächsten Fall: In *Die Detektive von Cismar … und der Bankraub* überführen Franzi, Hein und Hinnerk nicht nur einen Bankräuber, sondern auch gleich noch einen Dieb, der Fahrradventile klaut. Auch in diesem zweiten Fall überzeugt die Autorin mit ihrer Schilderung norddeutscher Lebensart. Simone Klages erzählt kindgerecht, ohne die Geschichte kindisch werden zu lassen. Ihre Romane sind spannend und humorvoll geschriebene Detektivgeschichten, die Lust auf mehr Nachrichten aus Cismar machen.

🕮 *Simone Klages: Die Detektive von Cismar … und die geklauten Köpfe (264 S.); … und der Bankraub (216 S.); Beltz & Gelberg, Weinheim 2002, 12,90 bzw. 12,40 Euro, ab 10 Jahren*

Witzig und charmant sind auch die Geschichten von *Paul und Prinzessin*: In ihrem ersten Fall begegnen sich Charlotte (Prinzessin) aus Hannover und Paul aus Leipzig zum ersten Mal – und können zunächst nicht viel miteinander anfangen. Bis sie in *Die Sache mit den Weihnachtsmännern* verwickelt und unversehens zu einem erfolgreichen Detektivgespann werden. Also eröffnen sie ein Detektivbüro, um möglichst gleich den nächsten Fall zu lösen. Der dann aber doch eine Weile auf sich warten lässt. Auseinandersetzungen und Eifersüchteleien gehören dazu, wenn man so kurz vor der Pubertät steht, und die beschreibt Wolfram Hänel mit spitzer Feder. Die Fälle sind aus der Perspektive der im ersten Band zehnjährigen Charlotte erzählt, die mit jedem Fall ein Jahr älter wird. Hänel pflegt die lockere Sprache der Jugendlichen, schreibt witzig, frech und ausgesprochen realitätsnah. Es geht um Probleme der englischen Grammatik, um den täglichen Kleinkampf mit den Eltern, um Freundschaft, Vertrauen und die erste Liebe.

In diesen Geschichten finden Kinder zwischen zehn und dreizehn Jahren genau die Themen wieder, die sie selbst gerade beschäftigen, eingebettet in jede Menge Abenteuer und jeweils einen spannenden Kriminalfall. Das sind Bücher, die Jungen und Mädchen gleichermaßen interessieren und auch für Kinder geeignet sind, die nicht unbedingt als Leseratten gelten.

🕮 *Reihe: »Ein Fall für Paul und Prinzessin« von Wolfram Hänel: Die Sache mit den Weihnachtsmännern (144 S.); Der Tag, an dem Lehrer Roth verschwand (184 S.); Auf der anderen Seite der Schlucht (192 S.); Gerstenberg Verlag, Hildesheim 1999 – 2002, je 12,90 Euro, ab 10 Jahren*

Ein wenig ernster ist Ingvar Ambjornsens *Peter und der Prof*-Serie, die von den Lesern geliebt und den Kritikern gelobt wird und seit zwei Jahren auch im Taschenbuch erscheint. Ingvar Ambjornsen erzählt von Kriminalfällen, die nicht nur spannend beschrieben sind, sondern darüber hinaus auch immer wieder aktuelle Themen aufgreifen. Die Geschichten spielen unter Homosexuellen und Asylanten, Tierschützern, Sekten und Fixern und wollen Verständnis wecken, ohne sich anzubiedern. *Peter und der Prof* ist eine gelungene Adaption von Sherlock Holmes und Dr. Watson für Kinder. Und es würde mich nicht wundern, wenn auch Erwachsene dem Reiz dieses kriminalistischen Duos erliegen – um mich ist es jedenfalls schon geschehen.

📖 *Reihe »Peter und der Prof« von Ingvar Ambjornsen: Asphaltdichter; Die Rache vom Himmel; Die Riesen fallen; Endstation Hauptbahnhof; Giftige Lügen; Verrat auf See; Carlsen TB, Hamburg 2001/2002, 160 – 224 S., je 6,90 Euro, ab 12 Jahren*

Tipps für Leseratten

📖 *Joachim Friedrich: 4 ½ Freunde, 10 Bände, Thienemann Verlag Stuttgart, je 9,90 EUR, ab 8 Jahren*

📖 *Jörg Hagemann: 3 durch dick und dünn, bisher acht Bände, Ueberreuter Verlag, Wien, je 7,90 Euro, ab 8 Jahren*

📖 *Gerit Kopietz und Jörg Sommer: Charly Clever & Doktor Lupe voll in Fahrt, Loewe Verlag, Bindlach 2002, 7,90 Euro, ab 9 Jahren*

📖 *Gerit Kopietz und Jörg Sommer: »ZAP«, Band 5 und 6: Der Millionen-Basketball; Die Spur der falschen Hunderter; Fischer Schatzinsel, Frankfurt/Main 2002, je 4,90 Euro, ab 9 Jahren*

📖 *Thomas Brezina: »Die Knickerbockerbande«: Die rote Mumie kehrt zurück; Das Internat der Geister, Ravensburger Buchverlag, Ravensburg 2002, je 9,95 Euro, ab 9 Jahren*

📖 *Enid Blyton: »Fünf Freunde«, Band 32 und 33: Fünf Freunde auf Schatzsuche; Fünf Freunde und die geheimnisvolle Erbschaft; Omnibus 2002, je 8 Euro, ab 10 Jahren*

- 🕮 *Christian Bienek: »Oberschnüffler Oswald«, arsEdition, München, mehrere Bände, je 8,90 Euro, ab 10 Jahren*
- 🕮 *Joachim Friedrich: »Amanda X«, 5 Bände, Thienemann Verlag, Stuttgart, je 9,90 Euro, ab 10 Jahren*
- 🕮 *Andreas Schlüter: Die Spur des Hackers, »Computerkrimi«, Band 9, Altberliner Verlag, Berlin 2002, 12,50 Euro, ab 11 Jahren*
- 🕮 *Andreas Schlüter: »Tatort Schule«, Band 3: Abgezockt!, Altberliner Verlag, Berlin 2002, 12,50 Euro, ab 12 Jahren*
- 🕮 *Mike Stuart: »Das Team«, Band 4: Das Grab des Schamanen, Thienemann Verlag, Stuttgart 2002, 9,90 Euro, ab 12 Jahren*

LESESCHATZ

7

Im Dschungel und auf hoher See – Abenteuerromane

Für dieses Kapitel habe ich Titel ausgewählt, die von sehr unterschiedlichen Abenteuern erzählen und die sich durchaus auch Kategorien wie *Krimi* oder *Fantasy-Geschichte* zuordnen ließen.

Abenteuergeschichten wenden sich in der Regel sowohl an Mädchen als auch an Jungen. Zwar identifizieren sich Mädchen gern mit weiblichen Heldinnen und Jungen gern mit männlichen Helden, aber ich habe die Erfahrung gemacht, dass es bei einer spannenden Abenteuergeschichte nicht unbedingt darauf ankommt, ob der Held männlich oder weiblich ist. Dennoch: Es gibt Phasen in der Entwicklung unserer Kinder, in denen solche positiven Rollenvorbilder wichtig sind – versuchen Sie einmal darauf zu achten; doch Vorsicht: Diese Phasen können, vor allem während der Pubertät, schnell wechseln.

Die im Folgenden vorgestellten Abenteuergeschichten handeln

- von Menschen und Tieren,
- von Abenteuern auf See
- und von Abenteuern auf Reisen.

Von Menschen und Tieren

»Tamino Pinguin lebte, wie es sich für einen anständigen Pinguin gehört, mit seiner Familie am Südpol, ging in die dritte Pinguinklasse und war auch sonst ganz schön klasse!« Ein fröhlicher Pinguinjunge eben, bis er von der entführten »Pingzessin« Nanuma und der Trauer der Kaiserpinguine hört. Der kleine Eselspinguin will Nanuma befreien und erfährt vom Buckelwal Ephraim, dass er dazu erst die Liebe finden muss. Aber was man finden will, das muss man bekanntlich erst suchen: Also macht Tamino sich auf, verlässt nachts heimlich Eltern und Heimat, um die Liebe zu suchen, von der er nur weiß, dass sie im Bauch und im Frack kribbelt. Und damit beginnt ein Abenteuer, das kaum verrückter und phantastischer erzählt werden könnte und in seiner tierischen Unbeschwertheit in der Tradition von Otfried Preußlers *Kleinem Wassermann* oder Max Kruses *Urmel*- und *Löwe*-Geschichten steht. Christian Berg, der in Besprechungen schon mal als »männliche Pippi Langstrumpf« bezeichnet wurde, erzählt vom reiselustigen *Tamino Pinguin* genauso fröhlich und unkonventionell wie er seine Kindermusicals auf der Bühne inszeniert: ohne großen Pomp, mit überbordender Phantasie und immer bereit, seine kleinen Zuschauer und Zuhörer – und seit neuestem eben auch die Leser – ernst zu nehmen. Berg schreibt Bücher, weil er Spaß am Erzählen hat, so wie er auf der Theaterbühne steht, weil er Spaß am Spielen hat. Und das teilt sich dem Leser mit: Das Vorlesen bereitet ebenso viel Vergnügen wie das Zuhören.

Dass die Geschichte eine Moral hat, ohne auch nur in Ansätzen belehrend zu sein, versteht sich bei diesem Autor von selbst. Bergs Kinderbuch wirbt für Freundschaft und Toleranz, denn Taminos Reise um die halbe Welt kann nur mit Hilfe seiner Freunde gelingen: den Möwen Frederico und Frédérique, der Großstadtratte Guiseppe, dem singenden Kamel mit dem grün gepunkteten Schal und der sprechenden Kuh Renate. Tamino schließt selbst mit einem gefährlichen »Großfüßler«, so bezeichnen die Pinguine die Menschen, Freundschaft, rettet See-Elefant Harald aus der Gefangenschaft und lässt sich von Schnecken, Grammophonen und Tränen zu seiner Geliebten führen. Und wer dann noch nicht genug von *Tamino Pinguin* hat, der kann ihn auf seiner nächsten Reise begleiten.

📖 *Christian Berg: Tamino Pinguin (144 S.); Tamino Pinguin und der Geist Manitus (160 S.); Thienemann Verlag, Stuttgart 2001/2002, je 12,– Euro, ab 6 Jahren*

📖 *Außerdem gibt es bei Thienemann einen Plüsch-Tamino (17,90 Euro), Schlüsselanhänger, Jojo, Lesezeichen, Postkarten, eine Leinentasche sowie ein Tamino-Pinguin-Bilderbuch (32 S., 12,90 Euro, für Kinder ab 4 Jahren)*

Als Rudelführer der Hunde von Steamboat hat der Schlittenhund McKinley eine Menge zu tun: Er kümmert sich um die von ihrem Besitzer misshandelte Duchess, hält den arroganten Setter Redburn, der nur allzu gern die Führung im Rudel übernehmen würde, in Schach und passt auf seinen Menschenwelpen Jack auf. Eines Tages taucht die Wölfin Lupin in der Gegend auf, um für ihr vom Aussterben bedrohtes Rudel Hunde anzuwerben. McKinley ist fasziniert von der Größe, Stärke und Wildheit Lupins und unterwirft sich ihr schon bei der ersten Begegnung. Doch die Menschen haben Angst und beginnen die Wölfin zu jagen, die schließlich angeschossen wird. McKinley und seine Freundin Aspen helfen Lupin bei der Flucht, um dann wieder ins Tal zu den Menschen zurückzukehren.

Avi erzählt in seinem Abenteuerroman *Frei wie ein Wolf* aus der Perspektive der Hunde. Er beschreibt, wie McKinley, der sich durchaus wohl fühlt bei den Menschen, hin- und hergerissen ist zwischen der Sicherheit bei Jack und der grenzenlosen Freiheit, die ihm Lupin verspricht. Er spürt den Wolf in sich und weiß trotzdem, dass er ein Hund ist. Dennoch, nachdem McKinley und Aspen die Wölfin in Sicherheit gebracht haben, stellt McKinley seinen Rudelmitgliedern frei, zu bleiben oder der Wölfin in die Wildnis zu folgen. Und für seinen Menschenwelpen

Jack, der ihm bei der Rettung der Wölfin geholfen hat, hat McKinley eine ganz besondere Überraschung bereit.

Avi gelingt es, die Wahrnehmungen der Hunde so zu beschreiben, dass manch ein Hundebesitzer seinen Hund vielleicht nicht gerade mit anderen, aber doch mit etwas nachdenklicheren Augen sieht. *Frei wie ein Wolf* ist eine hinreißende Abenteuergeschichte, die nicht nur Hundenarren begeistern wird.

📖 *Avi: Frei wie ein Wolf, Carlsen Verlag, Hamburg 2003, 187 S. 12,50 Euro, ab 11 Jahren*

Vampire – da denken die meisten Menschen zuerst an Graf Dracula. Doch von dem blutdürstigen Untoten aus Transsylvanien einmal abgesehen sind Vampire einfach nur Fledermäuse – Insekten fressende »Blutlecker«, die man am ehesten Mal in einem Turm oder einer alten Scheune findet. Solche Fledermäuse hat Kenneth Oppel zu den Helden seines Jugendromans *Silberflügel* gemacht: Schatten ist das schwächste Junge, das in der Fledermaus-Kolonie lebt. Er kam zu früh zur Welt und ist seinen Altersgenossen körperlich unterlegen. Dafür ist er unglaublich neugierig und nicht bereit, sich an die ungeschriebenen Regeln der Silberflügel zu halten. Um Chinook, dem starken Anführer der Jungtiere, zu beweisen, dass er keine Angst hat, bricht er ein uraltes Gesetz der Silberflügel: Während die anderen in der Morgendämmerung ihre Schlafquartiere beziehen, wagt Schatten den Blick in die Sonne, obwohl dieses Privileg seit Fledermausgedenken nur den Eulen zusteht. Rachsüchtig erscheinen die Erzfeinde der Silberflügel und zwingen sie, früher als geplant in Richtung Süden aufzubrechen. Während eines Sturms wird Schatten aufs Meer hinausgetrieben und von den anderen getrennt. Allein macht er sich auf die Suche nach seiner Familie und dem Winterquartier und trifft dabei auf die junge Fledermaus Marina, die von ihrer Kolonie verstoßen wurde. Von da an sind die beiden gemeinsam unterwegs und erleben und erfahren dabei so manches, von dem Fledermäuse keine Ahnung haben.

Kenneth Oppels Roman ist eine der Abenteuergeschichten aus dem Reich der Tiere, wie sie regelmäßig für jugendliche Leser auf den Markt kommen und dann auch wieder sang- und klanglos verschwinden. Ausnahmen wie Kenneth Grahames *Wind in den Weiden* und Richard Adams *Watership Down* bestätigen diese Regel im Grunde nur. Mit etwas Glück wird sich in Zukunft auch Oppels *Silberflügel* unter diesen immer wieder erwähnten Werken finden – die literarische Qualität dazu hat das Buch allemal. Und spannend geschrieben ist es ebenfalls!

Oppel, der mit 14 Jahren sein erstes Kinderbuch veröffentlichte, erschafft eine Welt in schwarzweiß, da Fledermäuse keine Farben sehen können. Und er entwirft eine auf diese Tiere zugeschnittene eigene Mythologie und Magie. Da gibt es Überlieferungen und aus diesen resultieren Gesetze, die fraglos von einer Generation zur nächsten übernommen werden. Bis einer auftaucht, der nur das akzeptiert, was er begreifen und verstehen kann: Schatten ist der neugierige und wissenshungrige Forscher, der alles in Frage stellt und dabei Entdeckungen macht, die schließlich seinem ganzen Volk zugute kommen. Wer Spaß an diesem Buch hat, der kann gleich nach den weiteren beiden Bänden der Trilogie greifen: *Sonnenflügel* und *Feuerflügel* stehen dem ersten Band in nichts nach.

🕮 *Kenneth Oppel: Silberflügel (350 S.); Sonnenflügel (398 S.); Feuerflügel (440 S.); Edition Anrich, Beltz & Gelberg, Weinheim und Basel 2000 – 2003, je ca. 14,– Euro, ab 12 Jahren*

Geschichten aus der Seefahrt

Warum sank die Titanic? Warum kenterte die Wasa? Und warum lief die Götheborg auf Grund? Schiffsunglücke beschäftigen auch noch nach Jahrzehnten die Phantasie, Filme und Bücher nehmen sich der Schicksale an, um die viele Jahre zurückliegenden Ereignisse in abenteuerliche Geschichten zu verwandeln. Da kann mitgelebt und mitgelitten werden: Mats Wahl und Sven Nordqvist, jugendlichen Lesern vor allem durch seine wunderbaren Geschichten um den Bauern Pettersson und seinen Kater Findus bekannt, erzählen in ihrem gemeinsamen Werk von der Havarie der Götheborg, die am 12. September 1745 auf Grund lief. Aus China zurückkehrend, segelte sie bei gutem Wetter und mit einem Lotsen an Bord direkt auf die bekannte, unter Wasser gelegene Klippe Hunnebadan zu, die nur 900 Meter von der Festung Nya Älvsborg entfernt lag, und lief auf. Die gesamte Ladung – Porzellan, Seide und Tee – landete im Wasser.

Der Grund für dieses Schiffsunglück konnte nie ermittelt werden; es war von einem betrunkenen Lotsen ebenso die Rede wie von einem Komplott der Schiffsführung, um bei wichtigen Verhandlungen über zukünftige Konzessionen Druck ausüben zu können. Demnach sollte die Götheborg nur leicht auf Grund gesetzt werden.

Mats Wahl berichtet darüber aus der Sicht des vierzehnjährigen Anders Fagel, der nach dem Tod des Vaters die Familie verlässt, um auf eigenen Füße zu stehen. Gemeinsam mit dem gleichaltrigen Jonas schmuggelt er sich an Bord der Götheborg, wo die beiden blinden Passagiere erst gefunden werden, als der Segler schon auf hoher See ist. Für Anders ein großes Glück: Nach kurzer Schelte durch den Kapitän wird er zum Schiffsjungen des Superkargo und des Schiffspredigers, lernt lesen und schreiben und gewinnt Freunde.

Mats Wahl erzählt unsentimental und realistisch von der Seefahrt zu einer Zeit, als selbst der Tod des besten Freundes scheinbar reglos hingenommen wurde, weil jeder mit dem eigenen Überleben genug zu tun hatte. Er berichtet von Intrigen und Loyalitäten, von Freundschaft und verbrecherischen Machenschaften – der Stoff, aus dem die abenteuerlichen Träume kleiner Jungen gestrickt sind.

Die Illustrationen von Sven Norqvist sind das Sahnehäubchen. Mit seinem unverwechselbaren Strich setzt er die Geschichte um die Ostindienfahrt in Szene. Auf jeder Zeichnung sind auch bei wiederholter Betrachtung immer noch kleine, liebevoll gezeichnete Details zu finden.

Abgerundet wird das Buch durch einen von Norqvist geschriebenen zwanzigseitigen Sachbuchtext, der kleine und große Leser über die Geschichte der Ostindischen Kompanie, die Reiseroute, das Leben an Bord, sowie Wissenschaft und Philosophie des 18. Jahrhunderts informiert. Bebildert ist dieser Teil mit Fotos und Karten, alten Stichen und historischen Tabellen. Ein rundum gelungenes Buch, das durchaus zum Lieblingsbuch taugt und vom Kinderzimmer ins Jugendzimmer mitwandert. Auch wenn der Verlag als Altersangabe zehn Jahre nennt, so ist *Die lange Reise* durchaus schon für abenteuerhungrige Kids ab acht geeignet.

📖 *Sven Nordqvist, Mats Wahl: Die lange Reise, Oetinger Verlag, Hamburg 1999, 100 S., 15,90 Euro, ab 10 Jahren (in ähnlicher Aufmachung: Sven Nordqvist, Mats Wahl und Björn Ambrosiani: Die Leute von der Birka, Oetinger Verlag, Hamburg 2002, 96 S., 14,90 Euro, ab 10 Jahren)*

Christopher Kolumbus, James Cook und Klaus Störtebecker, Robert Falcon Scott, Roald Amundsen und Ernest Henry Shackleton: Das sind Namen, die noch heute für große Abenteuer auf See stehen. Ob Entdecker, Forscher oder Freibeuter: Die Reiselust dieser Männer war stark genug, um Familie und Heimat oft für Jahre zu verlassen.

Reiseberichte in Romanform, in denen die historische Realität spannend aufbereitet wird, haben im Grunde ununterbrochen Hochkonjunktur – und das nicht nur bei Kindern und Jugendlichen.

Von Jürgen Seidel erschien vor zehn Jahren bei Kiepenheuer & Witsch *Der geträumte Kontinent. Die erste Weltumseglung des James Cook*. In *Young Nick und die Verschwörung auf der Endeavour* geht es noch einmal um die gleiche Abenteuerfahrt, diesmal aus Sicht des Schiffsjungen Nicholas Young erzählt, der als zwölfjähriger an Bord der Endeavour kam. Seidel schildert die

Ängste des Jungen und die Gefahr, die ihm von den auf dem Schiff zusammengepferchten Männern droht. In manchen Passagen ist das Buch nicht unbedingt für Zwölfjährige geeignet, auch wenn der Verlag es für diese Altersgruppe empfiehlt. Setzt man die Altersgrenze ein wenig höher, dann werden es vor allem Jungen mit Begeisterung lesen.

📖 *Jürgen Seidel: Young Nick und die Verschwörung auf der Endeavour, Gulliver Tb, Beltz & Gelberg, Weinheim 2002, 309 S., 7,90 Euro, ab 12 Jahren*

Christa-Maria Zimmermann erzählt von Shackletons abenteuerlicher Südpolexpedition, bei der die Endurance vor Erreichen des antarktischen Festlandes im Packeis eingeschlossen wurde, aus der Sicht des jüngsten Mannschaftsmitgliedes: Der sechzehnjährige Peter Blackborrow schmuggelt sich in Buenos Aires heimlich an Bord des Schiffes, um nach seiner Entdeckung zum Schiffsjungen befördert zu werden.

So wie Nicholas Young gab's auch Peter Blackborrow tatsächlich, und so wie Seidel die Aufzeichnungen über die Fahrt der Endeavour zur Grundlage seines Seefahrer-Romans machte, so griff auf Zimmermann auf die Erinnerungen der Expeditionsteilnehmer zurück, um daraus eine spannende Abenteuergeschichte zu komponieren.

Während Seidel jedoch die Bedrohung des Jungen innerhalb der zusammengewürfelten Mannschaft stark in den Vordergrund stellt, geht es bei Zimmermann eher um die Bewältigung der von außen drohenden Gefahren. Die Teilnehmer der Expedition scheinen viel mehr an einem Strang zu ziehen als die Mannschaft auf der Endeavour. Und das dürfte in den Grundzügen auch der historischen Wahrheit entsprechen. Denn schließlich wurden die Schiffsmannschaften zu Cooks Zeiten nicht nur aus Freiwilligen rekrutiert, während die Antarktis-Expeditionen aus professionellen Expeditionsmitgliedern bestanden. Eindrucksvoll hat Zimmermann die Gefühlslage des Jungen dargestellt, der zu Beginn der Reise noch sein Leben riskiert, um einen Welpen zu retten – und der in der Zeit des größten Hungers ohne tiefere Gefühlsregung über die Qualität von Hundefleisch diskutiert.

📖 *Christa-Maria Zimmermann: Gefangen im Packeis – Die abenteuerliche Fahrt der Endurance, Arena TB, Würzburg 2002, 302 S., 7,50 Euro, ab 12 Jahren*

Weltenbummler

»Weit im Süden Marokkos ist es im Sommer sehr heiß und der Besitz eines Brunnens ist wichtiger als ein Sack voll Gold.« Sigrids Heucks Kinderroman beginnt wie ein Märchen, er wird erzählt wie ein Märchen, und er endet wie ein Märchen. Und das ist kein Nachteil für ein Buch, das für Kinder ab acht geschrieben wurde. Mädchen werden besondere Freude an dieser Erzählung haben, in deren Mittelpunkt Amina steht, deren Wunsch sich mit dem vieler ihrer europäischen Altersgenossinnen trifft: Die Tochter eines Scheichs will reiten lernen. Doch das ist nur den Männern des Stammes erlaubt. Aminas Traum scheint unerfüllbar, bis sie eines Tages Tarik trifft, einen jungen Beduinenprinzen von einem verfeindeten Stamm. Die beiden verabreden sich heimlich, und für Amina wird auf Tariks schwarzem Hengst ein Traum wahr. Bis allerdings ihr Vater akzeptiert, dass die eigene Tochter gegen die Tradition des Stammes verstößt, müssen noch weitere Abenteuer bestanden werden.

In *Aminas Lied* spürt man, dass die Autorin die Situationen, die sie beschreibt, sehr genau kennt. Sigrid Heuck züchtet selbst Pferde und erzählt ohne Sentimentalität von der Zähmung einer unrittigen Stute. So hat ihr Roman nichts mit den vielen, oft reichlich kitschigen Pferdebüchern für junge Mädchen zu tun. Vielmehr ist gerade die Verbindung einer märchenhaften Atmosphäre mit aktuellen Problemen Grundbaustein vieler ihrer Bücher: Amina will etwas, was Frauen verboten ist. Sie akzeptiert dieses Verbot nicht, bedrängt ihren Vater mit unangenehmen Fragen und emanzipiert sich schließlich stellvertretend für die Frauen ihres Stammes von der Tradition. Sigrid Heucks Buch ist ein hinreißendes Plädoyer für Eigenständigkeit – auch wenn man dafür einmal gegen Gebote und Traditionen verstoßen muss.

Diese Autorin hat aber auch für Jungen etwas parat: *Der Elefantenjunge* Taro verliert seine Eltern und sein ganzes Dorf bei einem Überfall von Menschenhändlern. Allein macht er sich auf den Weg nach Süden, immer in der Hoffnung, hinter der heißen und trockenen Steppe ein Land zu finden, in dem es genug Wasser gibt. Unterwegs trifft er auf eine verletzte Elefantenkuh, der er das Leben rettet. Und von da an sind die beiden gemeinsam unterwegs, um nach einer langen und abenteuerlichen Reise schließlich an ihrem ersehnten Ziel anzukommen. Sigrid Heuck beweist auch in diesem Buch, wie wundervoll einfühlsam und spannend sie erzählen kann.

📖 *Sigrid Heuck: Aminas Lied, Thienemann Verlag, Stuttgart 1999, 128 S., 9,90 Euro, ab 8 Jahren*

📖 *Sigrid Heuck: Der Elefantenjunge, Thienemann Verlag, Stuttgart 2002, 240 S., 12,– Euro, ab 8 Jahren*

»Ich heiße Oliver«, sagte Oliver. »Auch das noch«, sagte Twist. Und dann beginnt eine sehr eigenartige und abenteuerliche Reise, auf der die beiden ungleichen Helden durch Schottland und halb England gewirbelt werden, bevor sie schließlich an ihrem gemeinsamen Ziel ankommen. Der Waisenjunge Oliver ist aus dem Armenhaus und vor einem geheimnisvollen Fremden geflohen. Er will nach London, in der Hoffnung, dort auf einem Schiff als Schiffsjunge anheuern zu können. Und auch Twist ist nicht gerade freiwillig unterwegs. Der Dackel wurde seinem Besitzer Charles Dickens gestohlen und soll nun dessen Konkurrenten Wilkie Collins unterstützen. Denn Twist ist ein ganz besonderer Dackel: Er kann nicht nur mit bestimmten Menschen sprechen, sondern hat auch die Geschichten von Charles Dickens erfunden, die der dann nur noch aufschreiben musste. Der ideenlose Schriftsteller Collins hat davon erfahren und möchte nun von den wunderbaren Einfällen des Vierbeiners profitieren. Doch Oliver hat Twist befreit – und nun befinden die beiden sich auf dem Weg nach London, Collins und eine geheimnisvolle Frau in Weiß auf den Fersen.

Die 23-jährige Medizinstudentin Antonia Michaelis, die mit *Die wunderliche Reise von Oliver und Twist* ihren ersten großen Kinderroman veröffentlichte, legte ihrer Geschichte eine spannende Idee zu Grunde: Nicht die Schriftsteller sind es, die die Geschichten erfinden, sondern deren Haustiere. Die unterhalten sich mit ihren Besitzern, wenn sie denn gut behandelt werden, und geben die Ideen weiter, die in ihren Köpfen heranwachsen. Die Schriftsteller sind dann im Grunde nur noch Sekretäre, die allerdings Ruhm und Ehre einheimsen, wenn die Geschichten gut sind. Doch Twist macht das nichts aus – schließlich sorgt Dickens nicht nur für Futter und Ausgang, sondern bietet seinem Dackel auch ein seidenes Kissen als Schlafplatz – eine wahrhaft symbiotische Beziehung.

Michaelis erzählt vom England des 19. Jahrhunderts, von schmutzigen Straßen, von Kindern, die in Fabriken arbeiten, und vom Leben im Armenhaus. Eingeblendet sind immer wieder Szenen, in denen die Verzweiflung von Charles Dickens geschildert wird, weil ihm nach dem Verschwinden seines Hundes einfach keine Geschichte mehr einfällt.

Die wunderliche Reise von Oliver und Twist ist ein mit leichter Hand geschriebener Reiseroman für kleine und große Leser, in dem englische Literaturgeschichte, überbordende Phantasie und trockener Humor einander begegnen. Irgendwann stellt sich die Frage: Was für ein Haustier hat wohl Antonia Michaelis?

📖 *Antonia Michaelis: Die wunderliche Reise von Oliver und Twist, Loewe Verlag, Bindlach 2003, 224 S., 9,90 Euro, ab 9 Jahren*

Dunkle Gassen, schmale Wasserstraßen und schmutzige Plätze – das ist vor allem im Herbst nicht unbedingt die Umgebung, von der Kinder träumen. Vor allem, wenn sie kein Dach über dem

Kopf und keine Familie haben, die ihnen Nähe und Wärme gibt. Und genau in dieser Situation sind Prosper und Bo. Nach dem Tod der Mutter will die hartherzige Tante den fünfjährigen, ach so süßen Bo zu sich nehmen, während der dreizehnjährige Bruder ins Waisenhaus soll. Doch Bo und Prosper wollen nicht getrennt werden. Und so fliehen sie in die Stadt ihrer Träume: Von Venedig hat die Mutter immer geschwärmt, von sonnigen Plätzen und steinernen Löwen. Bo und Prosper schließen sich einer Straßengang an, allesamt Kids, die aus dem Waisenhaus oder aus komplizierten familiären Verhältnissen geflohen sind und sich nun mit Betteln und kleineren Diebstählen über Wasser halten.

Der Herr der Diebe, ein etwas älterer Junge, hat ihnen ein leer stehendes Kino als Unterkunft besorgt. Er selbst wohnt nicht bei den anderen, sondern taucht immer wieder überraschend und zu den unmöglichsten Zeiten auf. Stets trägt er eine Vogelmaske, und keiner weiß, woher er kommt und wohin er geht, wenn er das Kino verlässt. Er sorgt für Nahrung und Decken und immer mal wieder auch für ein Beutestück, das die Kinder an einen Hehler verscherbeln. Bis eines Tages ein geheimnisvoller Auftrag und die Begegnung mit dem unmaskierten Herrn der Diebe die Situation vollkommen verändert.

Cornelia Funke, die im vergangenen Jahr mit diesem Buch in der Presse als »deutsche Joanne K. Rowling« gefeiert wurde, nachdem die Übersetzung *The Thief Lord* in England mit großem Erfolg auf den Markt gekommen war, legte wieder einmal eine Geschichte vor, die einfühlsam und abenteuerlich erzählt ist. Anders als ihre britische Kollegin ist Cornelia Funke aber nicht nur mit einer Geschichte, sondern inzwischen mit mehr als 40 Büchern, die sie zum Teil auch selbst illustriert hat, in deutschen Kinderzimmern präsent. Ihre Mädchenserie *Die wilden Hühner* hat längst eine eingeschworene Fangemeinde (vgl. Seite 129); Titel wie *Drachenreiter* oder *Igraine Ohnefurcht, Hände weg von Mississippi* oder *Emma und der blaue Dschinn* sprechen unterschiedliche Altersgruppen an, haben aber eines gemeinsam: Es sind allesamt spannende Bücher, die für Jungen und Mädchen gleichermaßen geeignet sind. Viele ihrer Bücher sind bei Jumbo Neue Medien als MC oder CD herausgekommen.

🕮 *Cornelia Funke: Der Herr der Diebe, Cecilie Dressler Verlag, Hamburg 2000 (Erwachsenenausgabe: Atrium 2002), 391 S., 15,90 Euro, ab 10 Jahren*

London 1882: Jim Taylor hat lange Zeit nach Adelaide gesucht. Zuletzt sah er sie als kleines verwahrlostes Mädchen im Nebel Londons verschwinden. Als er sie wiedertrifft, ist sie die Frau eines Prinzen, der nach dem Mord an seinem Bruder und dessen Frau die Regentschaft in dem kleinen, unabhängigen Königreich Raskawien übernehmen soll. Gemeinsam mit der sechzehnjährigen Becky, die Adelaide in Deutsch unterrichtet und ihr lesen und schreiben beibringen soll, begleitet Jim seine große Liebe Adelaide und ihren Mann nach Raskawien, das von den beiden Großmächten Österreich-Ungarn und dem Deutschen Reich bedroht wird. Beide Länder haben Interesse an den reichen Nickel-Vorkommen in Raskawien.

Philip Pullman, der in England mit dem renommierten Whitbread-Preis ausgezeichnet und als Autor des Jahres 2001 gefeiert wurde, legt mit *Das Banner des roten Adlers* einen spannenden Abenteuerroman vor, der zwar nicht in einem realen historischen Land spielt, aber dennoch Details aus der Zeit des ausgehenden 19. Jahrhunderts realistisch darstellt. Beeindruckend sind die Straßenszenen, die Beschreibung des Studentenlebens und des Alltags an einem königlichen Hof, auch wenn es den von Raskawien niemals gab.

Abgesehen davon ist es eine Geschichte von Freundschaft und Liebe, von Abenteuer und Krieg und absoluter Loyalität gegenüber dem König – ein mitreißend geschriebener Roman über den Aufstieg eines Straßenmädchens in die höchste gesellschaftliche Schicht.

🕮 *Philip Pullman: Der Banner des roten Adlers, Beltz & Gelberg, Weinheim 2003, 424 S., 14,90 Euro, ab 11 Jahren*

Tom Collins lebt mit seiner Mutter und seiner Halbschwester Feodora auf der kleinen Karibikinsel Nevis. Das Leben erscheint ihm reichlich langweilig, gern würde er mal ein richtiges Abenteuer erleben und möglichst reich werden, um Mutter und Schwester von der Arbeit in der billigen Schänke des schmierigen Senior Lopez freizukaufen.Eines Nachts rettet er beim Fischen zwei Schiffsbrüchigen das Leben: dem Spanier Ramón, der sich als eine Art moderner Münchhausen entpuppt, und einem jungen, schwarzen Sklaven. Der schwarze Junge trägt einen Ring, der ihn als Prinz Faisal, den Sohn des Königs von Kap Verde ausweist. Für Tom scheint sich endlich eine Möglichkeit zu bieten, zu Geld zu kommen. Gemeinsam mit dem Spanier will er Prinz Faisal zu seinem Vater zurückbringen, um dafür eine hohe Belohnung zu kassieren.

Bis sie sich auf die Reise begeben können, müssen sich der Spanier und Prinz Faisal allerdings erst noch erholen, weshalb Faisal, den Tom »Bibido« nennt, sicherheitshalber eingesperrt und gemästet wird. Doch eines Morgens sind Ramón und der junge Prinz verschwunden – und Tom muss sich den höhnischen Spott seiner Schwester anhören. Doch Tom will seine Belohnung – unbedingt. Und so macht er sich allein auf die Suche nach Ramón und Bibido.

Die Suche wird zu einer Art Odyssee um die halbe Welt: Tom bekommt es mit Sklavenhändlern und britischen Soldaten, mit spanischen Seeleuten, wilden Piraten, Kannibalen und der Inquisition zu tun.

Prinz Faisals Ring ist ein üppiger Abenteuerschinken mit immer neuen und überraschenden Wendungen, der schon wegen seines Umfangs von fast 500 Seiten nur für lesehungrige Kids geeignet ist: Wer von phantastischen Abenteuern an Land und auf See nicht genug bekommen kann, der ist mit diesem jüngsten Werk von Bjarne Reuter gut bedient.

🕮 *Bjarne Reuter: Prinz Faisals Ring, Sauerländer Verlag, Düsseldorf 2002, 491 S., 18,– Euro, ab 12 Jahren*

Erwachsene Leser kennen ihre überbordende Phantasie, ihre mit Bildern gespickten Texte, wie sie wohl nur Südamerikaner schreiben können. Die Bücher von Isabel Allende haben eine große Fangemeinde, wenngleich einige Leser mit ihren vor Leben und Gefühlen strotzenden Geschichten nichts anfangen können. So geht es auch den Lesern von *Die Stadt der wilden Götter*: Während die einen fiebernd auf den nächsten Teil der als Trilogie angelegten Geschichte warten, kommen die anderen gar nicht bis zur letzten Seite.

Mein Sohn gehört zur ersten Gruppe: Er liebt Abenteuergeschichten und phantastische Erzählungen, literarische Welten voller Magie und Heldentum. Und eben so eine Geschichte hat Isabel Allende mit ihrem ersten Jugendbuch vorgelegt: Alex lebt mit seinen Eltern in Kalifornien, seine in New York lebende Großmutter sieht er nur hin und wieder. Als seine Mutter an Krebs erkrankt, schicken die Eltern den Fünfzehnjährigen zu seiner Großmutter, damit er in den Ferien mal was anderes als Krankenhaus und Tränen sieht. Dafür sorgt schon seine Großmutter: Sie ist Reiseschriftstellerin und bereitet sich gerade auf eine Expedition in den Amazonas-Dschungel vor, um dort einem riesenhaften, menschenähnlichen Wesen auf die Spur zu kommen. Den überraschend anreisenden Enkel nimmt sie kurzerhand mit. Und Alex erlebt das größte Abenteuer seines Lebens. Gemeinsam mit der dreizehnjährigen Nadia, der Tochter des brasilianischen Expeditionsleiters, kommt er einem üblen Plan auf die Spur. Nadia und Alex werden von Indios, den Nebelmenschen, entführt und lüften das Geheimnis der Bestie, für deren Existenz es bislang keinen Beweis gab.

Und weil Kate Gold, die Großmutter, Reiseschriftstellerin ist, liegt es nahe, dass sie sich auf weitere Expeditionsreisen begibt. Band zwei der dreiteiligen Serie soll *Im Reich des goldenen Drachen* heißen.

Wie in ihren früheren Büchern verbindet Allende auch hier Realismus und Magie miteinander und schafft eine geheimnisvolle Welt, in die sich der Leser gern hineinziehen lässt. Die

Mythen der Indios werden lebendig, das Leben im Dschungel wird in vielen Details geschildert. Darüber hinaus spart die Autorin nicht mit Gefühlen.

Die Verleger gingen offensichtlich von Anfang an davon aus, dass es sich bei der *Stadt der wilden Götter* um einen so genannten »All-Ages-Titel« handelt und brachten das Buch gleichzeitig als Jugendbuchausgabe bei Hanser und als Belletristik-Ausgabe bei Suhrkamp heraus. Warum man aber für den gleichen Inhalt bei Suhrkamp sechs Euro mehr zahlen soll, leuchtet mir nicht ein.

🕮 *Isabel Allende: Die Stadt der wilden Götter, Hanser Verlag, München 2002, 354 S., 16,90 Euro, ab 12 Jahren (parallel dazu ist das Buch in einer »Erwachsenenausgabe« bei Suhrkamp für 22,90 Euro erschienen; bei Der Hörverlag DHV gibt es den Roman als MC und CD für jeweils 25,90 Euro)*

Von einer außergewöhnlichen Reise erzählt Sherryl Jordan in *Tanith, die Wolfsfrau.* Tanith lebte als Kind bei einem Wolfsrudel, wo sie als Dreijährige von Ahearn gefunden wird. Ahearn, der Führer eines Stammes, nimmt das Mädchen in sein Haus auf, wo Tanith zu einer jungen Frau heranwächst. Doch unter all den blonden und hellhäutigen Menschen wird sie niemals heimisch, da diese sie nie als eine der ihren betrachten. Tanith mit ihren dunklen Augen und den schwarzen Haaren stammt ganz offensichtlich aus einem feindlichen Clan. Und als Ahearns Frau Nolwynn, die Tanith wie eine Tochter liebt, stirbt, wird die Ablehnung durch die anderen Stammesmitglieder immer deutlicher. Tanith ist nur glücklich, wenn sie das Heulen von Wölfen hört. Diese vermeintlich wilden Tiere geben ihr ein Gefühl von Sicherheit und Heimat, wie sie es bei den Menschen niemals kennen lernte.

Tanith verbringt immer mehr Zeit mit einem Wolfsrudel, das sie schließlich in ihre Mitte aufnimmt. Nicht einmal die Liebe von Gibran, für den Tanith mehr als Zuneigung empfindet, kann die junge Frau bei den Menschen halten.

Jordan beschreibt im Grunde die Geschichte von Mogli und Tarzan mit umgekehrten Vorzeichen. Während diese beiden Helden bei den Tieren aufwachsen, um später zu den Menschen zu kommen, kehrt Tanith nach rund 15 Jahren in menschlicher Umgebung nach und nach wieder in die Wildnis zurück. Die sinnlose Grausamkeit, die sie bei den Menschen erlebt, ist einer der Hauptgründe, weshalb sie sich bei den Tieren wohler fühlt. Dabei idealisiert die Autorin das Leben bei den Wölfen keineswegs: Tanith wird verletzt, als eine Wölfin ihr den Rang streitig macht, und Gibran wird vom Leitwolf fast getötet, weil dieser sein Rudelmitglied Tanith bedroht sieht.

📖 *Sherryl Jordan: Tanith, die Wolfsfrau, Sauerländer Verlag, Aarau und Frankfurt am Main 2002, 167 S., 12,80 Euro, ab 12 Jahren*

Tipps für Leseratten

📖 *Kolet Janssen: Auf dem Weg zur Schule, Beltz & Gelberg, Weinheim 2003, 104 S., 9,90 Euro, ab 6 Jahren*

📖 *Iva Procházková: Elias und die Oma aus dem Ei, Sauerländer Verlag, Aarau und Frankfurt am Main 2003, 128 S., 13,90 Euro, ab 8 Jahren*

📖 *Hermann Schulz: Wenn dich ein Löwe nach der Uhrzeit fragt – Eine Afrikageschichte, Peter Hammer Verlag, Wuppertal 2002, 128 S., 11,– Euro, ab 9 Jahren*

📖 *Gerald Morris: Der kecke Knappe und sein König (und weitere drei Bände), Carlsen Verlag, Hamburg 2001 – 2003, je ca. 240 S., 13,– Euro, ab 10 Jahren (Band 1 ist inzwischen im Carlsen Taschenbuchprogramm erschienen)*

📖 *Iva Ibbotson: Maia oder Als Miss Minton ihr Korsett in den Amazonas warf, Cecilie Dressler Verlag, Hamburg 2003, 320 S., 13,90 Euro, ab 10 Jahren*

📖 *Jeanne Willis: Die Abenteuer der Jimmy Scar, Klopp Verlag, Hamburg 2003, 224 S., 10,90 Euro, ab 10 Jahren*

- *Anthony Horowitz: Das Geheimnis von Port West, Ravensburger Buchverlag, Ravensburg 2003, 240 S., 10,95 Euro, ab 11 Jahren*
- *Antje Babendererde: Der Gesang der Orcas, Arena Verlag, Würzburg 2003, 352 S., 12,90 Euro, ab 12 Jahren*
- *Catherine Fischer: Das Geheimnis von Darkwater Hall, Oetinger Verlag, Hamburg 2002, 223 S., 10,90 Euro, ab 12 Jahren*
- *Michael Harrison: Ins kalte Wasser springen, Altberliner Verlag, Berlin und München 2002, 196 S., 12,50 Euro, ab 12 Jahren*
- *Ina Vandewijer: Nanuk – Im Zeichen des Bären, Nagel & Kimche, Zürich 2002, 144 S., 11,90 Euro, ab 12 Jahren*
- *Ruben Philipp Wickenhäuser: Im Labyrinth der Sandberge, Esslinger Verlag, Esslingen 2002, 180 S., 12,90 Euro, ab 12 Jahren*
- *Brigitte Blobel: Die Nächte von Beirut, Ravensburger Buchverlag, Ravensburg 2003, 288 S., 13,95 Euro, für junge Erwachsene*

8

Magische Welten – Fantasy-Romane

Nicht erst seit Harry Potter faszinieren Geschichten mit Zauberern und Hexen, in denen übersinnliche Kräfte und Wesen, Gespenster und Geister, Magie und Phantasie dominieren, ihre jugendlichen Leser. *Die kleine Hexe* von Otfried Preußler ist seit mehr als vier Jahrzehnten ein Bestseller, und viele heutige Eltern werden sich daran erinnern, wie sie mit glühenden Wangen den phantastischen Abenteuern von Bastian und Atreju in der *Unendlichen Geschichte* gefolgt sind, mit *Momo* den Kampf gegen die Zeitdiebe aufnahmen oder mit dem Löwen Aslan in der Narnia-Geschichte der Erlösung entgegengefiebert haben.

Magie und Fantasy in der Kinder- und Jugendliteratur haben zur Zeit gerade wieder einmal Hochkonjunktur: Im Frühsommer erschien der fünfte *Harry-Potter*-Band auf Englisch, auf die deutsche Ausgabe müssen die Fans noch bis zum November warten. Auch *Der Herr der Ringe* wird seit der Verfilmung wieder in großer Zahl verkauft.

Doch die Lücken zwischen diesen Highlights wollen überbrückt sein, und da ist einiges im Angebot, das das Bedürfnis nach Magie und Geheimnis befriedigt. Ich habe die Titel, die ich zu diesem Themenbereich vorstelle, folgenden Kategorien zugeordnet:

- Von Hexen und Zauberern und anderen merkwürdigen Gestalten
- Die Rettung fremder Welten
- Phantastische Wesen und unheimliche Fähigkeiten

Hexen und Zauberer spielen seit jeher eine wichtige Rolle in der Kinder- und Jugendliteratur, oftmals als Projektionsfläche für eigene Träume oder auch Ängste. Der unbestrittene Star dieser Szene ist Harry Potter.

»Die Rettung fremder Welten« umfasst Geschichten, die dem Aufbau der *Unendlichen Geschichte* folgen. Es handelt sich immer um eine Parallelwelt, in der andere Regeln und Gesetzmäßigkeiten gelten. Stets geraten die Hauptpersonen auf unterschiedliche Weise in diese phantastische Welt, die vom Untergang bedroht ist oder ihrerseits die reale Welt bedroht. Die jugendlichen Helden sind in der Regel mit einer besonderen Fähigkeit ausgestattet und können so komplizierte Aufgaben lösen und aufregende Abenteuer bestehen. Immer kämpfen sie dabei auch um ihr Leben und das Leben ihrer Freunde.

Unter der Überschrift »Phantastische Wesen und unheimliche Fähigkeiten« sind Geschichten versammelt, in denen die Buchhelden als Fehlerteufel und Meerjungmänner (ein Nix), als Dinosaurier und blaue Hasen, die aus Ostereiern schlüpfen, sowie Fakire, die in Kugelschreibern gefangen sind, auftreten. Alltagserlebnisse werden dadurch auf einmal zu ungewöhnlichen Abenteuern. Von diesen Geschichten, die oft witzige Erklärungen für die unterschiedlichsten Ereignisse bieten, sind meiner Erfahrung nach gerade Kinder zwischen sechs und zehn Jahren besonders beeindruckt.

Von Hexen und Zauberern und anderen merkwürdigen Gestalten

Auch Hexen brauchen Ferien erzählt die Geschichte von Wölfchen Zauberstein: Wölfchen ist der Sohn einer Hexe dritten Grades und eines Menschen. Und er hat Probleme auf der Zaubererschule: »Ich bin eine absolute Niete!«, beklagt er sich bei seinen

Eltern. »Beim Jagen erwische ich noch nicht einmal ein Kaninchen. Beim Knurren und Zähnefletschen höre ich mich an wie Papa, wenn er morgens mit seinem Mundwasser gurgelt. Und wenn ich versuche, Angst und Schrecken zu verbreiten, dann machen sich meine Klassenkameraden vor Lachen in die Hose!« Während Harry Potter sich nach Hogwarts sehnt, will Wölfchen der Zauberwelt entfliehen und lieber bei den Menschen leben. So reist er heimlich mit einem Geist in die Menschenwelt und verwandelt sich dort unversehens in ein Werwölfchen. Was auf den ersten Blick wie eine billige Doublette von Rowlings Bestseller erscheint, hat durchaus eigenständigen Charakter.

Joachim Friedrich erzählt humorvoll und augenzwinkernd die Geschichte des kleinen Zauberers, der doch gar kein Zauberer sein will – oder vielleicht doch? Jedenfalls bietet sich hier eine wundervolle Gelegenheit auch den kleinen Geschwistern von eingeschworenen Harry-Potter-Fans einen literarischen Zaubererfreund in abendlichen Vorlesestunden näher zu bringen. Und wem's Spaß gemacht hat, der kann gleich nach Band zwei greifen: In *Das Geheimnis der schwebenden Kuh* bringt Wölfchens Mama unbeabsichtigt eine Kuh zum Schweben. Nun hängt das arme Tier unter der Stalldecke und muss auf der Weide angebunden werden. Da ist guter Rat teuer – eine Hexe mit den entsprechenden Fähigkeiten muss her. Das einzige Unverständliche an diesem Buch ist die vom Verlag vorgegebene Altersangabe: acht Jahre. Ich kenne Kinder, die sich die Bücher jedenfalls schon mit fünf Jahren voller Begeisterung vorlesen lassen.

📖 *Joachim Friedrich: Auch Hexen brauchen Ferien, Thienemann Verlag, Stuttgart 2001, 128 S., 8,90 Euro, ab 8 Jahren*

📖 *Joachim Friedrich: Das Geheimnis der schwebenden Kuh, Thienemann Verlag, Stuttgart 2002, 128 S., 8,90 Euro, ab 8 Jahren*

Titus, Pandora und ihr kleines Schwesterchen Damp leben wirklich nicht in einer normalen Familie: Ihr Zuhause ist ein schottisches Schloss, ihre Mutter, Signora Strega-Borgia, besucht ein Hexenseminar, und als Haustiere halten sie neben anderen ein Krokodil und eine sprechende Spinne. Auch das neue Kindermädchen hat Zauberkräfte, und die werden bald dringend benötigt!

Die Bilderbuchillustratorin Debi Gliori, die sich vor allem mit den Bilderbüchern um *Herrn Bär* einen Namen gemacht hat, legt mit ihrem ersten Kinderroman *Voll fies verzaubert* ein im doppelten Sinne des Wortes phantastisches Debüt vor, das durch seine ungehemmte Fabulierkunst junge und alte Leser begeistert. Bösewichte gibt es in dieser Welt von Hexen und Zauberern ebenso wie tapfere Helden und mutige Helfer. Für die Geschwister Pandora und Titus sind allerdings nicht nur die magischen Verwicklungen von Bedeutung, sie haben es gleich mit einem ganzen Sack an familiären Problemen zu tun. Und dann wird der Vater auch noch von der Mafia entführt. Gliori hat offensichtlich auf keinen verrückten Gedanken verzichtet, der ihr beim Schreiben in den Kopf kam. Herausgekommen ist ein vergnügliches und spannendes Abenteuer, das Hunger auf mehr macht: Ein weiterer Band mit Geschichten rund um die Familie Strega-Borgia ist gerade erschienen: *Wild wüst weitergezaubert.*

📖 *Debi Gliori: Voll fies verzaubert, Cecilie Dressler Verlag, Hamburg 2002, 222 S., 12,– Euro, ab 10 Jahren*

Wer heutzutage von Fantasy-Literatur spricht, kommt an einem Namen nicht vorbei: *Harry Potter* hat einen Kinderbuch-Hype ausgelöst, wie es ihn seit vielen Jahren nicht mehr gab. Innerhalb kürzester Zeit stürmte der erste Band *Harry Potter und der Stein der Weisen* sämtliche Bestseller-Listen und wurde viele Millionen Mal verkauft – und das in mehr Sprachen als die meisten anderen Kinderbücher. In ihrer Geschichte greift Joanne K. Rowling auf die Tradition der englischen Internatsgeschichten zurück, wie sie spätestens seit Enid Blyton auch in Deutschland viel und gern gelesen werden.

Die Welt von Harry Potter teilt sich in eine Zauberer- und eine Menschenwelt, wobei die Menschen in der Regel nichts von der Zaubererwelt wissen. Ausnahmen sind die »Muggel«-Familien, so heißen die Menschen in der Zaubererwelt, in denen überraschend ein Kind mit magischen Fähigkeiten geboren wird. Die erhalten zum elften Geburtstag dann eine Einladung für einen Schulbesuch in einem der Internate in der Zaubererwelt. Harry Potter ist der Sohn eines Zauberers und einer solchen Menschenfrau mit magischen Fähigkeiten. Dass er ein Zauberer ist, erfährt auch er erst an seinem elften Geburtstag. Denn Harry ist Waise; er hat seine Eltern bei einem Angriff des schwarzen Magiers Voldemort verloren und ist in der nicht gerade sympathisch beschriebenen Familie seiner Tante Petunia und seines Onkels Vernon aufgewachsen. Der dickliche und dummdreiste Cousin Dudley macht ihm das Leben zur Hölle. Harry Potter hat den Angriff Voldemorts als Kleinkind mit einer gezackten Narbe auf der Stirn überlebt. Warum er schon in diesem frühen Alter die Fähigkeit hatte, einem der mächtigsten Zauberer die Stirn zu bieten und was ihn mit dem schwarzen Magier verbindet, werden die Leser wohl erst im Finale des Kampfes zwischen Harry Potter und Voldemort erfahren.

Jeder der geplanten sieben Harry-Potter-Bände, von denen bislang vier erschienen sind, behandelt ein Schuljahr auf dem Zaubererinternat Hogwarts. Für die Kinder und Jugendlichen stehen die täglichen Auseinandersetzungen mit den anderen Schülern, mit schwierigen Lehrern und dem Schulstoff im Mittelpunkt. Auf Hogwarts werden nicht Sprachen oder Mathematik unterrichtet, sondern »Verwandlungen«, »Muggelkunde« und »Zaubertränke«. Und jedes Jahr erneut erlangt Voldemort Kraft und versucht seinen Widersacher Harry Potter zu zerstören. Stets ist es ein Kampf auf Leben und Tod, wobei nicht nur das Leben von Harry, sondern die gesamte Zaubererwelt von Voldemort bedroht wird. Voldemort steht für das Böse schlechthin, für Diktatur und einen totalitären Staat, den er mit seinen im Verborgenen lebenden Anhängern errichten will.

Dass auch Erwachsene, für die es eigens gestaltete Ausgaben gibt, *Harry Potter* schätzen, hängt nicht zuletzt an den verschiedenen Lesebedürfnissen, die Rowling mit ihren Geschichten bedient. Vordergründig geht es um den Kampf zwischen Gut und Böse, der sich nicht nur zwischen Voldemort und Harry Potter abspielt, sondern jeweils eine ganze Gruppe von Anhängern betrifft. Ohne allzu deutlich darauf hinzuweisen, nimmt Rowling aber auch so manche Erscheinung des Alltags auf den Arm, mit der sich Erwachsene immer wieder herumärgern müssen. Es geht um Bürokratie und Bestechlichkeit, es gibt Hinweise auf Politik, Macht und korrupten Journalismus und immer wieder Anspielungen auf literarische Traditionen. Erkennt man sie, hat man doppelte Freude an der Lektüre. Erkennt man sie nicht, kann man sich dennoch in den Sog der Geschichte ziehen lassen, die auch im vierten Band noch einen gelungenen Spannungsbogen aufbaut. Und auch wenn manche Szene direkt aus dem Horrorkabinett entstiegen zu sein scheint, so bleibt im Grunde nie ein Zweifel, dass das Böse bestraft wird und dem Guten im Großen und Ganzen Gerechtigkeit widerfährt.

Fazit: Die Harry-Potter-Bücher haben das Zeug zum Klassiker und werden wohl auch künftige Generationen von großen und kleinen Lesern begeistern.

🕮 *Joanne K. Rowling: Harry Potter und der Stein der Weisen (335 S.); Harry Potter und die Kammer des Schreckens (351 S.); Harry Potter und der Gefangene von Askaban (447 S.); Harry Potter und der Feuerkelch (765 S.), Carlsen Verlag, Hamburg, limitierte Cassette mit Broschurausgabe aller vier Bände 40,– Euro; Kinderbucheinzelausgaben: 14,50–22,50 Euro; Belletristik-Ausgaben: 20 – 25 Euro, ab 12 Jahren (die beiden ersten Bände wurden verfilmt, es gibt MCs und CDs, DVDs und CD-Roms mit Spielen)*

Während Harry Potter als durch und durch sympathischer Zeitgenosse beschrieben wird, kommt Artemis Fowl zunächst einmal nicht so richtig nett daher: Der Zwölfjährige ist der jüngste Spross einer irischen Gangsterdynastie und hat sich nach dem Verschwinden seines Vaters zum Ziel gesetzt, das familiäre

Vermögen wieder aufzustocken. Der hoch begabte Junge, der nur wenige kindliche Züge hat, will dazu allerdings weder eine Bank ausrauben noch einen groß angelegten Betrug inszenieren, sondern sich den legendären Goldschatz des Elfen-Volkes sichern, der tief unter der Erde verborgen sein soll. Mit Hilfe seines schlagkräftigen Butlers kommt er erst einmal an das »Geheime Buch der Unterirdischen« und entführt dann die Elfe Holly Short, die bei den Aufklärern des unterirdischen Volkes arbeitet. Das wiederum wollen und können sich die Unterirdischen nicht gefallen lassen, schließlich dürfen die Menschen nicht erfahren, dass Elfen und Trolle, Feen, Kobolde und Gnome und all die anderen Sagengestalten tatsächlich existieren. Artemis Fowl hat es bald mit einem Gegner zu tun, mit dessen Kraft, Einfallsreichtum und Phantasie er nicht gerechnet hat.

Dem ersten Band hat Eoin Colfer, der mit seiner Familie in Irland lebt, im letzten Jahr noch einen zweiten Teil folgen lassen, in dem sich die Gegner Artemis und Holly verbünden, um gemeinsam Artemis' entführten Vater zu befreien. Artemis steht Holly außerdem gegen eine Verschwörung bei, die Teile der Unterirdischen gegen die Elfen angezettelt haben.

Die Romane von Artemis Fowl sind so komplex geschrieben, dass wohl nur leseerfahrene Jugendliche damit zurechtkommen. Die aber werden begeistert sein.

🕮 *Eoin Colfer: Artemis Fowl, List TB, München 2003, 239 S., 7,95 Euro, ab 12 Jahren*

🕮 *Eoin Colfer: Artemis Fowl – Die Verschwörung, List Verlag, München 2002, 304 S., 18,– Euro, ab 12 Jahren (Hörbücher sind im Ullstein Hörverlag erschienen)*

Der dreizehnjährige Michael hatte sich auf den Umzug in das neue Haus und auf die Geburt der kleinen Schwester gefreut. Jetzt aber fühlt er sich vor allem hilflos: Die Schwester ist schwer krank, und die Eltern sind im Grunde nur mit ihrer Angst um die Jüngste beschäftigt. Auf seinen Streifzügen lernt Michael die Nachbarstochter Mina kennen und freundet sich mit diesem merkwürdigen Mädchen an, das nicht regelmäßig zur Schule geht und auch sonst nicht in die üblichen Kategorien passt. In einer alten Garage begegnet er dem seltsamen Wesen Skellig. Skellig hat sich in einer Ecke der alten Garage eine Unterkunft geschaffen und lebt vor allem von Mäusen. Die Reste dieser Mahlzeiten findet Michael als kleine Knäuel und Bälge, wie sie Raubvögel übrig lassen. Zusammen mit seiner Freundin Mina beschließt Michael, sich um Skellig zu kümmern. Denn irgendetwas an diesem Wesen, das weder Tier noch Mensch zu sein scheint, schlägt Mina und Michael völlig in Bann. Skellig scheint immer zu wissen, was das eigentlich Wesentliche im Leben ist. Und von da an ändert sich Michaels Leben völlig.

David Almond hat mit *Zeit des Mondes*, das im Englischen unter dem viel passenderen Titel *Skellig* erschienen ist, einen wunderbaren Jugendroman vorgelegt. Die Geschichte um Michael und seine Begegnung mit dem Engel Skellig ist so einfühlsam und poetisch, gleichzeitig geheimnisvoll und in manchen Passagen unheimlich geschrieben, dass es einem beim Lesen hin und wieder einen Schauer über den Rücken jagt. Und erstaunlicherweise haben die Jugendlichen, denen ich das Buch zum Lesen gab, es ebenso empfunden. Sie alle wollten nicht über das Buch sprechen, waren aber begeistert und haben es mehrfach gelesen. Mir ging's genauso.

🕮 *David Almond: Zeit des Mondes, Ravensburger TB, Ravensburg 2002, 183 S., 4,95 Euro, ab 12 Jahren*

Rettung fremder Welten

Seinen ersten Jugendroman hat Linard Bardill als Trilogie angelegt: Im ersten Band *Ro und die Windmaschine* macht Ro sich auf, um seinen verschwundenen Vater zu suchen. Er gerät in eine seltsame Fabrik und lernt einen ziemlich merkwürdigen Alten kennen, der ihm eine noch merkwürdigere Geschichte von einer anderen Welt und der Verantwortung dafür erzählt. Und tatsächlich findet Ro sich mit Hilfe einer Windmaschine plötzlich in dieser anderen Welt wieder und wird durch seine gelben Gummistiefel als »Stiefelträger« erkannt, von dem sich die Bewohner die Rettung von einem tyrannischen Herrscher versprechen. Vor allem Gambrin, die Ros Herz von Anfang an schneller schlagen lässt, ist überzeugt davon, dass Ro der geweissagte Helfer ist. Und so geht Ro mulmigen Herzens ein Abenteuer ein, in dessen Verlauf er schnell merkt, dass es gar nicht so einfach ist, Gut und Böse immer voneinander zu unterscheiden. Im zweiten Teil der Trilogie kehrt Ro in das andere Land zurück, mit dem klaren Gefühl im Bauch, dass dort nicht alles zum Besten steht. Und er hat Recht: Ein Doppelgänger mit gelben Stiefeln ist unterwegs und versucht das Land in den Abgrund zu führen. *Ro und Gambrin* haben reichlich zu tun, um ihm das Handwerk zu legen.

Bardill erzählt von Freundschaft und Verantwortung, von Angst, Duckmäusertum und Zivilcourage, sowie von Sehnsucht und Liebe. Die phantastische Trilogie bietet spannende Unterhaltung – und spricht darüber hinaus die schwierige Suche nach dem eigenen Ich und die Probleme mit der ersten Liebe an. Ein Buch, das die Interessen vieler pubertierender Jugendlicher – vor allem auch von Jungen – bestens bedient. Im Herbst 2003 kommt die Fortsetzung auf den Markt.

📖 *Linard Bardill: Ro und die Windmaschine, Neugebauer Verlag, Gossau Zürich 2002, 276 S., 13,80 Euro, ab 12 Jahren*

📖 *Linard Bardill: Ro und Gambrin, Neugebauer Verlag, Gossau Zürich 2003, 294 S., 13,80 Euro, ab 12 Jahren*

»Ein Jaulen weckt Georgina und im ersten Moment liegt sie wie gelähmt in ihrem Bett.« Immer wieder träumt Georgina von einem großen weißen Hund, der Hilfe braucht, weil er mit dem Fuß in eine Falle geraten oder in einem düsteren Hinterhof angekettet ist. Georgina kennt diesen Hund – den Druh –, sie ist ihm auf ihrer ersten Reise in die Vergangenheit schon einmal begegnet. Gabrielle Alioth begleitet Georgina nach *Das magische Licht* in ihrem neuen Jugendroman *Im Tal der Schatten* ein zweites Mal in die Welt der irischen Sagen. Jahre sind vergangen, seit das junge Mädchen mit Set, einem der berühmtesten Helden der irischen Sagenwelt, ein aufregendes Abenteuer bestanden hat. Inzwischen ist Georgina umgezogen, besucht eine neue Schule und hat in der aufgeweckten Alexandra eine enge Freundin gefunden. Alles könnte gut sein, wenn da nicht immer wieder dieser Traum wäre, in dem der Druh in Todesgefahr schwebt. Für Georgina ist klar: Sie muss ihm helfen, muss versuchen, wieder in diese vergangene magische Welt zurückzukehren, von der sie selbst nicht genau weiß, ob sie sie nur geträumt hat oder ob sie tatsächlich existiert. Alex ist gleich Feuer und Flamme und bemüht sich nach Kräften, ihre Freundin in eine andere Zeit zu schicken. Das nimmt skurrile Formen an, denn Alex beschließt gemeinsam mit Georgina, eine Séance abzuhalten. Und – so verrückt die Situation auch ist – es gelingt. Georgina trifft Set wieder und sucht mit ihm gemeinsam nach dem verletzten Druh.

Alioth hat eine phantastische Geschichte geschrieben, die ihre jugendlichen Leser in eine magische Welt ohne billigen Hokuspokus entführt. Der Autorin geht es um die Magie, die in den Menschen selbst steckt, um die Möglichkeiten, die jeder in sich trägt. Ein Buch, das sich durch die Art des Erzählens für Jungen und Mädchen gleichermaßen eignet.

- 🕮 *Gabrielle Alioth: Das magische Licht, Nagel & Kimche, Zürich 2001, 182 S., 12,90 Euro, ab 12 Jahren*
- 🕮 *Gabrielle Alioth: Im Tal der Schatten, Nagel & Kimche, Zürich 2002, 204 S., 12,90 Euro, ab 12 Jahren*

Auf die Frage nach ihrem Vater sehen sich Jessica und Oliver erstaunt an: ihr Vater? Sicher müssen sie einen Vater haben, und wahrscheinlich leben sie sogar mit ihm. Aber erinnern, nein erinnern können sie sich nicht an ihn, haben kein Bild des Mannes im Kopf, der ihnen doch näher sein sollte als die meisten anderen Menschen der Welt. Und bei genauerem Hinsehen wird alles noch eigenartiger: Offensichtlich befinden sie sich in der Wohnung ihres Vaters, jedenfalls hängt sein Bild an der Wand – das Photo eines ernsten und traurig dreinblickenden Mannes. An die Mutter, die vor vielen Jahren starb, und an dessen Seite der Vater offensichtlich noch lachen konnte, erinnern die beiden sich dagegen sehr gut.

Im *Museum der gestohlenen Erinnerungen* thematisiert der 1956 in Berlin geborene Schriftsteller Ralf Isau eine Angst, die vielen Menschen bekannt sein dürfte – auch wenn man sich an seine Familienangehörigen in der Regel erinnern kann. Die Angst, etwas zu vergessen, was wichtig ist, die Angst, einen Teil des eigenen Lebens nicht mehr erinnern zu können und dadurch etwas Unwiederbringliches zu verlieren.

Die Zwillinge Jessica und Oliver trifft es besonders hart. Bei ihrer Suche nach ihrem eigenen Vater erkennen sie, dass dieser schon vor Jahren zum Opfer einer unheimlichen Verschwörung wurde. Dabei stellen sie fest, dass nicht nur dem engagierten Archäologen das Vergessenwerden droht: Xexano, der Herrscher über Quassinja, das Reich der verlorenen Erinnerungen, will die Herrschaft über alle Erinnerungen der Menschen erlangen. Für Jessica und Oliver beginnt ein Wettlauf mit der Zeit: Sie müssen Xexano das Handwerk legen, bevor sie ihren Vater völlig vergessen.

Isau ist mit seinem Mammutwerk ein großer Wurf gelungen. Von der ersten bis zur letzten Seite zieht er seine Leser in den Bann, macht neugierig darauf, wem und was Jessica und Oliver in Quassinja alles begegnen. Da gibt es Napoleons Mantel und einen vergessenen Philosophen aus dem Umfeld von Sokrates, einen gläsernen Vogel aus tausend und einer Nacht und ein geflügeltes Pferd, vergessene Bücher aus der verbrannten Bibliothek von Alexandria und andere historische Erinnerungen tauchen auf. Neben diesen geschichtlichen Ereignissen und Personen, für deren Schilderung Isau umfangreiche Recherche betrieben haben muss, steht die Frage nach der Bedeutung der Erinnerung für die Menschen im Mittelpunkt der Geschichte.

»Der Roman«, so Isau, »sollte auch zeigen, wie wichtig die Erinnerung in ihren verschiedenen Spielarten für unser Leben ist, sollte auch ein Appell gegen Intoleranz und Gleichgültigkeit sein.«

Nach der *Neschan-Trilogie (Die Träume des Jonathan Jabbok, Das Geheimnis des siebten Richters, Das Lied der Befreiung Neschans)* – hat Isau mit dem *Museum der gestohlenen Erinnerungen* ein Buch geschrieben, das über den reinen Abenteuer-Charakter seiner früheren Bücher hinaus gleichermaßen Kriminalfall, Fantasy und zarte Liebesgeschichte ist – eben eine ausgesprochen unterhaltsame Lektüre, die Jugendlichen und Erwachsenen Spaß macht. Zwölfjährige – für dieses Alter empfiehlt der Verlag das Buch – dürften allerdings bei einigen Passagen noch Verständnisschwierigkeiten haben und auf Erklärungshilfe der Eltern angewiesen sein. Vielleicht sollte man also einfach noch ein wenig mit dem Lesen warten: Meine Patentochter hat das Buch mit zwölf nach wenigen Seiten weggelegt, mit vierzehn aber mit Begeisterung gelesen.

🕮 *Ralf Isau: Das Museum der gestohlenen Erinnerungen, Sonderausgabe, Thienemann Verlag, Stuttgart 2003, 672 S., 12,90 Euro, ab 12 Jahren*

»Das ist irre spannend, auf einer langen Autofahrt habe ich nicht mal während der Pausen aufgehört zu lesen.« So begeistert bekam ich *Das Quiz des Teufels* von einer Bekannten empfohlen. Und es stimmt! Hat man sich einmal auf den reichlich verrückten Jugendroman von Dimitri Clou eingelassen, dann möchte man ihn am liebsten auf einen Rutsch lesen.

Der Geschichte liegt eine originelle Idee zu Grunde: Alle tausend Jahre muss der Teufel beweisen, dass er noch immer zu Recht der Herr der Hölle ist und kein Mensch die sechs wichtigsten Fragen des Lebens beantworten kann. Dafür wird jeweils *Das Quiz des Teufels* organisiert, zu dem sich alle Bewohner der Finsternis gespannt aufmachen. Quizmaster ist der Teufel persönlich. Der dreizehnjährige Quentin Fux ist der nächste Kandidat, dem ein Diener des Teufels ausgerechnet im Wartezimmer eines Zahnarztes von seiner bevorstehenden Aufgabe berichtet. Quentin hat keine Lust und will sich dieser Prüfung entziehen. Doch dann verschwindet sein Vater – in der Schlucht des Teufels. Und nur Quentin kann ihn retten, wenn er sich als Kandidat für das Quiz in die Hölle begibt. Keine Frage, dass Quentin sich nun zwar noch immer widerwillig, aber mit dem festen Vorsatz, die Herausforderung zu bestehen, auf das seltsame Spiel einlässt. Doch bevor er zum Quiz antreten kann, muss er erst einmal die Hölle durchqueren, um zum Ort der Entscheidung zu kommen. Und auf diesem Weg sind eine Reihe von Schwierigkeiten zu überwinden, denn es gibt in der Umgebung des Teufels einige Wesen, die keinerlei Interesse an einem Erfolg Quentins haben.

Das Quiz des Teufels ist eine Geschichte voll überbordender Phantasie, gespickt mit vielen Abenteuern, manchmal ein bisschen wirr, aber immer spannend erzählt: ein Lesefutter erster Güte für abenteuerhungrige Kids.

🕮 *Dimitri Clou: Das Quiz des Teufels, Thienemann Verlag, Stuttgart 2003, 256 S., 13,90 Euro, ab 12 Jahren*

Merles Welt ist nicht gerade besonders fröhlich: Als das Waisenkind gemeinsam mit Jupina bei einem Spiegelmacher zur Ausbildung landet, haben beide große Furcht. Doch zunächst geht es ihnen gut. Allerdings erzählt man sich in diesem Venedig der Phantasie, in dem die Menschen immer noch von den magischen Kräften der Zauberer überzeugt sind, hinter vorgehaltener Hand von der »Fließenden Königin«. Keiner hat die Beschützerin der Stadt jemals gesehen, und doch sind alle von ihrer Existenz überzeugt. Seit 30 Jahren wird Venedig von den Truppen des tyrannischen Pharaos belagert – standhalten konnte es nur durch die Macht der »Fließenden Königin«. Doch diese Macht lässt nach, die »Fließende Königin« braucht Unterstützung. Meerjungfrauen und geflügelte Löwen, Meisterdiebe und Zauberspiegelmacher, sie alle haben ihr eigenes Interesse an ihr.

Merles enge Verbindung mit der Beschützerin der Lagune führt sie auf eine abenteuerliche Reise. Zusammen mit ihren Freunden, dem fliegenden Obsidianlöwen Vermithrex und Jupina mit den Glasaugen, findet sie sich plötzlich im tief verschneiten Ägypten wieder. Ein phantastischer Lesespaß für alle, die sich auf umfangreiche Bücher einlassen und Freude daran haben, in Parallelwelten einzutauchen.

📖 *Kai Meyer: Die Fließende Königin, Loewe Verlag, Bindlach 2001, 272 S., 14,50 Euro, ab 12 Jahren (der Titel ist der erste Band einer Trilogie, die beiden Folgebände heißen: Das Steinerne Licht und Das Gläserne Wort; bei der HörCompany ist diese Trilogie als Hörbuch erschienen)*

Phantastische Wesen und unheimliche Fähigkeiten

»Lieber ein kluger Fehler als ein dummer Zufall« und »Aus Fehlern wird man klug – aus Irrtümern lernt man«: Das sind Sätze, die Mörfi begeistern. Mörfi lacht, wenn andere Fehler machen, wenn Teller zerbrechen und Computerprogramme abstürzen, wenn die Küche unter Wasser steht und sich auf dem Wohnzimmerteppich ein roter Saftfleck ausbreitet. Denn Mörfi ist ein ganz besonderes kleines Mädchen: Marlena Ölhaar-Rabautzky von Fehlertia Irrbaum, kurz Mörfi, ist die Ur-Ur-Urenkelin des Fehlerteufels aus der Gattung der Zwergteufel-Winzlinge. Mörfi trägt ihre lakritzschneckenschwarzen, glatt gegelten Haare an der Seite zu Hörnchen hochgesteckt. Im Gesicht hat sie rußige Sprenkel, und über einem schwarzen Fitnessanzug ist ein knallroter Mantel falsch geknöpft. Johanna entdeckt das kleine Wesen, als sie gerade einmal wieder besonders unglücklich ist, weil ihr ein Missgeschick nach dem anderen passiert. Und von diesem Tag an ist nichts mehr so, wie zuvor. Johanna kapiert, dass es Fehler gibt, aus denen man lernen kann, und dass manche Pannen im Grunde nur positive Folgen haben. Mörfi besitzt einen dreizackigen Fehlerwerfer, mit dem sie Fehlerblasen produzieren kann, die dann für all die vielen kleinen unverfänglichen Fehler verantwortlich sind, die ständig passieren. Und sie klärt Johanna über die Zengel auf, bösartige kleine Wesen, die für die schlimmen Fehler und Katastrophen zuständig sind.

Andreas Schlüter brachte im vergangenen Jahr mit *Falsch, falscher, fabelhaft* das erste Abenteuer von Johanna und Mörfi auf den Markt, dem mit *Die Fehler-Räuber*, *Das Fehler-Versteck* und *Fehler, Falle, Ferien* inzwischen weitere Bände folgten. Die Grundidee, dass Fehler gar nicht so schlimm und Menschen mit Perfektionsanspruch ziemlich unerträglich sind, wird in jedem Band auf humorige und unterhaltsame Weise entfaltet.

🕮 *Andreas Schlüter: Falsch, falscher, fabelhaft; Die Fehler-Räuber; Das Fehler-Versteck; Fehler, Falle, Ferien; Altberliner Verlag, Berlin 2002/2003, je 128 S., 10,90 Euro, ab 8 Jahren*

Jonathan verbringt die Sommertage mit seinem Vater auf dem Campingplatz an der Ostsee, spielt mit einer Freundin und genießt die Ferientage. Bis er beim Muschelsammeln seinen Eimer mit dem eines kleinen Mädchens vertauscht. In diesem Eimer sitzt ein Nix, ein echter Seejungmann, der doch ganz bewusst in den Eimer des schönen fremden »Bikini-Mädchens« geklettert ist, um sich in sie zu verlieben. Und nun landet er bei Jonathan, einem siebenjährigen Jungen, der nicht so recht weiß, was er mit dem ungewöhnlichen Wesen anfangen soll, das nur zu sehen ist, wenn Wasser rauscht, das in Reimen spricht und überhaupt Jonathans ganzes Leben auf den Kopf stellt: Die Badewanne läuft über, die Lehrerin wird sauer, und der Vater hält Jonathan für übergeschnappt. Stets macht der Nix den Blödsinn, der Jonathan dann in die Schuhe geschoben wird. Für Jonathan und seine Freundin Leonie ist klar: Der Nix muss weg. Nur wie? Gemeinsam versuchen die beiden eine Strategie zu entwickeln,

den kleinen grünhaarigen Meeresjungen wieder loszuwerden. Doch der Erfolg bleibt aus, bis plötzlich Hilfe von ganz unerwarteter Seite auftaucht.
Kirsten Boie, die vom Deutschen Jugendliteraturpreis bis zum Deutschen Bücherpreis schon fast alle wichtigen Preise für ihre Jugendbücher abgeräumt hat, ist mit *Verflixt – ein Nix!* wieder einmal eine unterhaltsame Geschichte für Jungen und Mädchen ab etwa sechs Jahren gelungen.

🕮 *Kirsten Boie: Verflixt – ein Nix!, Oetinger Verlag, Hamburg 2003, 176 S., 12,– Euro, ab 8 Jahren*

Marie ist sauer: Fast die ganze Klasse darf während der Sommerferien gemeinsam in ein Ferienlager reisen, während sie mit den Eltern und dem reichlich blöden kleinen Bruder ihren Sommerurlaub auf der Insel Elba verbringen soll. Grundsätzlich hat Marie ja nichts gegen Ferien mit der Familie, aber doch nicht ausgerechnet dann, wenn die Freunde etwas gemeinsam unternehmen dürfen. Vor Wut wirft sie den Tisch um und wird zur Strafe in ihr Zimmer einsperrt. Mit sich allein, denkt sie ein wenig nach – und schreibt einen Brief an Frau Wut, in dem sie darum bittet, ihre oft unbeherrschbare Wut in Mut zu verwandeln. So schwer kann das ja nicht sein, schließlich muss man dafür nur einen Buchstaben umdrehen. Doch mit dem, was dann passiert, hat Marie nicht gerechnet. Im Zug, in dem sie auf eigenartige Weise landet, nimmt GloriaFuria, die Fee der Wut, Marie unter ihre 37 Röcke und entführt sie auf ihr Schloss. Dort soll Marie drei Prüfungen bestehen, um ihre Wut in Mut zu verwandeln. So einfach, wie das auf den ersten Blick aussieht, ist das aber gar nicht. Draußen lauern der BlitzFritz und sein Flammenkalb, die um jeden Preis in das Schloss wollen. Nach vielen spannenden und aufregenden Abenteuern findet ausgerechnet Nils, das Kuschelnilpferd von Marie, die Lösung.

GloriaFuria und die schlimme Marie ist ein Buch für Kinder, die den kleinen Wutteufel auch hin und wieder in sich spüren und sich nicht dagegen zu wehren wissen. Und es ist ein Buch für abenteuerlustige Kids, die sich von Krötenbeinen und Echsenschwänzen nicht ängstigen lassen. Sozusagen eine Art *Alice im Wunderland*, im Gegensatz zu dem bekannten Klassiker jedoch ein kindgerechtes, aber in keiner Weise kindisches Buch, das den jungen Lesern auch ohne tief schürfende Erklärungen der Erwachsenen Freude macht.

🕮 *Lukas Hartmann: GloriaFuria und die schlimme Marie, Nagel & Kimche, Zürich 2003, 208 S., 12,90 Euro, ab 8 Jahren*

David und Hallie wollen ein Haustier – nach langem Hin und Her überzeugen sie Vater Myles, eine Milchkuh anzuschaffen: Die macht nicht viel Arbeit, wohnt nicht im Haus, muss nicht Gassi geführt werden und ist auch noch nützlich. Also ziehen die drei los und beschaffen eine Kuh. Doch so ganz geht ihr Vorhaben nicht auf: Nicht nur, dass Cassie gar nicht daran denkt, Milch zu geben, sie stellt auch noch reichlich Ansprüche an die kleine Familie: *Cassie liebt Beethoven*, ganz besonders dessen 6. Symphonie. Und als ob das nicht schon genug wäre, will sie auch noch Klavier spielen lernen. Für Hallie und David folgt nun eine Herausforderung nach der anderen. Schließlich kann man einer Kuh nicht so einfach Noten beibringen. Und auch das mit dem Klavier klappt nicht gleich, die Hufe einer Kuh passen eben nun mal nicht auf normale Klaviertasten. So wirbelt Cassie das Leben der ganzen Familie gehörig durcheinander, obwohl die ohnehin genug zu tun hat: mit dem Ladengeschäft, mit ihrem hundert Jahre alten Haus, an dem ständig etwas repariert werden muss, mit Kochen, Hausputz und Gartenarbeit. Und dennoch: Am Ende sind sie nach vielen Anstrengungen und Streitereien alle glücklich beieinander. *Cassie liebt Beethoven* ist eine wunderbare Liebeserklärung an die Musik – und ein hinreißend komischer Kinderroman über den Traum vom großen Ruhm.

🕮 *Alan Arkin: Cassie liebt Beethoven, rororo Rotfuchs, Reinbek bei Hamburg 2002, 156 S., 12,90 Euro, ab 8 Jahren (bei der Deutschen Grammophon ist Cassie liebt Beethoven als Hörbuch erschienen)*

Dass Haustiere nicht nur lieb und nett, sondern auch anstrengend sein können, das weiß jeder, der eines hat. Wie anstrengend allerdings ein junger Compsognathus ist – ein Dinosaurier in der Größe eines Huhnes -, das weiß wohl nur derjenige, der das wunderbare Buch *Dinosaurier gibt es nicht* von Hanna Johansen gelesen hat. In dieser Geschichte erzählt Zawinul von seinem Minisaurier, der eines Tages aus einem Osterei schlüpft und eine Menge Aufregungen in sein bis dahin ausgesprochen gemütliches Leben bringt.

In *»Omps!« Ein Dinosaurier zu viel* bekommen Zawinul und sein Compsognathus Nachwuchs: einen kleinen blauen Hasen. Blaue Hasen sind hochnäsig und finden Dinosaurier ungehobelt. Dinosaurier dagegen sehen in blauen Hasen vor allem Futter, das aber leider immer viel zu schnell unter dem Schrank verschwindet. In Zawinuls Wohnung geht es von diesem Tag an reichlich chaotisch zu. Nächtliche Verfolgungsjagden rauben ihm dem Schlaf. Und jeden Morgen sieht die Wohnung wie ein Schlachtfeld aus. Hinzu kommt, dass die beiden sich den ganzen Tag zanken und Zawinul nur damit beschäftigt ist, zwischen den beiden Streithähnen zu schlichten. Doch irgendwie hat er beide gern, und irgendwie scheinen die beiden trotz ihrer ständigen Auseinandersetzungen aneinander zu hängen. Was in Zawinuls Wohnung passiert, erinnert frappierend an die Situationen, denen Familien mit mehreren Kindern ausgesetzt sind. Unglaublich witzige und zugleich rührende Dialoge lassen tief in die Seelen von Mensch und Tier blicken. Und als die drei endlich einen Plan entwickeln, wie der Compsognathus ins Mesozoikum zurückkehren kann, kommt bei aller Freude auch ein wenig Trauer auf. Vom Verlag wird dieses ungewöhnlich komische und gleichzeitig nachdenkliche Buch für Kinder ab zehn empfohlen. In unserer Familie wurde dieses Buch gemeinsam gelesen und hat allen zwischen vier und fünfundvierzig viel Freude und Vergnügen bereitet.

📖 *Hanna Johansen: »Omps!« Ein Dinosaurier zu viel, Nagel & Kimche, München/Wien 2003, 158 S., 12,90 Euro, ab 10 Jahren*

Die Mutter der Zwillinge Kamma und Tom kauft ein verwunschenes Haus – das »Elchsauge«, benannt nach einem riesigen Elchkopf, der früher mal über der Eingangstür hing. Allzu begeistert sind die halbwüchsigen Kids von der Neuerwerbung nicht, auch wenn die kleine Familie, die seit dem Tod des Vaters nirgendwo für längere Zeit blieb, endlich sesshaft werden will. Denn das Elchsauge ist das einzige mit dem knappen Budget finanzierbare Gebäude in dem Dorf ihrer Wahl – und so sieht das Haus auch aus: windschiefe Wände, ein durchlöchertes Dach und heftig knirschende Treppen. Zu allem Überfluss liegt der prächtig blühende Garten auch noch direkt neben dem Friedhof – und das hat bislang alle Käufer abgeschreckt. Kein Wunder, dass der Immobilienmakler Moony sich begeistert die Hände reibt, nachdem der Kaufvertrag unterschrieben ist.

Während Tom die abgeblätterten Wände mit Farbe bearbeitet, um das Haus möglichst schnell Gewinn bringend verkaufen zu können, freundet sich Kamma mit dem merkwürdigen Herrn Moony an, der neben seiner Immobilienfirma auch ein Beerdigungsinstitut führt.

Doch mit dem Haus, das der Familie von Moony erfolgreich aufgeschwatzt wurde, scheint irgendetwas nicht zu stimmen. Also gehen Kamma und Tom der Sache auf die Spur – und beginnen damit im Keller. Dort finden sie einen Kugelschreiber, in dem ein Männchen schwimmt: Als Kamma damit schreiben will, erscheinen nicht die eigenen Gedanken, sondern die des kleinen Männchens. Und als sie trotz Toms Einspruch den Stift öffnet, fängt es erst richtig an zu spuken. Ein stinkender Fakir erwacht zum Leben, es gibt gleich mehrere Tote, und der verschollene Elchskopf taucht schließlich auch wieder auf. Kammas herzliches Verhältnis zu Moony kommt den Kindern in dieser Situation doch sehr gelegen.

Nie zuvor wurden im Kinderbuch ein Beerdigungsinstitut und sein Inhaber derart witzig und in allen Details dargestellt. Der Däne Bjarne Reuter greift mit vollen Händen in die Schatzkiste seiner verrückten Phantasie und erzählt diese unglaublich skurrile Geschichte mit liebenswürdigem Humor. Spaß und Spannung bis zum Schluss sind garantiert.

📖 *Bjarne Reuter: Ein Fakir für alle Fälle, Carlsen TB, Hamburg 2002, 188 S. 6,90 Euro, ab 11 Jahren (die Geschichte gibt es auch als CD (14,95 Euro) oder MC (9,95 Euro) beim Patmos Verlag)*

Polo Pazifik lebt mit seiner Mutter in einer kleinen verschlafenen Hafenstadt. Vom Vater hat er nur ein Foto – und die Liebe zum Meer. Sein Leben dreht sich um die kleinen, alltäglichen Abenteuer, die er mit seiner besten Freundin Amy erlebt. Bis eines Tages ein seltsamer Kapitän auftaucht, der ihn zu seinem Vater bringen soll. In der Hand hat er einen Vertrag, der besagt, dass er die ersten dreizehn Jahre und dreizehn Tage seines Lebens bei der Mutter verbringen darf, dann aber zum Vater muss. Polo Pazifik schwankt zwischen Entsetzen und Neugier, schließlich will er schon wissen, was der Vater, den er bis dahin für tot gehalten hat, für ein Mensch ist. Der Junge tritt eine abenteuerliche Reise an, auf der ihn bis auf Amy ausgerechnet die Kinder begleiten, mit denen er bislang nur Schwierigkeiten hatte. Als Schiffsjunge muss er sie bedienen und wird vom Kapitän, dem Koch und den Matrosen schikaniert. Und als ob das nicht schon schwierig genug wäre, wird bald klar, dass Polo sein Ziel nur erreichen wird, wenn er sich mit den anderen Kindern zusammentut. Zudem geschehen eigenartige Dinge an Bord: Je länger das Schiff unterwegs ist, desto unheimlicher wird es.

Der Wiener Kinderbuchautor Thomas Brezina hat nach über hundert Büchern, die in unterschiedlichen Kinderserien erschienen sind, mit *Polo Pazifik* seinen ersten Einzelroman geschrieben. Und dabei kam eine spannende Abenteuergeschichte für Mädchen und Jungen heraus, die die Kids nach den ersten Seiten nur noch mit Mühe aus der Hand legen können. Über die Absicht, die Brezina mit diesem Buch verfolgt, sagt er: »Ich wollte die Entwicklung eines Jungen schildern, der am Ende ein anderer ist als am Anfang. Eine charakterliche Entwicklung von Helden ist in Serien aber nicht möglich. Da müssen die Hauptfiguren immer ›gleich‹ bleiben.«

Natürlich ist das, was Polo Pazifik im Verlauf der Geschichte durchmacht, ausgesprochen schmerzhaft. Er muss sich mit seinen eigenen Gefühlen und mit Menschen auseinander setzen, die er zuvor verachtet hat. Brezina schafft es mühelos, Werte wie Freundschaft, Toleranz und Menschlichkeit unaufdringlich zu vermitteln.

🕮 *Thomas Brezina: Polo Pazifik, Ravensburger Buchverlag, Ravensburg 2002, 334 Seiten, 12,95 Euro, ab 11 Jahren*

Auf Carrie kommen einige Veränderungen zu: Der Vater nimmt einen neuen Job an, die Mutter arbeitet neuerdings den ganzen Tag, und dann zieht die Familie auch noch in das alte Haus der Großmutter, mit der Carrie noch nie besonders viel anfangen konnte. Auch mit ihrer Freundin Kathy versteht sie sich längst nicht mehr so gut wie früher. Am Schlimmsten ist es aber, wenn Carrie in das alte Haus kommt, das sie neuerdings bewohnen. Denn dann sieht sie im Mansardenfenster ein Mädchen in altmodischen weißen Kleidern stehen. Ein Mädchen, das eigentlich gar nicht da sein dürfte, denn die Mansarde ist leer. Doch Carrie weiß, dass dort jemand ist. Sie weiß nur nicht, wer. Und sie weiß nicht, was diejenige von ihr will. Carrie hat einfach nur Angst. Bis sie eines Nachts in der Mansarde einschläft und in einer anderen Zeit in einem anderen Körper wieder erwacht: Carrie lebt das Leben der früh verstorbenen Schwester ihres Großvaters und erlebt in dieser Zeit Dinge, von denen sie früher nicht einmal träumte.

Als sie endlich wieder die alte Carrie ist, hat sie einen anderen Blick auf das Haus und die Großmutter. Eine phantastische und unheimliche Geschichte, die mit Familienähnlichkeiten spielt und besonders für Mädchen geeignet ist.

🕮 *Magdalen Nabb: Ein neuer Anfang, Diogenes Verlag, Zürich 2000, 172 S., 9,90 Euro, für junge Erwachsene*

Tipps für Leseratten

- *Ralf Isau: Der Drache Gertrud, Thienemann Verlag, Stuttgart 2000, 96 S., 9,90 Euro, ab 6 Jahren*
- *Irmgard Lindner: Krümel und Rosine; Krümel und Rosine in Schwierigkeiten; Krümel und Rosine im Tohuwabohu; Thienemann Verlag, Stuttgart 2001 – 2003, 160/176/172 S., je 9,90 Euro, ab 6 Jahren*
- *Ingrid Uebe: Mascha Marabu, 4 Bände, arsEdition, München 1999 – 2002, je 8,50 Euro, ab 8 Jahren (Band 1 ist inzwischen als Fischer TB erschienen, 5,90 Euro)*
- *Knister: Hexe Lilli, 6 Bände, Arena Verlag, Würzburg 2003, ca. 70 S., je 8,90 Euro, ab 8 Jahren*
- *Marliese Arold: Gespensterpark: Die Geheimtür zur Geisterwelt; Der geheime Ruf der Zwölf; Die Verschwörung der Geister; Oetinger Verlag, Hamburg 2002 – 2003, je 144 S., 8,50 Euro, ab 8 Jahren*
- *Cherith Baldry: Reihe »Das silberne Horn«: Schatten über Quellenland; Rätsel um den Adlerstein; Gefahr am schwarzen See; Arena Verlag, Würzburg 2003, je 144 S., 8,50 Euro, ab 9 Jahren*
- *Diana Wynne Jones: Zauberstreit in Caprona, Carlsen TB, Hamburg 2003, 320 S., 7,90 Euro, ab 9 Jahren*
- *Eva Ibbotson: Das Geheimnis von Bahnsteig 13, dtv TB, München 2002, 221 S., 6,50 Euro, ab 10 Jahren*
- *Eva Ibbotson: Das Geheimnis der verborgenen Insel, dtv TB, München 2003, 240 S., 7,– Euro, ab 10 Jahren*
- *Eva Ibbotson: Das Geheimnis der siebten Hexe, Cecilie Dressler Verlag, Hamburg 2002, 202 S., 12,– Euro, ab 10 Jahren*
- *Ralf Isau: »Die Neschan-Trilogie«: Die Träume des Jonathan Jabbock; Das Geheimnis des siebten Richters; Das Lied der Befreiung Neschans, Thienemann Verlag, Stuttgart, 464/560/528 S., je 18,– Euro, ab 10 Jahren*
- *Lemony Snicket: Die schaurige Geschichte von Violet, Sunny und Klaus, Beltz & Gelberg, Weinheim 2000 – 2003, bisher neun Bände, je 9,90 Euro, ab 10 Jahren*

- 🕮 *Herbert Osenger: Haus der Türen, Cecilie Dressler Verlag, Hamburg 2003, 304 S., 13,90 Euro, ab 10 Jahren*
- 🕮 *Paul Stewart: Die Klippenlandchroniken, vier Bände, Sauerländer Verlag, 15,80 – 16,80 Euro, ab 12 Jahren (die ersten beiden Bände sind bereits im Carlsen Taschenbuchprogramm erschienen, die weiteren folgen)*
- 🕮 *Andreas Steinhöfel: Der mechanische Prinz, Carlsen Verlag, Hamburg 2003, 272 S., 16,– Euro, für junge Erwachsene*

9

Es steht geschrieben – Religion im Kinder- und Jugendbuch

Religion im Kinderbuch – da schüttelt manch einer den Kopf, scheint dies doch längst kein Thema mehr zu sein, mit dem man jemandem hinter dem Ofen hervorlocken kann. Engel und Weihnachtsmänner finden sich in Bilder- und Kinderbüchern reichlich, und die Weihnachtsgeschichte gibt es in den meisten Verlagsprogrammen in mindestens einer Variation. Aber sonst? Ist die Bibel nicht eher etwas für den Religions-, Kommunion- und Konfirmandenunterricht? Auf den ersten Blick scheint das so zu sein. Dennoch: Es gibt eine ganze Menge Titel auf dem Markt, die sich mit religiösen Themen beschäftigen. Gerade im diesem Jahr 2003, das international als das »Jahr der Bibel« begangen wird, legen die Verlage in diesem Bereich kräftig nach. Und unter manchen allzu frömmlerischen Veröffentlichungen finden sich inzwischen auch einige, die selbst Jugendliche durch ihre witzige Aufmachung und jugendnahe Sprache dort abholen, wo sie sich zu Beginn der Pubertät befinden.

Viele Kinderbücher, die sich mit religiösen Themen beschäftigen, sind auch für Familien geeignet, die selbst nicht konfessionell gebunden sind oder sich dezidiert gegen eine Religion entschieden haben. Denn meist geht es um die Vermittlung von Werten, Verhaltensmustern und Umgangsweisen, die vom Respekt gegenüber anderen Menschen und der Natur getragen sind. Unabhängig davon ist Religion (immer noch) in nahzu allen Lebensbereichen, die im weitesten Sinne mit Kultur zu tun haben, gegenwärtig und damit auch Gegenstand von (Allgemein-) Bildung. Jede Gemäldegalerie konfrontiert ihre Besucher auch mit Bezügen zur Bibel, die nur verstehen kann, wer die Geschichte »hinter den Bildern« kennt. Auch in der Literatur finden sich immer wieder Anspielungen auf biblische Geschichten, Legenden oder Bilder. Kulturelle Bildung ist eben immer auch religiöse Bildung.

Ich möchte im Folgenden Titel zu folgenden Bereichen vorstellen:

- Kinderbibeln und biblische Geschichten
- Heiligenlegenden
- Religionen der Welt
- Gott und die Welt

Kinderbibeln und biblische Geschichten

Spricht man über Bibeln, so kommt man an der Deutschen Bibelgesellschaft nicht vorbei. Sie hat es sich zur Aufgabe gemacht, das Buch der Bücher einem breiten Publikum zugänglich zu machen. Das ist nur mit der klassischen Lutherbibel nicht ohne weiteres möglich, auch wenn Freiherr Carl Hildebrand von Canstein in Halle im Jahre 1710 sie als Vorbild nahm: Er gründete die erste Bibelgesellschaft der Welt, um die Heilige Schrift möglichst billig herzustellen. Dazu führte er den »stehenden Satz« ein, der es ermöglichte, die Druckform für mehrere Auflagen zu verwenden. Damals ging es ausschließlich um Bibeln für Erwachsene, an Bilderbibeln war zunächst nicht gedacht. Die gibt es erst seit der zweiten Hälfte des 19. Jahrhunderts, geprägt von den berühmten Bibelillustratoren Julius Schnorr von Carolsfeld und Gustave Doré. Beide zeichneten aber immer noch für Erwachsene. Im 19. Jahrhundert wurde das Verfahren der Farblithographie entwickelt, wodurch erst die Entstehung »richtiger« Bilderbücher möglich wurde.

Einen großen Sprung nach vorn verbuchte die Bibelillustration nach dem Zweiten Weltkrieg: Seit 1967 gibt es die großflächigen und in ihrer Naivität noch immer beeindruckenden Bibelillustrationen des Niederländers Kees de Kort, die zunächst in der Reihe »Was uns die Bibel erzählt« erschienen sind. Inzwischen ist die Kees-de-Kort-Kinderbibel, die ursprünglich für behinderte Erwachsene geschaffen wurde, ein Klassiker in diesem Bereich.

Im gleichen Jahr erschien die modern illustrierte »Große Patmos Bibel« und ein Jahr später die so genannte »Taizé Bibel« von Frère Eric Saussure. Seit 1973 sind die Illustrationen von Reinhard Herrmann zur »Elementar-Bibel« auf dem Markt: Die feingliedrigen und ins Detail gehenden Zeichnungen, die ursprünglich in acht Teilbänden erschienen sind und erst 1998 zu einem ganzen Bibel-Buch zusammengefasst wurden, stehen in deutlichem Gegensatz zu den stark vereinfachenden Bildern de Korts.

Mit Bibeln ist offensichtlich ein gutes Geschäft zu machen. 2001 verkaufte allein die Deutsche Bibelgesellschaft rund 500 000 Kinderbibeln und religiöse Kinderbücher. Selbst Verlage wie Ravensburger oder Arena haben Kinderbibeln im Programm, ebenso die kleineren, religiös geprägten Verlage Kösel, Herder, Pattloch oder Patmos. Inzwischen kann man sogar eine personalisierte Kinderbibel im Internet bestellen, in der die handelnden Personen das lesende Kind mit seinem Namen ansprechen – und all diese Bibeln unterscheiden sich natürlich in Sprache und Zeichenstil, vor allem aber hinsichtlich der biblischen Geschichten, die für die Kinder aufbereitet wurden – denn eines sollte allen klar sein, die zu einer Kinderbibel greifen: Jede Kinderbibel präsentiert nur einen mehr oder weniger großen Ausschnitt der »richtigen« Bibel.

Um die Kinder für biblische Geschichten zu interesieren, sollte man bei der Auswahl der Kinderbibel auf die Vorlieben des Kindes Rücksicht nehmen. Deshalb halte ich es gerade bei diesem sensiblen Thema für sinnvoll, dass die Kinder sich ihre eigene Kinderbibel mit aussuchen dürfen – nur dann besteht auch die berechtigte Hoffnung, dass sie immer mal wieder danach greifen, sich die Bilder ansehen und sich die Geschichten vorlesen lassen.

Bei uns in der Familie hat jedes Kind seine eigene Kinderbibel. Die Jüngste mag *Das große Bibel-Bilderbuch* von Kees de Kort mit den kurzen Texten und den großflächigen Zeichnungen besonders gern. Für etwas ältere Kinder eignet sich *Die große bunte Kinderbibel* aus dem Loewe Verlag gut, wobei hier nur eine kleine Auswahl an Bibeltexten berücksichtigt wurde.

Die große Ravensburger Bibel für Kinder ab acht Jahren ist ausführlicher und bietet eine gute Zusammenstellung von zentralen biblischen Geschichten aus dem Alten und Neuen Testament. Die Illustrationen sind sehr viel realistischer als die von Kees de Kort. Ein Sachanhang ergänzt diese Ausgabe. Ähnlich ist *Die Bibel für Kinder* aus dem Patmos Verlag gestrickt. Josef Quadflieg hat die Bibeltexte ausgewählt und bietet gerade neugierigen Kindern und Jugendlichen eine Vielzahl von Erläuterungen zu den biblischen Geschichten. Karten aus der Zeit der Bibel und Hinweise zu wichtigen historischen Ereignissen vervollständigen diese Bibelausgabe, die auch für Jugendliche geeignet ist.

- 🕮 *Kees de Kort: Das große Bibel-Bilderbuch – Alle Geschichten aus der Reihe »Was uns die Bibel erzählt« in einem Band, Deutsche Bibelgesellschaft 1994, 351 S., 25,– Euro, ab 4 Jahren*
- 🕮 *Detlev Block und Gisela Röder: Die große bunte Kinderbibel, Loewe Verlag, Bindlach 2001, 182 S., 10,– Euro, ab 6 Jahren*
- 🕮 *Trevor Barnes und Thomas Erne: Die große Ravensburger Bibel, Ravensburger Buchverlag, Ravensburg 2002, 254 S., 25,– Euro, ab 8 Jahren*
- 🕮 *Die Bibel für Kinder, ausgewählt und erläutert von Josef Quadflieg, Patmos Verlag, Düsseldorf 1999, 288 S., 24,90 Euro, ab 8 Jahren*

Wer dann Feuer gefangen hat und sich genauer über die Geschichten der Bibel informieren will, dem stehen ebenfalls eine Reihe von Büchern zur Verfügung. Besonders empfehlenswert sind die folgenden beiden: *Die Welt der Bibel – Altes und Neues Testament* bringt Ravensburger im Rahmen der Marketingaktion »2003 – Das Jahr der Bibel« neu heraus. Die wichtigsten Geschichten aus dem Alten und dem Neuen Testament, die ursprünglich in zwei getrennten Bänden erschienen sind, sind in einer handlichen Sammelausgabe zusammengefasst und in Sachinformationen über die Zeit, in der sie entstanden sind, eingebettet. Das beginnt bei historischen Informationen zur Entstehung der Bibel und endet mit einem kurzen historischen Abriss über die Entwicklung des Christentums. Dazwischen finden sich auf über 500 Seiten Informationen zu Kultur und Gesellschaft, zu Landschaft und Lebensweise, zu Natur und Gedankenwelt der damaligen Zeit. Die jugendlichen Leser erfahren, wo in der Bibel welche Vögel eine Rolle spielen und welche Tiere in der Wildnis lebten, wie der Kalender aufgebaut war und wie ein Haus aussah, was im Gesetz des Bundes stand, welche Rolle David und Goliath spielten und wie Palästina zur Zeit Jesu aufgeteilt war. Sicherlich kann auf jeden der vielen Aspekte nur kurz eingegangen werden – und so bietet *Die Welt der Bibel* einen Parforceritt durch die Geschichte des Alten und Neuen Testamentes, der mit seiner Fülle an Informationen aber nicht nur Kindern Spaß macht, sondern auch Erwachsenen.

Das Bibellexikon für Kinder, das Anfang des Jahres bei Patmos erschienen ist, führt die Kids ebenfalls an das Thema Bibel heran. Biblische Namen, Orte und Begriffe werden erklärt und dadurch die Zusammenhänge besser verstanden. Die Informationen sind nicht so vielfältig, wie in der *Welt der Bibel*, dafür wird auf das eine oder andere Thema intensiver eingegangen. Während sich das Buch von Ravensburger auf möglichst breite Informationen stützt und sich vor allem für Kinder eignet, die sich schnell und mit kurzen Texten informieren wollen und auch gern in illustrierten Ausgaben blättern, geht das *Bibellexikon für Kinder* mehr in die Tiefe. Vielfach werden »aktuelle« Bezüge zur Lebenswelt der Kinder hergestellt, und Querverweise laden zum weiteren Nachlesen ein. Bilder machen die Artikel lebendig, hinzu kommen Karten aus biblischer Zeit, die gerade historisch interessierte Kinder begeistern dürften. Wichtig: Das Lexikon ist ökumenisch ausgerichtet.

🕮 *Die Welt der Bibel – Altes und Neues Testament, Ravensburger Buchverlag, Ravensburg 2003, 528 S., 14,95 Euro, ab 10 Jahren*

🕮 *Eva und Claus Jürgensen: Bibellexikon für Kinder, Patmos Verlag, Düsseldorf 2003, 128 S., 16,90 Euro, ab 11 Jahren*

Die Geschichte von Jesus Christus aus einer völlig neuen, humorvoll gebrochenen Perspektive, die kleine und große Geschichtenliebhaber begeistert, erzählt Mark Kleber: Alles beginnt mit einem Missverständnis. Der Esel aus dem Stall zu Bethlehem hat nur mit halbem Ohr zugehört – und er hat etwas von einem »Erzesel« vernommen, der Gabriel heißen soll. Und von nun an ist die Eselsstute, die die hochschwangere Maria nach Bethlehem getragen hat, davon überzeugt, dass sich die seltsame Prophezeiung im Stall offensichtlich auf das Fohlen beziehen muss, das sie demnächst erwartet. Und als sie einige Zeit später eine kleine Eselsstute gebärt, gibt sie ihr den Namen »Gabriel«, in der Überzeugung, dass ihre Tochter etwas ganz Besonderes ist. Doch Gabriel tut sich lange Zeit schwer mit der Hoffnung, die die Mutter in sie setzt. Sie soll etwas Besonderes sein, etwas Besonderes leisten. Doch was? Nach dem traurigen Tod der Mutter, der so eindrucksvoll geschildert wird, dass meine Kinder beim Vorlesen auch ein paar Tränen vergossen haben, macht sie sich gemeinsam mit ihrem Freund, dem Raben, auf den Weg, um ihre Bestimmung zu suchen.

Und auf merkwürdige Weise ist die Geschichte dieses Esels immer wieder mit der Geschichte des Kindes aus Bethlehem verwoben. Bis zu dem Tag, an dem er endgültig Teil der Geschichte Jesu wird, auf dem Weg nach Jerusalem. Augenzwinkernd und warmherzig, zuweilen auch tiefgründig, erzählt Mark Kleber seine Geschichte, die für Kinder im Grundschulalter – und für Geschichtenliebhaber jeden Alters – zu empfehlen ist. Mit genau 24 Kapiteln eignet sich die Geschichte sogar als »Vorlese-Adventskalender«.

🕮 *Mark Kleber: Der Erzesel Gabriel, Edition Anker – Regenbogen im Christlichen Verlagshaus, Stuttgart 2001, 80 S., 9,– Euro, ab 6 Jahren (im gleichen Verlag ist dazu eine CD erschienen)*

Auch bei den beiden folgenden Titeln steht Jesus im Mittelpunkt. Dietrich Steinwede und Dieter Gelsheimer richten sich mit *Jesus von Nazaret* an Kinder ab zehn, die mehr über die wichtigste Figur aus dem Neuen Testament wissen wollen. Steinwede und Gelsheimer berichten vom Leben Jesu, von seinen revolutionären Ideen und seinen Aufsehen erregenden Taten. Dabei versuchen sie – so weit das überhaupt möglich ist – Legenden von der historischen Wahrheit zu trennen und letztere für die Kinder nachvollziehbar zu erzählen.

🕮 *Dietrich Steinwede und Dieter Gelsheimer: Jesus von Nazaret, Patmos Verlag, Düsseldorf 2001, 64 S., 16,– Euro, ab 10 Jahren*

Josef Quadflieg wählt einen anderen Ansatz: *Jesus – Geschichte eines Lebenden* ist ein spannend und einfühlsam geschriebener Jugendroman, in dem der Held eben Jesus Christus heißt. Die Leser begleiten Jesus Christus u.a. zu seinen Treffen mit den Jüngern und zu seiner Begegnung mit der sündigen Susanna und bekommen mit, wie die Gegner den Einfluss von Jesus zunehmend fürchten. In diesem Roman ist nicht jede Szene historisch verbürgt, dafür bleiben wohl die meisten Leser bis zur letzten Seite dabei – und verstehen vielleicht manche Botschaft des Evangeliums besser als zuvor (in der gleichen Reihe sind auch *Mohammed – Die Geschichte des Propheten«, Franziskus – Der Mann aus Assisi* und *Der Buddha – Die Geschichte des Erwachten* erschienen).

🕮 *Josef Quadflieg: Jesus – Geschichte eines Lebenden, Patmos Verlag, Düsseldorf 2001, 240 S., 14,90 Euro, ab 12 Jahren*

Aus der Vielzahl von biblischen Geschichten, die Kinder seit jeher beeindrucken, möchte ich eine herausgreifen: die Sintflut. Diese Geschichte wird in der Bibel und auch in vielen anderen Veröffentlichungen im Grunde immer wieder aus der Sicht von Noah und seinen Söhnen erzählt. Der Bau der Arche spielt nur am Rande eine Rolle, vielmehr geht es um den Auftrag, eine bestimmte Zahl von Tieren und einige auserwählte Menschen zu retten, die als Ahnen für das neue Volk Gottes ausersehen sind. Anne Provoost nimmt die Geschichte vom Bau der Arche ernst und setzt sie in einen mitreißenden und poetischen Roman um, der voller Sinnlichkeit von den Anstrengungen erzählt, von den vielen Hunderten von Menschen, die notwendig waren, um solch ein Schiff überhaupt fertig zu stellen. Erzählt wird aus der Sicht des Mädchens Re Jana, die mit ihren Eltern die Heimat verlässt, um beim Bau der Arche zu helfen. Doch schon bald ist der jungen Frau klar, dass all die vielen Menschen, die am Bau der Arche beteiligt sind, auf ihr gar keinen Platz finden werden, falls die große Flut tatsächlich kommen sollte. Re Jana, die sich in einen der Söhne des »Baumeisters« verliebt, wird auf die Arche geschmuggelt und erlebt die Sintflut als blinder Passagier, der jeden Moment um sein Leben kämpfen muss. Mit großer poetischer Kraft erzählt Provoost in *Flutzeit* von Intrigen, von Verrat und Erpressung, von verzweifelten Menschen, die auf der Arche dem großen Regen entgehen wollen. Und sie stellt die Frage nach Toleranz und Gerechtigkeit – Themen, die heute so wichtig sind wie damals.

🕮 *Anne Provoost: Flutzeit, Altberliner Verlag, Berlin und München 2003, 400 S., 19,40 Euro, für junge Erwachsene*

Heiligenlegenden

Heiligenlegenden werden seit Jahrhunderten von einer Generation an die nächste weitergegeben. Aber kaum jemand kennt noch die Lebensgeschichte der Menschen, um die sich die Heiligenlegenden ranken. Die Geschichte von Sankt Martin ist den meisten (katholischen) Kindern und ihren Eltern vielleicht noch in groben Zügen bekannt, doch schon Nikolaus von Myra gibt Rätsel auf: Warum werden noch heute die Kinder an seinem Namenstag mit Süßigkeiten beschenkt?

Gerade auch Kinder finden die Legenden, die sich um diese Menschen ranken, spannend. Sie möchten gern wissen, weshalb Sankt Georg oft als Ritter mit einem Drachen abgebildet wird, weshalb so viele Menschen zu Jakobus dem Älteren nach Spanien pilgern und woher die Bezeichnung »Siebenschläfer« für den 27. Juni kommt. Jedenfalls lauschen meine drei Kinder aufmerksam, wenn ich ihnen aus den Heiligenlegenden vorlese.

Zum Vorlesen und selbst lesen bietet sich die Sammlung an, die Erich Jooß unter dem Titel *Der Meister, der Träume schicken konnte* – damit ist übrigens der Heilige Benedikt gemeint – zusammengestellt hat. Jooß erzählt in einfachen Worten jeweils eine Geschichte aus dem Leben der Heiligen. Die farbenfrohen, aber niemals kitschigen Illustrationen stammen von Renate Seelig. Erwachsene Leser finden im Anhang noch einige zusätzliche Informationen zu den Heiligen und ihren Legenden.

🕮 *Erich Jooß und Renate Seelig: Der Meister, der Träume schicken konnte – Das Buch der Heiligenlegenden, Herder Verlag, Freiburg, Wien, Basel 2002, 192 S., 19,90 Euro, ab 8 Jahren*

»Er war großartig unbequem in seiner Zeit, man kam nicht um diesen brennenden Dornbusch herum« – Franz von Assisi, was wäre wohl heute aus ihm geworden? Luise Rinser erzählt genau das in *Bruder Feuer*, einem ihrer erfolgreichsten Romane: Franz von Assisi hat sich im 20. Jahrhundert in die Berge von Assisi zurückgezogen und eine Gemeinschaft Gleichgesinnter um sich geschart. Er findet begeisterte Anhänger und ist heftigen Anfeindungen ausgesetzt. Die Menschen können nicht verstehen, wie sich einer, der aus reichem Hause stammt, für ein entbehrungsreiches Leben und für tätige Menschlichkeit entscheiden kann. Erzählt wird das alles aus der Sicht eines Journalisten, der nach Assisi geschickt wird, um über den »Hexer« zu berichten, der in einer Kommune mit seinen Anhängern seinen revolutionären Ideen nachhängt. Rinsers *Bruder Feuer* ist erstmals 1975 erschienen, hat aber bis heute nichts an Aktualität und Intensität eingebüßt.

🕮 *Luise Rinser: Bruder Feuer, Fischer TB, Frankfurt am Main, 7,90 Euro, Jugendbuch (eine Großdruck-Ausgabe ist ebenfalls bei Fischer erschienen, eine gebundene Ausgabe 2001 bei Thienemann)*

Religionen der Welt

Gott, Allah, Buddha – Und woran glaubst du? ist ein beeindruckendes Bilderbuch, das Kindern zwischen drei und etwa sieben Jahren auf einfachste Weise nahe bringt, was es mit den unterschiedlichen Religionen auf sich hat. Durch eine Vielzahl von Klapp- und Schiebeelementen wird den Kindern etwas über Symbole, Kleidung, Gotteshäuser und unterschiedliche religiöse Praktiken vermittelt. Man sieht, was in einer Moschee, in der Kirche, in einer Synagoge oder im Gurdwara für heilige Gegenstände zu finden sind und wie diese Gebäude von außen aussehen. Ein kleines, aber ungewöhnlich gut gemachtes Buch für die Jüngsten, das zum Verständnis des Nachbarn und seiner Religion beitragen kann.

🕮 *Emma Damon: Gott, Allah, Buddha – Und woran glaubst du?, Gabriel Verlag, Stuttgart 2002, 16 S. mit Spieleffekten und Poster, 9,90 Euro, ab 3 Jahren*

In der Sachbuchreihe *Wieso? Weshalb? Warum?* (siehe Seite 69) ist 2003 ein Band zum Thema *Unsere Religionen* erschienen, der Kinder ab vier Jahren ausführlich und eindrucksvoll mit den Grundlagen von Christentum, Islam, Hinduismus, Buddhismus und Judentum bekannt macht. Da geht es um die Frage, warum

Menschen glauben und weshalb es Religion gibt; die Religionsstifter werden ebenso vorgestellt wie die auffallendsten Unterschiede in den Sitten und Gebräuchen der verschiedenen Religionen. Die Leser begleiten Christen beim Weihnachtsfest und Juden beim Pessachfest, sie lernen die unterschiedlichen Möglichkeiten der Kontaktaufnahme mit Gott kennen und erfahren, auf welche Weise jeweils die Gottesdienste gefeiert werden. Das ganze Buch ist mit zahlreichen Klappen und Halbstanzungen ausgestattet, durch die die Texte und Erklärungen noch zusätzlich verdeutlicht werden. Ein spannendes und gut gemachtes Sachbuch für Kindergarten- und Vorschulkinder, das durchaus auch für Kinder der ersten und zweiten Klasse geeignet ist. So schnell und kindgerecht wird nur selten über die großen Weltreligionen informiert.

📖 *Wieso? Weshalb? Warum? – Unsere Religionen – Christentum, Islam, Hinduismus, Buddhismus und Judentum, Ravensburger Buchverlag, Ravensburg 2003, 18 S. mit Klappen und Halbstanzungen, 12,95 Euro, ab 4 Jahren*

Wer sich eingehend über *Die Geschichte des Christentums* informieren möchte, der ist mit dem gleichnamigen Buch von Josef Quadflieg gut beraten. Quadflieg beginnt seinen Überblick in der Frühzeit des Christentums, berichtet von dessen Ausbreitung im ersten Jahrhundert, von Bonifatius und den frühen Mönchen, von der Kirchenpolitik im Mittelalter sowie den Kreuzzügen. Martin Luther ist ebenso ein eigenes Kapitel gewidmet wie der heutigen Situation der christlichen Kirchen.

Quadflieg legt ein gut recherchiertes, umfangreiches Geschichtsbuch vor, das leicht zu lesen und auch für Erwachsene, die nicht mit wissenschaftlicher Akribie in das Thema einsteigen wollen, Interessantes bietet. Allerdings ist dieses umfangreiche und nur von wenigen Bildern aufgelockerte Geschichtslesebuch nur für Kinder geeignet, die den notwendigen langen Atem mitbringen.

📖 *Josef Quadflieg: Die Geschichte des Christentums, Patmos Verlag, Düsseldorf 2002, 240 S., 19,90 Euro, ab 10 Jahren*

Eher zum Querlesen geeignet ist der Titel *Die großen Religionen der Welt* von Ravensburger, in dem jeweils in eigenen Kapiteln auf Alte Religionen, Naturreligionen, Hinduismus, Dschainismus, Sikhismus, Buddhismus, Shintoismus, Chinesische Religionen, Judentum, Christentum, Islam und Neue Religionen eingegangen wird.

Zahlreiche Fotos und Illustrationen auf allen Seiten erleichtern den Einstieg in die kurzen und prägnanten Texte, die sich jeweils einigen Besonderheiten der jeweiligen Religion widmen. Dass man auf einer Doppelseite zu den Indianern Nordamerikas oder den Azteken und Inka nicht allzu viele Details präsentieren kann, ist verständlich. Andererseits bietet dieses Buch einen ersten Überblick über die Vielzahl der Religionen und verlockt zum Weiterlesen.

Das Buch ist so aufgebaut, dass die Leser jederzeit auf einer beliebigen Seite einsteigen können, sich schnell zurechtfinden und im besten Fall jene Neugier entwickeln, die sie zu detailreicheren Sachbüchern führt.

📖 *Die großen Religionen der Welt – Hinduismus, Buddhismus, Judentum, Christentum, Islam, Ravensburger Buchverlag, Ravensburg 2002, 160 S., 19,95 Euro, ab 12 Jahren*

Gott und die Welt

Die Situation ist haargenau so, wie sich kleinere Kinder die Geschichte vom lieben Gott vorstellen: »Gott sitzt am Rande einer Regenwolke und bewundert den Regenbogen …« Doch dann kommt alles doch ganz anders. Denn Gott verliert seinen Stiefel, der durch die Wolken hindurch auf die Erde fällt und dort irgendwo verschwindet. Und Gott fühlt sich mit nur einem Stiefel gar nicht wohl, kann nicht gut laufen und überhaupt – schließlich hat er den Stiefel schon seit Ewigkeiten und will ihn deshalb unbedingt wiederfinden, auch wenn es nur ein alter, ausgelatschter Stiefel ist. Also macht er sich auf, um auf der Erde nach ihm zu suchen. Und was Gott als alter Mann auf der Erde erlebt, erinnert verblüffend an die Erlebnisse von Jesus. Keiner glaubt dem netten alten Herrn mit dem weißen Bart, dass er der liebe Gott ist. Die Erwachsenen halten ihn für verrückt, für einen alten Schmarotzer – und außerdem haben sie es sowieso immer eilig. Für seinen Wunsch, einen alten Stiefel wiederzufinden, haben sie kein Verständnis. Und wie das oft im Märchen ist – die Wahrheit sieht nur ein kleiner Junge, der dann die ganze Geschichte auch zu einem guten Ende bringt.

Ein Stiefel fiel vom Himmel ist ein farbenfroh gezeichnetes Bilderbuch über Toleranz und Nächstenliebe.

🕮 *Kåre Bluitgen und Chiara Carrer: Ein Stiefel fiel vom Himmel, Peter Hammer Verlag, Wuppertal 2001, 32 S., 12,90 Euro, ab 4 Jahren*

Der Großvater erzählte gern, und er erzählte von einem Leben, in dem trotz vieler kleiner und großer Widrigkeiten im Grunde alles gut ging: »Mir konnte keiner was – auch wenn die äußeren Umstände gar nicht gut waren.« Im Krieg verhungerte er nicht, nach dem Krieg fand er Arbeit. Alles war bestens, als er sich verliebte und ein Haus baute, Vater und schließlich Großvater wurde. Am Krankenbett, in dem der alte Mann sich nun auf sein Sterben vorbereitet, sitzt der Enkel und berichtet, was der Großvater ihm früher von seinem Leben so alles erzählt hat. Und der Betrachter sieht, was nicht ausgesprochen wurde: Der Großvater war niemals allein, weil er stets von seinem Schutzengel begleitet wurde, der ihm in allen schwierigen Situationen zur Seite stand.

Und die Leser merken: Der Abschied von einem geliebten Menschen kann tröstlich sein, denn niemand ist in seinem Leben allein, es gibt immer jemanden, der für ihn da ist und auf ihn aufpasst. Und als der Großvater friedlich einschläft, wartet draußen ein sonniger Tag auf den Enkel – und ein Schutzengel, der ihn fortan auf seinem Lebensweg begleiten wird. Jutta Bauer hat ein leises, stilles Buch vom Leben und Sterben geschrieben, das in zarten, aber niemals kitschigen Bildern etwas über das Vertrauen zu Gott erzählt. Es ist für Kinder, Eltern und Großeltern gleichermaßen lesenswert.

📖 *Jutta Bauer: Opas Engel, Carlsen Verlag, Hamburg 2001, 48 S., 11,– Euro, ab 4 Jahren*

Der kleine Pip interessiert sich brennend für den Himmel und den lieben Gott und stellt seiner Mutter komplizierte Fragen wie: *Mama, wie groß ist der Himmel?* Zu einer Antwort kommt die Mutter aber niemals, die gibt Pip sich immer gleich selbst.

Imke Sönnichen und Elizabeth Liddle begleiten den kleinen Jungen, wie er allmählich älter wird und seine Fragen und Antworten über Gott, den Himmel und den Tod immer komplexer werden. Bis er schließlich zu dem Schluss kommt, dass der Himmel doch überall ist und überall anfängt: Überall, wo Menschen einander lieben, hat Gott seinen Platz. *Mama, wie groß ist der Himmel* ist ein farbenfrohes Buch zum gemeinsam Lesen und Diskutieren – über die Größe und Weite des Himmels und viele andere Fragen, die Kindern so einfallen. Und möglicherweise bleibt auch manchem Vater oder mancher Mutter am Ende des Buches nur noch die Möglichkeit, so wie Pips Mutter ein erschöpftes »Gute Nacht« von sich zu geben.

📖 *Imke Sönnichen und Elizabeth Liddle: Mama, wie groß ist der Himmel?, Gabriel Verlag, Stuttgart 2003, 48 S., 11,– Euro, ab 5 Jahren*

Philipps Vater liebt das Bier, sein Großvater den Wein und sein Urgroßvater den Whisky. Philipp runzelt die Stirn und nimmt Mutters Antwort auf die Frage, warum das so ist, sehr ernst: *Alles steht oben geschrieben* erklärt die Mutter: Dass sie den Vater liebt und geheiratet hat ebenso wie seine Zuneigung zum Bier. Für Philipp scheint nun alles klar: Ob er in einen Hundehaufen tritt oder sein Freund die Brille eines Klassenkameraden zerschlägt, im Grunde kann doch keiner was dafür, denn *Alles steht oben geschrieben.* Doch schon bald merkt Philipp, dass dieses Argument für die meisten Erwachsenen doch nicht gilt. Er fängt sich eine Ohrfeige nach der anderen, weil er sich immer wieder auf das Schicksal beruft, für das er doch nun wirklich nichts kann. Bis Philipp beschließt, seine Entscheidungen selbstständig zu treffen, egal, was da oben geschrieben steht.

Claudine Desmarteau, die mit *Als Mama noch ein braves Mädchen war* groteske und freche Bilder zu all den vielen kleinen Schwindeleien vorlegte, die Mütter ihren Kindern immer mal wieder über die eigene Kindheit erzählen, hat auch in diesem jüngsten Werk nicht auf die frechen und grotesken Zeichnungen verzichtet. Wer sich für *Alles steht oben geschrieben* interessiert, sollte sich auf jeden Fall erst mal die Bilder ansehen, um zu entscheiden, ob ihm der Stil der Illustratorin gefällt. Von Desmarteaus Zeichnungen ist man begeistert – oder man lehnt sie rundweg ab. Nach meiner Beobachtung geht das Kindern und Eltern so.

🕮 *Claudine Desmarteau: Alles steht oben geschrieben, Bajazzoverlag, Zürich 2003, 40 S., 11,– Euro, ab 6 Jahren*

Wolfgang Seehaber widmet sich in *Papa, war Jesus eigentlich fromm?* Fragen und Antworten zu Jesus Christus. Humorvoll erzählt er, wie die erstaunlich bibelfeste achtjährige Sonja ihren nicht ganz so bibelfesten Vater mit ihren Fragen ganz schön zum Schwitzen bringt: Sie will wissen, ob Jesus gut malen konnte, was es mit dem Judaskuss auf sich hat und weshalb Ostern gefeiert wird.

Jeder, der Kinder hat, kennt solche neugierigen und unvoreingenommenen Fragen – und auch die Schwierigkeiten, die Erwachsenen manchmal mit den Antworten haben. Überzeugend sind an Seehabers kleinen Geschichten die unkonventionellen Antworten des Vaters, die »diesen Jesus« und die Bibel oft genug in ein neues Licht setzen.

Der kleine Band macht vor allem dann Spaß, wenn man sich darauf einlässt, mit seinem Nachwuchs über Sonjas Fragen und die Antworten ihres Papas auch zu diskutieren. Vielleicht findet man selbst ja manchmal auch eine befriedigende Erklärung, die Papas Antworten ergänzt.

🕮 *Wolfgang Seehaber: Papa, war Jesus eigentlich fromm? Sonjas Papa-Gespräche, Quell, Gütersloher Verlagshaus 2001, 94 S., 7,95 Euro, ab 8 Jahren*

David befindet sich auf einem Ausflug mit seinem Biologieleistungskurs, als der Minibus von der Straße abkommt und die Leitplanke durchbricht. Kurz drauf finden sich die Jugendlichen, der Busfahrer und die Lehrerin auf dem Weg in den Himmel wieder, begegnen dem seltsamen Gottesboten Leonardo und werden auf ihre Existenz jenseits des Lebens vorbereitet. Doch David und seine Klassenkameradin Marie sind nicht bereit, dieses Schicksal hinzunehmen. Sie sind beide davon überzeugt, dass hier ein Missverständnis vorliegt und sie fälschlicherweise unter die Toten geraten sind. Denn beide haben auf der Erde noch eine Aufgabe zu erfüllen. Als Leonardo auf einer Liste feststellt, dass die Namen der beiden tatsächlich fehlen, scheint alles sich zum Guten zu wenden. Doch Gott ist nicht bereit, David und Marie einfach wieder gehen zu lassen. Sie müssen ihn erst in einem Wettkampf besiegen. David überlegt lange, bis ihm einfällt, was Marie und er gut können: Sie sind Mitglieder im so genannten Debattierklub der Schule – und sie fordern Gott zu einer Debatte heraus. Und womit keiner gerechnet hat: Gott nimmt an.

Mary E. Pearson wählte für ihr erstes Jugendbuch ein reichlich verrücktes Thema. Doch sie schreibt mitreißend, lässt die jungen Leser gespannt an dem Bemühen Davids teilnehmen, wieder auf die Erde zu gelangen. Und was David vorher niemals zu träumen gewagt hätte, geschieht tatsächlich: Er siegt gegen Gott. Oder hat ihm Gott nur etwas vor Augen geführt, was der Jugendliche im Alltag vergessen hat?

Zum Abschied bittet er den Jungen noch um eine Kleinigkeit: »Lass ab und zu von dir hören. Nur so für ein kurzes Gespräch. Wie du es früher öfter gemacht hast, als du noch klein warst.

Nicht ewig dieses ›Falsch verbunden‹, das ich in letzter Zeit von dir bekommen habe. Du weißt schon, was ich meine: ein ›Oh, mein Gott‹ hier und ein ›Jesus, Maria‹ da – und wenn ich abhebe, ist niemand am anderen Ende der Leitung. Wenn du mich beim Namen rufst – dann meine es auch so.«

Pearson schreibt von einem wunderbar abwechslungsreichen Himmel mit riesigen Achterbahnen, hohen Wellen zum Surfen, einer Bibliothek, in der alle Bücher der Erde versammelt sind, Bahnhöfen, Flugplätzen und Kaffees. Hier kann ein jeder nach seiner Fasson glücklich werden. Wer als Kind Kellnerin oder Balletttänzerin werden wollte, der darf diesen Beruf auch im Himmel ausüben. Träume werden wahr, Hoffnungen, Wünsche und Visionen erfüllen sich. The three Jays – Jimi Hendrix, Janis Joplin und John Lennon – geben ein gemeinsames Konzert. Wenn wir wüssten, dass ein solcher Himmel auf uns wartet, würde manch einem der Abschied vom Leben leichter fallen.

🕮 *Mary E. Pearson: Unterbrich mich nicht, Gott, Ravensburger TB, Ravensburg 2002, 125 S., 4,95 Euro, für junge Erwachsene*

Tipps für Leseratten

🕮 *Erwin Grosche und Karsten Teich: Jona und der Wahl, Gabriel Verlag, Stuttgart 2002, 32 S., 11,– Euro, ab 4 Jahren*

🕮 *Rudolf Horn: Theophil Tschilp und das Geheimnis der Staublinge – Tiere erzählen die biblische Geschichte, Brockhaus, Katholisches Bibelwerk, Haan 1999, 237 S., 14,90 Euro, ab 5 Jahren*

🕮 *Sabine Lehmkuhl (Hrsg.): Das große Ravensburger Buch der Engel, Ravensburger Buchverlag, Ravensburg 2000, 160 S., 12,95 Euro, ab 6 Jahren*

🕮 *Lene Mayer-Skumanz: Gott, ich habe einen Tipp für dich, Gabriel Verlag, Stuttgart – Wien 2002, 94 S., 7,90 Euro, ab 8 Jahren*

- *Ingo Baldermann: Steh auf und geh! – Jesusgeschichten für Kinder, Patmos Verlag, Düsseldorf 2001, 63 S., 14,90 Euro, ab 8 Jahren*
- *Jule Sommersberg: Adam, Eva und ein Boot voller Tiere, Gabriel Verlag, Stuttgart 2002, 112 S., 7,90 Euro, ab 8 Jahren*
- *Jule Sommersberg: David, Goliath und der Wolkenkratzer, Gabriel Verlag, Stuttgart 2002, 112 S., 7,90 Euro, ab 8 Jahren*
- *Hermann Josef Frisch: Felix reist zum Dach der Welt – Begegnung mit Hinduismus und Buddhismus, Patmos Verlag, Düsseldorf 1998, 63 S., 12,90 Euro, ab 9 Jahren*
- *Rabbi Marc Gellman und Monsignore Thomas Hartman: Wo steckt Gott? – Wie wir unseren Kindern helfen können, mit schlechten Nachrichten umzugehen. CarlsenVerlag, Hamburg 2002, 158 S., 12,– Euro, ab 10 Jahren und für Erwachsene (von den gleichen Autoren sind die Titel »Wo wohnt Gott?«, »Was denkt Gott?« und »Wie buchstabiert man Gott?« im Carlsen Verlag erschienen)*
- *Georg Bienemann und Werner Höbsch: Im Supermarkt der Religionen – Ein Jugendlexikon, Patmos Verlag, Düsseldorf 2001, 128 S., 12,90 Euro, ab 12 Jahren*
- *Lee Strobel und Jane Vogel: Glaube im Kreuzverhör. Für Teens – Ein Journalist hinterfragt das Christentum, Gerth Medien 2003, 128 S., 7,95 Euro, ab 13 Jahren*

Ich bin
nicht

10

Unverzichtbar – Klassiker des Kinder- und Jugenbuches

Klassiker aus dem Kinder- und Jugendbuchbereich zu empfehlen, scheint auf den ersten Blick ganz einfach zu sein, schließlich gibt es eine Vielzahl guter und sehr guter Kinder- und Jugendbücher aus den vergangenen Jahrzehnten, die man mit gutem Gewissen dem Nachwuchs ans Herz legen kann. Auf den zweiten Blick ist genau dies das Problem: Was wählt man aus? Was macht heute noch Sinn? Und: Was sind eigentlich »Klassiker«? Wie alt müssen diese Bücher sein? Wie groß muss die Auflage gewesen sein?

Also: Die vorliegende Zusammenstellung ist keine Bestseller- oder gar nach Literaturpreisen sortierte Liste, sondern – wie alle Empfehlungen in diesem Buch – eine ausgesprochen subjektive Auswahl von Büchern, die mir und den Kindern, die ich gefragt habe, große Freude beim Lesen bereitet haben. Die Frage, ob es pädagogisch oder literarisch besonders anspruchsvolle Titel sind, spielt dabei keine Rolle. Auch die Klassiker-Liste erhebt keine Anspruch auf Vollständigkeit: Für jedes ausgewählte Buch mussten andere in den Hintergrund treten, weil auch eine Empfehlungsliste begrenzt ist.

Ich stelle die Bücher nicht inhaltlich vor, weil ich davon ausgehe, dass der Inhalt vielen erwachsenen Lesern bekannt ist oder aber Freunde oder Buchhändler weiterhelfen können. Wer trotzdem etwas über diese Bücher lesen möchte, der sollte zu Susanne Gaschkes im vergangenen Jahr erschienenen Buch *Hexen, Hobbits und Piraten* greifen. Dort werden einige der nachfolgend genannten Titel ausführlich rezensiert.

Ich habe nur Titel aufgenommen, die zurzeit (Frühjahr 2003) lieferbar sind, und ich habe versucht, die jeweils günstigste Ausgabe zu nennen. Bekannte Klassiker werden oftmals von verschiedenen Verlagen angeboten, deren Ausgaben sich in Aufmachung und Preis erheblich voneinander unterscheiden können. Da hilft eine Recherche im Internet oder die Nachfrage beim Buchhändler weiter.

Wie auch in den vorangegangenen Kapiteln sind die Bücher wieder nach Altersgruppen geordnet, d.h. die Empfehlungen für jüngere Kinder stehen am Anfang, die für die älteren Kinder am Schluss.

Bücher, die nicht altern

- *Eric Carle: Die kleine Raupe Nimmersatt, dtv Junior, 6,50 Euro, ab 2 Jahren (unterschiedliche Ausgaben vom Pappbilderbuch bis zur Sonderausgabe sind bei Gerstenberg erschienen, ein Hörbuch bei Karussell)*
- *Hans Limmer und Lennart Osbeck: Mein Esel Benjamin, Patmos Verlag, Düsseldorf 2001, 31. Auflage, 48 S., große Ausgabe 11,80 Euro, kleine Ausgabe 5,90 Euro, ab 2 Jahren*
- *Sigrid Heuck: Pony, Bär und Apfelbaum (3 Bände), Thienemann Verlag, Stuttgart, 11,– Euro, ab 3 Jahren*
- *Werner Holzwarth und Wolf Erlbruch: Vom Maulwurf, der wissen wollte, wer ihm auf den Kopf gemacht hat, Peter Hammer Verlag, Wuppertal 2001, 27. Auflage, 12,90 Euro, ab 3 Jahren*

- *Waldemar Bonsel: Die Biene Maja, Gondrom Verlag 2003, 217 S., 7,95 Euro, ab 4 Jahren (Hörbücher bei verschiedenen Anbietern)*
- *Maurice Sendhak: Wo die wilden Kerle wohnen, Diogenes Verlag, Zürich 1967, 14,90 Euro, ab 4 Jahren*
- *Gerdt von Basewitz: Peterchens Mondfahrt, dtv, München 1999, 140 S., 7,50 Euro, ab 4 Jahren (Hörbücher bei verschiedenen Anbietern)*
- *Josef Guggenmos: Was denkt die Maus am Donnerstag. 121 Gedichte für Kinder, dtv, München 2001, 118 S., 5,50 Euro, ab 4 Jahren*
- *Carlo Collodi: Pinocchio, Diogenes Verlag, Zürich 2003, 222 S., 7,90 Euro, ab 6 Jahren*
- *Astrid Lindgren: Madita, dtv junior (1971) 2003, 6,50 Euro, ab 6 Jahren*
- *Astrid Lindgren: Die Kinder aus Bullerbü, Gesamtausgabe, Oetinger Verlag, Hamburg 1988, 310 S., 15,90 Euro, ab 6 Jahren*
- *Paul Maar: Am Samstag kam das Sams zurück, Oetinger Verlag, Hamburg 1980, 159 S., 9,90 Euro, ab 6 Jahren (vom Sams gibt es weitere Bände)*
- *Alan A. Milne: Pu der Bär, Gesamtausgabe, dtv, München 1997, 7,50 Euro, ab 6 Jahren*
- *Otfried Preußler: Die kleine Hexe, Thienemann Verlag, Stuttgart, 128 S., 9,90 Euro, ab 6 Jahren*
- *Otfried Preußler: Der kleine Wassermann, Thienemann Verlag, Stuttgart, 128 S., 9,90 Euro, ab 6 Jahren*
- *Otfried Preußler: Das kleine Gespenst, Thienemann Verlag, Stuttgart, 128 S., 9,90 Euro, ab 6 Jahren*
- *Otfried Preußler: Der Räuber Hotzenplotz (3 Bände), Thienemann Verlag, Stuttgart, je 128 S., 9,90 Euro, ab 6 Jahren*
- *Otfried Preußler: Hörbe mit dem großen Hut, Thienemann Verlag, Stuttgart, 128 S., 9,90 Euro, ab 6 Jahren*
- *Otfried Preußler: Hörbe und sein Freund Zwottel, Thienemann Verlag, Stuttgart, 128 S., 9,90 Euro, ab 6 Jahren*

- *Johanna Spyri: Heidi I & II, Neuaufl. d. Silva-Ausgabe, WERD VERLAG 2001, 234 S., 32,90 Euro, ab 6 Jahren*
- *Marguerite Henry: König des Windes, Dressler Klassiker, Hamburg 2003, 176 S., 7,50 Euro, ab 8 Jahren*
- *Max Kruse: Urmel aus dem Eis, dtv-Junior, 6,50 Euro, ab 8 Jahren (die anderen Urmel-Bände sind als Thienemann TB bei Omnibus erschienen, die Hardcover-Ausgaben bei Thienemann, je 160 S., 9,90 Euro)*
- *Max Kruse: Der Löwe ist los, Carlsen TB, Hamburg 2003, 192 S., 5,90 Euro, ab 8 Jahren (im Hardcover sind alle vier Löwe-Bände bei Thienemann erschienen)*
- *Max Kruse: Don Blech und der goldene Junker, Thienemann Verlag, Stuttgart 1995, 160 S., 9,90 Euro, ab 8 Jahren*
- *James Krüss: Timm Thaler, Ravensburger TB, Ravensburg 2003, 301 S., 4,– Euro, ab 8 Jahren*
- *Selma Lagerlöf: Nils Holgersson, Dressler Klassiker, Hamburg 1998, 319 S., 7,50 Euro, ab 8 Jahren*
- *Astrid Lindgren: Pippi Langstrumpf in Taka-Tuka-Land, Oetinger Verlag, Hamburg 1986, 175 S., 7,50 Euro, ab 8 Jahren*
- *Astrid Lindgren: Michel und Klein-Ida aus Lönneberga – Sammelausgabe, Oetinger Verlag, Hamburg 2003, 121 S., 12,90 Euro, ab 8 Jahren*
- *Michael Ende: Jim Knopf und Lukas der Lokomotivführer, Thienemann Verlag, Stuttgart 2002, 260 S., 13,40 Euro, ab 8 Jahren*
- *James Matthew Barrie: Peter Pan, Arena Verlag, Würzburg 2003, 88 S., 7,95 Euro, ab 8 Jahren*
- *Anna Sewell: Black Beauty, Arena Klassiker, Würzburg 1996, 213 S., 7,95 Euro, ab 8 Jahren*
- *Jonathan Swift: Gullivers Reisen, Insel TB Frankfurt, 10,– Euro, ab 8 Jahren*
- *L. Frank Baum: Der Zauberer von Oz, Dressler Klassiker, Hamburg 2003, 192 S., 7,50 Euro, ab 10 Jahren*
- *Gottfried A. Bürger: Münchhausen, Reclam Verlag, Ditzigen, 4,10 Euro, ab 10 Jahren*

- *Daniel Defoe: Robinson Crusoe, Gondrom Verlag 2003, 137 S., 6,95 Euro, ab 10 Jahren*
- *Charles Dickens: Oliver Twist, Dressler Klassiker, Hamburg 1996, 586 S., 5,90 Euro, ab 10 Jahren*
- *Kurt Held: Die rote Zora und ihre Bande, Carlsen TB, Hamburg 2001, 478 S., 8,50 Euro, ab 10 Jahren*
- *Erich Kästner: Das doppelte Lottchen, Cecilie Dressler Verlag, 176 S., 9,90 Euro, ab 10 Jahren*
- *Erich Kästner: Das fliegende Klassenzimmer, Cecilie Dressler Verlag, 176 S., 9,90 Euro, ab 10 Jahren*
- *Erich Kästner: Emil und die Detektive; Emil und die drei Zwillinge, Cecilie Dressler Verlag, Hamburg 2003, 304 S., Jubiläumsausgabe 10,– Euro, ab 10 Jahren*
- *Judith Kerr: Als Hitler das rosa Kaninchen stahl, Ravensburger TB, Ravensburg 2003, 4,– Euro, ab 10 Jahren*
- *Rudyard Kipling: Das Dschungelbuch, Fischer TB, Frankfurt 2003, 200 S., 7,– Euro, ab 10 Jahren*
- *C.S. Lewis: Die Chroniken von Narnia – 7 Bände, Ueberreuter Verlag, Wien 2002 – 2004, je 180 – 200 S., 12,90 Euro, ab 10 Jahren (bisher sind die Bände 1 – 4 in Neuauflage erschienen, die restlichen drei folgen)*
- *Astrid Lindgren: Mio, mein Mio, Oetinger Verlag, Hamburg 1998, 189 S., 7,50 Euro, ab 10 Jahren*
- *Astrid Lindgren: Ferien auf Saltkrokan, dtv, Sonderausgabe 2003, 318 S., 7,50 Euro, ab 10 Jahren*
- *Alexander Lloyd: Taran – Der Findling; Der Fürst des Todes; Der schwarze Kessel; Der Spiegel von Llunet; Die Prinzessin von Llyr; Lübbe TB, 5,90 – 6,90 Euro, ab 10 Jahren*
- *Robert Louis Stevenson: Die Schatzinsel, Reclam Verlag Ditzingen, 5,90 Euro, ab 10 Jahren*
- *Mark Twain: Die Abenteuer von Tom Sawyer und Huckleberry Finn, 2 Bände, Diogenes Verlag, Zürich 2002, 327/470 S., 26,90 Euro, ab 10 Jahren*
- *Charles Dickens: Eine Weihnachtsgeschichte, Hyperion Verlag, Freiburg 2001, 251 S., 6,50 Euro, ab 12 Jahren*

- *James Fenimore Cooper: Der Lederstrumpf, Sämtliche 5 Erzählungen in zwei Bänden, Ellermann Verlag, Hamburg 1992, 361/420 S., 50,– Euro, ab 12 Jahren*
- *Michael Ende: Die unendliche Geschichte, Thienemann Verlag, Stuttgart 2002, 428 S., 18,– Euro, ab 12 Jahren*
- *Michael Ende: Momo, Thienemann Velag, Stuttgart 2002, 272 S., 13,90 Euro, ab 12 Jahren*
- *Karl May: Winnetou I, II und III, Gesammelte Werke – Band 7, 8, 9, Karl May Verlag 1951/1992, je 14,90 Euro, ab 12 Jahren*
- *Herman Melville: Moby Dick, Dressler Klassiker, Hamburg 2001, 282 S., 7,50 Euro, ab 12 Jahren*
- *Otfried Preußler: Krabat, Thienemann Verlag, Stuttgart 2002, 252 S., 13,90 Euro, ab 12 Jahren*
- *Emma von Rhoden: Der Trotzkopf; Trotzkopfs Brautzeit, Ueberreuter Verlag, Wien 2003, 216 bzw. 204 S., je 12,90 Euro, ab 12 Jahren*
- *Antoine de Saint Exupéry: Der kleine Prinz, Karl Rauch Verlag 2003, gebundene Buchausgabe mit zwei CDs, 19,90 Euro, für Kinder und Erwachsene.*
- *Struwwelpeter und Consorten – Bilderbögen und Bildergeschichten, Gerstenberg Verlag, Hildesheim 2003, 192 S., 22,– Euro, für die ganze Familie*
- *Die schönsten Märchen von Hans Christian Andersen, Esslinger Verlag Schreiber, Esslingen 1998, 192 S., 19,80 Euro, für die ganze Familie*
- *Ludwig Bechstein: Sämtliche Märchen, Winkler Weltliteratur, Düsseldorf 1999, 872 S., 44,90 Euro, für die ganze Familie*
- *Brüder Grimm: Kindermärchen und Hausmärchen, Reclam Verlag, Dietzingen 1997, 1002 S., 17,50 Euro, für die ganze Familie*
- *Wilhelm Hauff: Märchen, Arena Verlag, Würzburg 2003, 224 S., 7,95 Euro, für die ganze Familie*
- *Gustav Schwab: Sagen des klassischen Altertums, vollständige Ausgabe, Insel Verlag, Frankfurt/Main 2001, 1010 S., 18,50 Euro, für die ganze Familie*

🕮 *Die Erzählungen aus den Tausendundein Nächten, nach d. arab. Urtext d. Calcuttaer Ausg. aus d. Jahre 1839 übertr. v. Enno Littmann, Insel TB, Frankfurt/Main, 6 Bände in 12 Teilbänden, 50,– Euro, für die ganze Familie*

11

Zeitschriften für Kinder und Jugendliche

Es werden immer mehr: Die Frankfurter Rundschau hat schon vor drei Jahren im Rahmen ihres Wochenendmagazins unter dem Titel »Magazinchen« eine Kinderseite für die Acht- bis Zwölfjährigen eingerichtet, im Berliner Tagesspiegel gibt es seit etwa zwei Jahren samstags eine Kinderseite, auch in anderen Redaktionen gibt es Überlegungen, eine Seite für die jüngsten Leser einzurichten. Die Zeitungsmacher haben offensichtlich etwas entdeckt, was die Verlage für Kinder- und Jugendzeitschriften schon längst wissen: Die Kids sind die Zeitungsleser von morgen – und sie sind ein Publikum, um dessen Gunst zu kämpfen sich lohnt, schließlich sind Kinder und Jugendliche schon lange eine wichtige Zielgruppe der Werbewirtschaft. Allein die Sechs- bis Dreizehnjährigen verfügen im Jahr über insgesamt rund 5,12 Milliarden Euro an Taschengeld und Sparguthaben. Das ist das Ergebnis der Kids-Verbraucher-Analyse 2002, die die Verlage Bauer, Axel Springer und Egmont Ehapa in Auftrag gegeben haben. Über ihr Taschengeld darf die Mehrzahl der Kleinen (64 Prozent) allein verfügen, so ein weiteres Ergebnis der Studie. Ganz oben auf der Einkaufsliste stehen bei Jungen (59 Prozent) und Mädchen (56 Prozent) gleichermaßen Süßigkeiten, gefolgt von Eis, Zeitschriften und Büchern. Kein Wunder, dass Anzeigenschaltungen für bestimmte Produkte dort interessant sind, wo Kinder lesen – in Tageszeitungen mit Kinderseiten und eben in Kinder- und Jugendzeitschriften.

Von Bravo bis Micky Maus: Kinder- und Jugendzeitschriften erfreuen sich großer Beliebtheit, da sie verhältnismäßig billig sind und die kurzen Artikel in der Regel alles Wissenswerte über ein Thema enthalten. Außerdem haben die bunten Hefte den Vorteil, dass selbst die Kinder danach greifen, die nie ein Buch in die Hand nehmen würden.

Das Angebot an solchen Zeitschriften ist allerdings kaum noch zu überblicken: Rechnet man die Angebote am Kiosk und im Abonnement, die Mitgliederzeitschriften der unterschiedlichen Vereine und die kostenlosen Werbezeitschriften von Unternehmen wie Krankenversicherungen, Banken oder Apotheken zusammen, so kommt man leicht auf über hundert Titel – ein richtig großer Markt also.

Im Bereich der Kioskzeitschriften ist der Ehapa Verlag eindeutig Marktführer. Fast die Hälfte der Printmedien für Kinder und Jugendliche, die an Kiosken und in Supermärkten verkauft werden, erscheinen bei oder in Zusammenarbeit mit Ehapa. Bei den Schüler- und Abonnementzeitschriften liegen Domino und der Velber Verlag vorne, die Angebote für unterschiedliche Altersgruppen im Programm haben.

Die Zeitschriften am Kiosk sind vor allem bunt – je greller, desto größer die Chance, dass die jugendlichen Käufer danach greifen. Und Gimmicks (so heißen die aufgeklebten oder beigelegten Geschenke) gehören auch dazu – so manches Heft scheint eher wegen dieses Spielzeugs gekauft zu werden als wegen seines Inhalts, das habe ich zumindest bei meinen Kindern beobachtet. Denn der Inhalt ist in vielen Fällen austauschbar. Schon bei einer flüchtigen Durchsicht fällt auf, dass die Qualität der Abonnementzeitschriften im Durchschnitt deutlich höher ist als die der Kioskzeitschriften. Aus diesem Grunde – und weil sie viel weniger bekannt sind – möchte ich im Folgenden einige Publikationen vorstellen, die im Abonnement erscheinen oder als Mitgliederzeitschriften zu bekommen sind. Außerdem möchte ich auf einen Comic hinweisen, der aus der Masse der Comicangebote deutlich herausragt: die Abrafaxe, die inzwischen seit über 25 Jahren auf dem Markt sind.

Schließlich stelle ich noch einige Internetangebote für Kinder vor, die eine spannende und interessante Lektüre bieten und die Kids animieren, sich im Internet ein wenig umzusehen.

Abonnementzeitschriften

Die kleine Maus Philipp gibt es als Buchfigur schon seit rund zwei Jahrzehnten, und den meisten Eltern dürfte die Maus mit dem roten Halstuch mit den weißen Tupfen aus Bilderbüchern bekannt sein. Auch auf dem Bildschirm macht die kleine freche Maus einen guten Eindruck: »Philipps Tierstunde« war über Jahre hinweg eine beliebte Fernsehsendung bei Kindern im Alter zwischen fünf und acht Jahren. Seit fünf Jahren gibt es nun *Philipp – das Kindermagazin* für Kinder zwischen vier und acht Jahren, wobei der Herausgeber Norbert Landa betont, dass nach den Zuschriften zu urteilen, die er jeden Monat erhält, viele Leser älter sind. Das Heft umfasst vier Rubriken: »Zum Suchen, Raten und Zählen«, »Zum Malen und Singen«, »Zum Anschauen und Lesen« und »Zum Basteln und Spielen«. Es findet sich also für die meisten Kinder etwas, sie werden auf vielen Seiten mit einbezogen, ohne dass *Philipp* ein reines Bastelheft wäre. In meinem Freundeskreis gibt es eine ganze Reihe von Kindern, die *Philipp* als ihre Lieblingszeitschrift bezeichnen – und auch die Eltern sind begeistert. Ein kindgerechtes Kochrezept und ein Gewinnspiel runden jedes Heft ab: ein rundum attraktives Angebot für Vor- und Grundschulkinder, das wenig Wünsche offen lässt.

1876 unter dem Titel *Jugendlust* gegründet, ist der *Floh* nach Verlagsangaben die älteste Jugendzeitschrift der Welt. Der *Floh* erscheint mittlerweile alle zwei Wochen in vier verschiedenen

Ausgaben: *Flohkiste* für die erste Klasse, für die zweite Klasse, für die dritte und vierte Klasse und für Schüler ab der fünften Klasse. Die Flohkiste baut stark auf das Engagement der Kinder, die Hefte enthalten Tipps für die Freizeit, Bastelanleitungen und Bastelbögen sowie Rätsel und Seiten zum Ausmalen oder Ausfüllen für die jeweilige Altersstufe.

Für alle vier Ausgaben gibt es so genannte didaktische Handreichungen für Lehrer sowie einen Eltern-Schulbegleiter für die erste bis vierte Klasse, in dem es um schulische und erzieherische Fragen der jeweiligen Altersstufe geht. Die Themen der Hefte orientieren sich an den Lehrplänen, Information und Unterhaltung sind dem jeweiligen Verständnishorizont angemessen. Den Kleinen fällt das nicht weiter auf, sie lesen die *Flohkiste* mit Begeisterung. Etwas anders sieht es dann doch bei den älteren Flöhen aus: Da mag das Heft als schulbegleitende Lektüre ganz hilfreich sein, als reine Freizeitlektüre eignet sich das Heft nicht, denn allzu oft stolpert man über den erhobenen pädagogischen Zeigefinger.

Weniger pädagogisch und deutlich bunter ist *Treff* aufgemacht, eine Schülerzeitschrift aus dem Velber Verlag, die sich an Kinder von neun bis vierzehn Jahren richtet. Treff ist eine gelungene Mischung aus Information und Unterhaltung, wobei auch die so genannten »hippen« Themen der Jugendlichen Eingang ins Heft finden, im Mai-Heft 2003 zum Beispiel ein Poster der Band Bro'Sis, eine Reportage über »Die Waldgeister von Madagaskar« und eine Umfrage unter Jugendlichen zu getrennten Schulen für Mädchen und Jungen. Es gibt Sammelkarten zu den verschiedensten Themen, eine Umwelt-, eine Medien- und eine Überraschungsseite, Comics und die geradezu obligatorische Leserbriefseite. *Treff* ist eine Zeitschrift für Jugendliche, deren Themen von Jugendlichen mitbestimmt werden.

An Grundschüler wendet sich das vierteljährlich erscheinende, christliche Magazin *Kläx*: Berichte aus dem Alltag, Tierreportagen, Bastelvorlagen und Detektivstorys vermitteln abwechslungsreich und unterhaltsam christliche Werte, ohne die Bibel in den Mittelpunkt zu stellen. Dennoch: Auf einer Doppelseite ist immer auch eine biblische Geschichte zu finden. Die aber ist altersgemäß und modern aufgemacht. Mister Kläx erlebt auf vier Comicseiten jeweils ein Abenteuer, das Kläxikon enthält Sachinformationen zum jeweiligen Schwerpunktthema, eine Leserbriefseite und Mitteilungen aus dem Kläx-Club ergänzen das Angebot. Ein richtig gut gemachtes Magazin, das auch nicht religiös gebundenen Kindern eine Menge zu bieten hat.

Der bunte Hund ist die Literaturzeitschrift für die Jüngsten. Drei Mal im Jahr (April, August, Dezember) bringt die Verlagsgruppe Beltz & Gelberg ein Heft heraus, in dem einerseits Kinderbuchautoren mit alten und neuen Erzählungen und Illustrationen zum Lesen verlocken, Comics, Gedichte und Rätsel unterhalten und vor allem ein Erzählwettbewerb zum Mitmachen einlädt: Jeweils zu einer Illustration werden auf vier bis fünf Seiten kurze Erzählungen von Kindern veröffentlicht. Da *Der bunte Hund* sich an Sieben- bis etwa Vierzehnjährige wendet, wird der Schwierigkeitsgrad jedes Beitrags durch die Anzahl der beigestellten Hunde angegeben. Diese Zeitschrift ist für Kinder geeignet, die nicht unbedingt eine Vielzahl von Illustrationen benötigen. Der Schwerpunkt liegt auf den in der Regel literarisch anspruchsvollen Texten und den Anregungen zum Mitmachen und selbst Schreiben. Für mich das Beste, was über Kinder- und Jugendliteratur für die Kids auf dem Markt ist.

Die teuerste, aber auch eine der anspruchsvollsten Publikationen für Jugendliche ist das Sammelheft *Spick*, das seit 1982 von dem Schweizer Verleger Hans Heinrich Coninx in der Tamedia AG in Zürich herausgegeben wird. Auf 32 Seiten erscheinen unter den Rubriken »Tiere«, »Schule«, »Nachrichten«, »Kurios«, »Etwas Tun«, »Leben und Leute«, »Rätsel«, »Natur und Wir«, »Humor«, »Tipps und Tricks«, »Texte« und »Wie, Was, Warum« Sammelseiten zum Heraustrennen. Fotos und zurückhaltende Illustrationen kommentieren die anspruchsvollen Texte, die in den meisten Fällen so zeitlos gehalten sind, dass es sich durchaus lohnt, auch zu einem späteren Zeitpunkt mal in den Sammelordner zu schauen. Das Heraustrennen und Einordnen führt außerdem dazu, dass die Kinder sich intensiver mit der Zeitschrift beschäftigen und dabei auch mal auf einer Seite hängen bleiben, die sie beim ersten Durchblättern achtlos übergangen haben. Geeignet ist *Spick* deshalb vor allem für Kinder, die sich gern intensiv mit einem Thema auseinander setzen und Artikel zu spannenden Themen sammeln.

Mit Robinson auf Abenteuerreise: *Kinder, Kinder – die Zeitschrift der Kindernothilfe* – geht (leider!) nur einmal im Jahr auf Entdeckungsreise nach Afrika oder Indien, Brasilien oder Äthiopien. Gemeinsam mit Robinson erleben die Leser den Alltag von Kindern in anderen Ländern. Im Anschluss an die Geschichte gibt es weiterführende Sachinformationen sowie Spiele, Bastelideen oder Rezepte aus dem entsprechenden Land.

Etwas Besonderes für Englischanfänger ist die einmal monatlich erscheinende Zeitschrift *O! Kay!*: Damit die nicht gleich auf den ersten Seiten den Spaß verlieren, sind die längeren Texte alle auf Deutsch geschrieben. Witze und kleinere Übungen, sowie die Überschriften sind englisch. Die Übungen und Geschichten sowie das Vokabular sind auf das jeweilige Titel-Thema abgestimmt.

Jeder Ausgabe liegt eine Hörkassette bei, ergänzend kann man vierteljährlich eine CD bestellen; bei Abnahme eines Klassensatzes gibt es zusätzlich didaktische Handreichungen für den Lehrer.

Was *GEO* für die Großen ist, bietet *GEOlino* für die Kleinen. Das Kinderheft aus dem Hause Gruner & Jahr wird von der Geo-Redaktion verantwortet und steht inhaltlich dem großen Bruder in keiner Weise nach. *GEOlino* ist das Ansprechendste, was im Bereich Natur und Abenteuer auf dem Kindermagazinmarkt angeboten wird. Die Texte sind gut recherchiert, die Fotos von beeindruckender Qualität. Es ist zu spüren, dass die *GEOlino*-Macher auf das Archiv der *GEO*-Leute zurückgreifen können. Reportagen, im Aprilheft 2003 beispielsweise über Wölfe, wechseln sich ab mit Geschichten zu historischen Themen, wie der Erstbesteigung des Mount-Everest, die Leser finden Rätsel ebenso wie Berichte zu modernen wissenschaftlichen Themen – alles ist kindgerecht aufbereitet ohne kindlich zu sein. Da werden Kinder und Jugendliche als Leser ernst genommen und auf hohem Niveau mit Informationen versorgt. Für Kinder mit Interesse an Naturthemen und wissenschaftlichen Kenntnissen ist *GEOlino* die ideale Zeitschrift.

Haben Sie schon mal was von dem blonden Abrax, dem rothaarigen Brabax und dem schwarzhaarigen Califax gehört? Von jenen drei jugendlichen Abenteurern, die seit rund 25 Jahren mit ihren Zeitreisen in die unterschiedlichsten Epochen der Menschheitsgeschichte Jung und Alt begeistern? Längst gibt's die Erlebnisse der drei Herumtreiber auch als Buch, Computerspiel und Kinofilm: »Doch egal in welchem Medium die Abrafaxe ihre künftigen Abenteuer auch zu bestehen haben«, so der Geschäftsführer des MOSAIK-Verlages Klaus D. Schleiter, »Philosophie der MOSAIK-Redaktion wird es bleiben, interessante, gewaltfreie, historisch genau recherchierte Geschichten in Bildern von hoher Qualität zu erzählen.« Und diesem Anspruch werden die Bilder-Geschichten der drei Abenteurer auch gerecht.

Die Mutter der *Abrafaxe* ist die Modegrafikerin und Zeichnerin Lona Rietschel, die 1960 zum Ostberliner MOSAIK-Verlag stieß: Im Januar 1976 erblickten die Abrafaxe im »Geheimnis der Grotte« das Licht der Welt. Heute ist es ein ganzes Team, das sich um die Geschichten der drei reiselustigen Helden kümmert, die nicht nur auf dem Papier ein spannendes Leben haben: In der DDR waren sie mit monatlich 733 000 verkauften Exemplaren die auflagenstärkste »Bilderzeitschrift« – 30 000 Hefte gingen jeweils nach Ungarn. Von 1976 bis 1989 sind sie in einer Gesamtauflage von 123 Millionen Stück erschienen; vom ersten Heft an waren alle Ausgaben vergriffen. Die Abrafaxe entführten die unter dem staatlichen Reiseverbot leidenden DDR-Bewohner nach Dalmatien und Spanien, Venedig und Indien, in die Südsee und schließlich nach Japan. Da wurde manche Sehnsucht nach unerreichbarer Ferne zumindest in der Phantasie bedient. Das Markenzeichen der Comics, die in diesem Genre noch heute Maßstäbe setzen, waren die stets gründlich recherchierten Geschichten, die auf historischen Begebenheiten beruhten. Hinzu kommen die detailgetreu der jeweiligen Zeit nachempfundenen Szenerien und Kostüme. Und noch immer gelingt den MOSAIK-Machern das scheinbar Unmögliche: Sie verbinden Spaß und Bildung auf sehr erfolgreiche Weise.

Während viele ostdeutsche Verlage die Wende nur mit Mühe überstanden, brachten die MOSAIK-Macher ihr Heft weiterhin Monat für Monat an die Kioske. Dennoch war man dringend auf der Suche nach einer neuen Verlagsleitung: Im Oktober 1991 übernahmen Anne Hauser-Thiele und Klaus D. Schleiter gemeinsam die Geschäftsführung, seitdem erscheinen die Abrafaxe im MOSAIK Steinchen für Steinchen Verlag in Berlin – und seitdem gingen über 13 Millionen MOSAIK-Hefte über die Ladentheke. Heute sind die drei quirligen Burschen immerhin noch mit monatlich 102 000 Exemplaren auf dem Markt, von denen inzwischen etwa ein Drittel in den alten Bundesländern verkauft wird – Tendenz steigend.

Titel	Erscheinungsweise (pro Jahr)	Verlag	Bezugsadressen	Alter	Preis pro Heft
mosaik – Die Abrafaxe	12 x	Mosaik Steinchen GmbH	Mosaik Aboservice Düsterhauptstr. 17 13469 Berlin www.abrafaxe.com	ab 8	1,85 €
Philipp – das Kindermagazin	6 x + 3 Sonderhefte	KIM Verlag	Abo-Service Römerstr. 90 79618 Rheinfelden	4 – 8	3,– €
Der bunte Hund	3 x	Beltz & Gelberg	Der Bunte Hund Aboservice c/o KNO Schockenriedstr. 69 70565 Stuttgart	ab 8	6,40 €
Die Flohkiste	24 x	Domino Verlag	Domino Verlag Günther Brinek GmbH Postfach 19 03 45 80603 München	6 – 10	2,66 €
GEOlino	12 x	Gruner & Jahr	Abo-Service 20444 Hamburg	8 – 14	2,55 €
Kinder, Kinder	1 x	Kindernothilfe	Kindernothilfe Postfach 28 11 43 47241 Duisburg	8 – 14	kostenlos
Kläx	4 x	Bundes-Verlag	Bodenborn 45 58452 Witten	6 – 11	3,20 €
O! Kay!	12 x	Domino Verlag	Domino Verlag Günther Brinek GmbH Postfach 19 03 45 80603 München	6 – 10	6,14 €
Spick	12 x	Tamedia AG	Abo-Service Postfach CH-8021 Zürich	9 – 14	109,50 SFr
Treff	12 x	Velber im OZ Verlag	Treff Leserservice Velber im OZ Verlag Im Brande 21 30926 Seelze	9 – 14	2,30 €

Internetportale für Kinder und Jugendliche

Online-Zeitschriften sind eine gute Ergänzung zu traditionellen Printmedien, kann doch hier im Idealfall das eine oder andere Thema vertieft werden. Hinzu kommt, dass es durchaus Kinder gibt, die eine gedruckte Zeitschrift freiwillig nicht in die Hand nehmen, aber Stunden am Computer verbringen, ohne zu realisieren, dass sie dabei auch fleißig lesen. Deshalb bin ich der Meinung, dass man dem Surfen durchs Internet und der Recherche am Computer nicht allzu kritisch gegenüberstehen sollte. Im Gegenteil, heutzutage ist der Umgang mit dem PC eine Art selbstverständliche »Kulturtechnik«. Spezielle Filter helfen den Eltern, ihre Kinder vor problematischen und unerwünschten Inhalten zu schützen. Es sollte aber dennoch ein ausführliches Gespräch mit dem Nachwuchs über Verhaltensweisen im Internet und die Gefahren, die dieses Medium birgt, geführt werden. Hin und wieder einen Blick auf die Aktivitäten der Kinder am Computer zu werfen, dürfte auch nicht schaden. Dann aber ist eine dem Alter angemessene zeitlich limitierte Nutzung des Computers mit Sicherheit ein Gewinn – auch im Hinblick auf das Lesevermögen der Kleinen.

Die meisten Verlage bieten eine Internetversion ihrer Publikationen an. Schon aus Prestigegründen kann sich heute kaum noch ein Verlag erlauben, auf einen Internetauftritt zu verzichten. In den meisten Fällen werden auf der Website jedoch nur die Printprodukte vorgestellt sowie Preis und Bezugsquelle genannt. Zu einer guten Online-Zeitschrift gehört jedoch wesentlich mehr, auch wenn es schwierig ist, eine reine Online-Zeitschrift für Kinder von einer bloßen Kinderwebsite zu trennen. Denn ein gelungener Auftritt bietet neben der Wissens- und Nachrichtenvermittlung interaktive Möglichkeiten wie Experimente, Spiele und Chaträume. Im Folgenden habe ich eine Reihe empfehlenswerter Online-Zeitschriften zusammengestellt. Es sind Angebote, die schon seit längerer Zeit bestehen und auch die Chance haben, weiterhin unter den angegebenen Adressen erreichbar zu sein. Da das Internet aber ein extrem schnelllebiges Medium ist, kann auch bei gründlicher Recherche nicht ausgeschlossen werden, dass eine Internetadresse schon nach wenigen Wochen nicht mehr existiert oder ein Anbieter auf eine neue Website ausgewichen ist. Sollte das der Fall sein, so bitte ich um Verständnis.

Ein gelungenes Internet-Angebot für Kinder ist die Kinder-Website von VW. Die *Autolernwerkstatt* (ALWS) enthält neben Nachrichten die Rubriken »Spaß und Lernen«, »Mitmachen und Mobil«, »Ausprobiert und Forschen«, die ein buntes Sammelsurium an Wissen zu den unterschiedlichsten Themen bieten. Es kann ein interaktiver Comic abgerufen werden, oder der User erfährt, wie eine Seifenkiste gebaut wird. Die Autolernwerkstätten Berlin und Zwickau stellen sich vor und laden hin und wieder auch zu aktuellen Veranstaltungen ein. Interessanterweise landet man nicht mit dem Auto, sondern mit einem kleinen Flugzeug auf der Kinderseite des Autoherstellers: Sie ist ein ausgesprochen gutes Beispiel dafür, wie ein Unternehmen gute und informative Kinderseiten machen kann:
http://www.autolernwerkstatt.de/welcome.html

GEOlino gibt´s natürlich auch online. Gruner & Jahr hat es in der Vergangenheit nicht nur geschafft, *GEOlino* als eine der besten Kinderzeitschriften auf dem Printmarkt zu etablieren, sondern hat auch ein Internet-Angebot auf die Beine gestellt, das seinesgleichen sucht. In verschiedenen Rubriken wie »Wissen«, »Tiere und Pflanzen«, »Erde & Weltraum«, usw. werden die bisher erschienenen Ausgaben von *Geolino* in der gewohnt pfiffigen Weise aufbereitet. Von der kurzen Nachricht bis zur ausführlichen Reportage – der User entscheidet, was ihn interessiert. Es gibt tolle Fotos und Angebote, die eben nur online zu haben sind. Wer *GEOlino* vom Kiosk noch nicht kennt, wird spätestens jetzt neugierig: http://www.geo.de/GEOlino/

Der Storch Rudi Rotbein, der auch durch den *Rudi Rotbein Report* des Naturschutzbundes führt, ist seit Herbst 2001 im Netz präsent. Wie in der Printzeitschrift, so erfahren die Kids von Rudi Rotbein online allerhand über bedrohte Tier- und Pflanzenarten, über gesunde Ernährung und unzumutbare Zustände in der Massentierhaltung. Noch stärker als in der Zeitschrift werden die Nutzer zum Mitmachen aufgefordert: In »Rudis Mitmachaktion« gibt es reihenweise Vorschläge, wie die Kinder sich engagieren können, sei es in Form von Unterschriftensammlungen gegen Legebatterien oder mit Hinweisen zu Abfallvermeidung: http://www.rudirotbein.de

Der Aspekt des Mitmachens fällt gerade auf den Websites ambitionierter Organisationen immer wieder ins Auge. Die Kinder sollen nicht nur surfen, sondern Kontakte zu anderen Usern knüpfen, Brieffreundschaften aufbauen und sich für andere Kinder, Tiere und Pflanzen und ihre Umwelt engagieren. Und darin liegt sicherlich eine Stärke der Online-Zeitschriften: weg vom Konsum, hin zu einem sinnvollen Engagement für die Gesellschaft oder zumindest zu einer intensiveren Kommunikation mit Gleichgesinnten. So erklärt die Homepage des Deutschen Kinderhilfswerk den Kids die »Rechte der Kinder«, lädt zur Diskussion ein und verweist auf die Online-Zeitung *Rabatz*: http://www.kindersache.de

Weitere empfehlenswerte Online-Zeitschriften für Kinder sind unter folgenden Adressen zu finden:
http://www.wwf.de/young-panda/
http://www.jolinchen.de
http://www.universum.de
http://www.zzzebra.de/
http://www.sowieso.de

12

Zum Nachlesen und Anklicken

Tipps zur Leseförderung

Richard Bamberger: Erfolgreiche Leseerziehung in Theorie und Praxis. Hohengehren: Schneider Verlag 2000

Deutsches Jugendinstitut (Hrsg.): Sprachförderung im Vor- und Grundschulalter – Konzepte und Methoden für den außerschulischen Bereich. München: Verlag Deutsches Jugendinstitut 2002

Ulla Ehrmann: Die Lese-Ideenkiste – Lesen vom ersten Schultag an. Mülheim a. d. R.: Verlag an der Ruhr 2000

Kurt Franz und Franz-Josef Payrhuber: Lesen heute – Leseverhalten von Kindern und Jugendlichen und Leseförderung im Kontext der Pisa Studie. Schriftenreihe der Deutschen Akademie für Kinder- und Jugendliteratur Bd. 28. Hohengehren: Schneider Verlag 2002

Bodo Franzmann u.a.: Handbuch Lesen. Im Auftrag der Stiftung Lesen und der Deutschen Literaturkonferenz. Hohengehren: Schneider Verlag 2001

Geo Wissen, Heft 3/2003: Bildung, Gruner und Jahr, Hamburg 2003

Mirjam Pressler: Lesen lernen heißt leben lernen. Sonderdruck des Beltz Verlages, Weinheim 2002

Michael Sahr: Leseförderung durch Kinderliteratur – Märchen, Bilderbücher und Kinderbücher im Unterricht der Grundschule. Hohengehren: Schneider Verlag 2000
Manfred Wespel: Wie wird mein Kind zum Leser? Praktische Tipps und alles Wissenswerte zum Lesen lernen. München: arsEdition 2001

Tipps zum Thema »Kinder und Internet«

Kathrin Bertram: Internet für Kids, Karana: Edition Schöne Freizeit 2001
Thomas Feibel: Gute Seiten – Schlechte Seiten. Das Beste im Internet für mein Kind. München: Markt + Technik Verlag 2001
Christine Feil (Hrsg.): Internet für Kinder – Hilfen für Eltern, Erzieher und Lehrer. Opladen: Leske & Budrich 2001
Sabine Hamann: Der Internet-Guide für Eltern und Kids. Gemeinsam Surfen und den Cyberspace erforschen. München: beustverlag 2000
Ossi Hejlek: 1001 Internetadressen für schlaue Surfer. Heiße Tipps für coole Kids. Wien: G & G Jugendbuch 2000
Ronny Jansen, Fabian Jansen und Ute Dick: Der große Internetführer für Schüler. Köln: Naumann & Göbel 2000

Die kostenlose Broschüre *Gute Seiten – Schlechte Seiten. Mit Kindern im Netz! Worauf Erwachsene achten sollten* kann beim Deutschen Kinderhilfswerk in Berlin angefordert werden (medien@dkhw.de; eine erweiterte Ausgabe erscheint Ende 2003). Ebenfalls kostenlos ist dort auch die speziell für Kinder entwickelte Broschüre *Kindersache – Internet-Guide für Kids* erhältlich.

Adressen zum Thema Kinder- und Jugendliteratur

Stiftung Lesen
Fischtorplatz 23
55116 Mainz
Tel.: 06131/288 90-0
Fax: 06131/230 333
E-Mail: Mail@StiftungLesen.de
Internet: www.StiftungLesen.de

LesArt
Berliner Zentrum für Kinder- und Jugendliteratur
Weinmeisterstraße 5
10178 Berlin
Tel.: 030/28 29 747
Fax: 030/28 29 769
E-Mail: Les-Art@t-online.de
Internet: www.t-online.de/home/Les-Art

Verein zur Förderung der Kinder & Jugendliteratur e.V.
Papestr. 1
45130 Essen
Tel.: 0201/88 51 137
E-mail: info@kinderliteratur-verein.de
Internet: www.kinderliteratur-verein.de

Arbeitskreis für Jugendliteratur e.V.
Metzstraße 14c
81667 München
Tel.: 089/45 80 806
Fax: 089/45 80 808 8
E-Mail: info@jugendliteratur.org
Internet: www.jugendliteratur.org

ALEKI: Arbeitsstelle für Leseforschung und Kinder- und Jugendmedien an der Universität zu Köln
Bernhard-Feilchenfeld-Str. 11
50969 Köln
Tel.: 0221/470 40 69
Fax: 0221/470 51 97
Internet: www.aleki.uni-koeln.de

Institut für Jugendliteratur
Mayerhofgasse 6
A-1040 Wien
Tel.: +43/1/50 50 359
oder 50 52 831
Fax. +43/1/50 50 359 17
E-mail: office@jugendliteratur.net
Internet: www.jugendliteratur.org